U0929421

蒲公英醇夏

[美]雷·布拉德伯里——著

邹笃双——译

天津出版传媒集团

天津人民出版社

引言

就在拜占庭的这一边

正如我已经完成了的那些小说和故事一样，这本书的完成也是一个惊喜。感谢上帝，让我在年少之时便明白了这种惊喜的本质。在此之前，我也和很多文学新手一样，认为将自己的想法写下来成书成文是件轻而易举的事情。你若是真要有这样的想法，并如此这般地对待此类想法，你的灵感一定会收回试探着伸出去的爪子，转过身去，眼睛盯着遥远的永恒，慢慢地消亡。

二十多岁的时候，我蹒跚地闯进了这种需要和文字打交道的生活，这让我深深地舒了一口气。从那以后，每天早上一起床我就趴在桌子边，写下那些已经在脑海中深藏了好多年的文字。有的时候只是几句话，几个词，有的时候是洋洋洒洒数万言。

有时我想拿起武器奋起反抗某个词句的袭扰，有时又忍不住要为另一个词句打抱不平。将诸多的角色拼凑到一起，让他们来感受词语的分量，并借由他们向我展示这些词语在我的生命中的意义。

让我吃惊的是，一两个小时之后，我便写完了一个新故事。这惊喜是如此的彻底，让人欲罢不能。很快我就意识到，可能我会在这样的惊喜中度过自己的余生。

起先我搜肠刮肚，绞尽脑汁，只为找到更加合适的词句，来描写噩梦，描写我对黑夜的恐惧，描写那些已经逝去了的童年时光。

后来我久久地凝视那一棵棵翠绿的苹果树，凝视那一栋我出生在其中的老房子以及隔壁爷爷奶奶的住所，凝视那一片在年复一年的夏日里伴我成长的草地……我要把它们呈现在我的笔端。

这本书里你们能看到我在那些年里采摘收集的所有蒲公英。虽然关于酒的隐喻在这本书里一次次地出现，却是那么的恰如其分。我的一生都在不停地收集各种各样的意象，总想把它们保存下来，最后却都会忘得一干二净。也不知为什么，我得凭借这些词句让自己去回望。打开尘封的记忆，看一看它们到底能为我呈现什么?

基于这样的想法，从二十四岁到三十六岁这段时光里，几乎没有一天，我不是在爷爷奶奶位于北伊利诺伊州的草坪中逡巡着度过。总希望能恰好在草丛中找到一两个哑了火的爆竹，或者是生了锈的玩具，又或者是一封未曾写完的信才好。那是一封当时的我写给未来自己的信，想要提醒自己不要忘记过去，不要忘记自己的生命，不要忘记了生命中曾经出现过的那些人，那些喜悦以及那些刻骨铭心的忧伤。

我乐此不疲地玩着这个游戏：就想看一看关于蒲公英，关于和父亲、弟弟一起去采摘野葡萄，关于八角窗外的那只水桶中的蚊子，我到底还记得多少。想要再一次闻到房后门廊葡萄藤架上的那些金黄色的蜜蜂散发出的味道。你可知道，蜜蜂会散发出特殊的味道？它们的双脚掠过无数的花朵，要是什么味道都没有留下的话，那可真是太可惜了。

我还想回忆起那条峡谷的模样。最要命的是每次夜里看完法国演员郎·钱尼主演的《歌剧魅影》，我和弟弟斯基普需要穿过镇子回家去。峡谷中有一条小河，河上架着桥。斯基普总是跑在前面，像是“孤独者”一样躲在小桥的下面，然后跳出来想要抓住我。大叫着，我赶忙往前跑，一不小心摔倒在地上。爬起来，接着跑，嘴巴里“哇哇”地大叫个不停。那可真是太有意思了。

在书中，借由文字我得以与昔日的挚友重逢，我们的友谊在文字中相遇并碰撞。我邀请在亚利桑那州时的好朋友约翰·赫夫来到我的小说中。我将他从美国的东岸搬到了格林镇，以便我能在书中好好地向他说一声“再见”。

在书中，我可以再一次和那些深爱却早已逝去的亲人见面。可以坐下来，再次同他们一起共进三餐。我是个发自内心深爱着自己的双亲、爷爷奶奶和兄弟的人，尽管我的弟弟已经“放弃”了他自己。

在书中，我来到地下室帮爸爸榨酒。或者在“独立纪念日”的晚上，到房前门廊上去给拜昂叔叔打下手，帮他燃放那尊自制的黄铜大炮。

这让我惊喜不已。我想说的是，谁也没有告诉我要让自己感到惊喜。懵懂无知却不懈地实验，我秉持这种古老却有效的写作方式不断往前。突然，真理像是枪响之后四散的鹌鹑一样纷纷跌落在我的面前。写作中的创造力于我，更像是小孩子学会走路和学会观察世界一样懵懂而自然。我学会了让自己的感官和过往来判断一切的真伪。

基于这样的理解，我在故事中变身成为了那个拿着长柄勺去屋旁的水桶中舀取清澈雨水的小男孩。当然，你舀出来的越多，添进去的雨水也越多。水流不止，生生不息。一旦懂得了回望过往的价值和意义，我便可以和数也数不清的记忆与感受一同玩耍。不是对它们进行加工，只是和它们一起玩耍。在《蒲公英醇夏》这本书里，一个男人重新回归到小男孩的身体里，他又一次来到上帝的草地上嬉戏玩耍。经历了多少个这样的八月，在那些茵茵的绿草地上，这个男孩逐渐长大、慢慢老去。他感觉到黑暗在血液里种下一棵大树，静静地等待着它枝繁叶茂。

几年前，有一位评论家将《蒲公英醇夏》与辛克莱 · 刘易斯的现实主义作品进行了比较。他很好奇我在沃奇根市（就是这本书中的格林镇）长大，居然没有发现那个城市的港口是多么的丑陋，那个地方的煤炭码头以及码头旁边的铁路场站是多么的乏味和压抑。

对于他说的这一切我当然了然于胸。不仅如此，我从基因里对这里的一切都那么的迷恋，并被它的美好深深地吸引。那一列列的火车和货车，那浓郁的煤炭和烟尘的味道，对小孩子而言，完全不是什么丑陋的景象。“丑陋”这个概念伴随着我们的成长慢慢形成，并日益自觉地浮现在我们的意识中。数火车有多少节车厢，是小孩子们最开心的事情。火车从远处飞驰而来，大人又得起身干活了，他们愁容满面，怒气冲冲，冲着火车骂骂咧咧。这个时候却是小男孩们最开心的时候。他们一边数着车厢，一边读着车厢上的那些地名，雀跃不已。

那些在别人看来丑陋不堪的火车站，却是嘉年华大游行和各个马戏团落脚的地方。清晨五点钟，天还没有亮，马戏团带来的大象就开始往地上喷水，将地砖铺就的人行道洗得干干净净。

至于那些从码头运来的煤炭。每年的秋季，我总会下到地窖里去等待着被整车整车运来的煤炭和那些金属的滑道。通过这些滑道，成吨的煤炭被送到地窖里。像是美丽绝伦的流星，它们穿过遥远的太空，来到这个地窖。那么多的煤炭，像是要把我整个儿埋在这些黑色的宝藏下面一样。

换句话说，如果你的孩子是个诗人，就算是牛屎马粪，在他眼里也一样是美丽的花朵。事实上，马粪就是种花养草的绝好养分。

也许，我新近写成的这首诗可能是一篇更好的介绍吧。它能够更恰当地解释导致我将生命中的那些夏天写进了这本书中的原因。

这首诗的开头是这样的：

拜占庭，我不是从那里来
我来自彼时彼处
那里的人民简单、勤劳而且真诚
当我还是个孩子
我来到了伊利诺伊州
那是一个无爱且粗鄙的地方
它的名字就叫沃奇根
我从那里来

那个地方和拜占庭

不是好朋友

这首诗接下来的部分讲述了我和自己的出生地之间的关系：

而每当回望过去

透过那些高耸的树巅

我看见那片土地

明亮、慈爱而湛蓝

正如叶芝看到的那般

后来我经常回到沃奇根。和美国中西部的小城市相比，这个地方并不见得更加的舒适和漂亮。只不过是四下里一片绿油油，街道两边的树枝有些的确已经垂到了路面上，我家那栋老房子门前的人行道也的确是铺着红色的地砖。那么，这个地方为什么就如此的特别呢？为什么呢？因为那是我出生的地方，是我生命的一部分。我要用一种恰当的方式将它书写：

那些神秘的逝者

用中西部的面包

用花生酱和柠檬汁

养育了我们。

那片天空美丽得犹如

阿芙洛狄忒的长腿……
门廊之下站着我的祖父
那是个谜一样的老人
目光如炬
他是那么的睿智
奶奶坐在摇椅里沉思
织补着爱的毛衣
所有的雪花都被编织在一起
变得稀少而晶莹
从夏日的夜晚开始
为冬天的我们编织。
叔伯们闲坐在一起
抽着烟吐着幽默的话语
阿姨们个个都聪明
与特尔斐的女仆有一比
晚上果汁早已榨好
一杯杯地端到孩子们手里
希腊风格的门廊里
大家都在喝饮料
睡前人人要忏悔
不做坏事保纯洁
小小罪恶耳边叫
它说，日复一日，夜复一夜

错不在伊利诺伊州，也不在沃奇根
错的是那胡扯的天空
错的是那胡扯的太阳
我们每个人
无论是你是我还是市长
谁也没有叶芝的天才
但是依然坚守做好自己
如何来总结
这里就是拜占庭
这里就是拜占庭

沃奇根/格林镇/拜占庭。

这么说格林镇真的存在?

是的，再说一遍，是的。

真有那么一个名叫约翰·赫夫的男孩子?

是的那就是他的名字。只是当时不是他离我而去，而是我离他而去。令人高兴的是，四十二年之后他依旧健康，依旧还记得我们之间的友谊。

真的有那么一个“孤独者”吗?

是的。那就他的名字。还记得我六岁那年，这个“孤独者”总是趁着夜色在镇子里出现，一时间全镇人心惶惶，惊恐不安。到最后也没有抓到这个人。

最重要的是，真有那么一栋老房子，里面住着爷爷奶奶，住着叔伯姑姨，还总有众多的访客吗？关于这个问题，我想我已经回答过了。

真有那样一条在夜晚时分漆黑而幽寂的峡谷吗？那个时候那峡谷在那里，现在依然如此。前些年，我带着自己的女儿们回去还拜访过那条峡谷。我生怕随着时间和岁月的流逝，峡谷也变得不再那么的幽深。令人高兴的是，那峡谷不仅没有变浅，反倒是变得更加神秘，更加幽暗，更加深邃。如果是现在，晚上看完《歌剧魅影》之后，我就不敢再从其中穿过。

事情就是这样。沃奇根就是格林镇，就是拜占庭。这个名字代表着其所代表的喜和乐，也暗示着它的哀和怒。那里的人生如神灵，那里的人矮似侏儒。他们深知自己终将离去无法永恒，所以从来都是昂首阔步，为的是不给神灵蒙羞。神灵弯下腰来，好让那里的每个人都感到如沐春风，如在家中。总之，这难道不是生活该有的模样吗？拥有回看过往，探究旁人思想的能力，不也是一种无与伦比的奇迹吗！末了还会说：噢，这难道就是你对此事的见解 ?! 好吧，现在我要把这些都记下来。

这就是我的庆祝。既庆祝死亡，也庆祝生命；既黑暗，又明亮；既垂垂老矣，又朝气磅礴。机巧灵活与愚笨粗鄙相伴，无上的欢愉和彻底的恐惧相随。这些都是一个男孩子笔下的世界。这个小男孩曾经倒挂在树枝上，也曾经穿着蝙蝠装，嘴里含着糖做的獠牙。十二岁那年，这个男孩子发现了一台拨号式的打字机，并完成了他的第一本“小说”。在那之后，他就再也没有像以前那样爬树。

还有一项记忆。

关于热气球。

如今已经不怎么再看得到热气球了。听说在乡下的某些地方，人们还会制作并放飞热气球。在球的下面挂些干草，将干草点燃，热空气就充进了球里。

在一九二五年的伊利诺伊州，我们当然会做热气球。爷爷留给我的最后记忆定格在四十八年前那个国庆日夜晚的最后时分。我和他走出房门，来到草坪上，点燃一小堆干草，气球里很快就充满了热热的空气。梨形的纸质球面上印着红白蓝三色条纹。我们的手里捧着这个天使般闪闪发光的热气球，各位叔伯阿姨和兄弟姐妹都站在门廊里观看。慢慢地，那一个生命，那一簇亮光，那一份神秘终于挣脱了我们的手向天空飞去。夏夜的空气中，它腾空而起，飞过了头顶，飞过了那些即将入睡的房子，朝着满天的繁星飞去。它是那么的脆弱易碎，那么的不可思议，那么的不堪一击，犹如我们那可爱的生命。

我看到爷爷正仰着头看着那一簇摇曳而奇怪的亮光，陷入了沉思。我感到自己的眼睛里噙满了泪水。热气球飞走了，那一夜也即将结束。我深知在我的生命中再也不会拥有这样的夜晚了。

大家谁也没有说话，只是抬着头看着天空。每个人静静地呼吸着，心里想着相同的事情，但是大家到底在想什么，谁也没有说。最后总得有人首先开口说话吧？那个人就是我。

蒲公英酒在地窖中静静地等待。

黑暗中，我亲爱的家人们静静地坐在门廊里。

热气球还在天空中飘荡，忽闪忽闪的火光映照着那个永不凋逝的夏天。

为什么会这样？它是如何办到的？

因为，我如是这般讲述着这一切。

雷·布拉德伯里

一九七四年夏

目录

你好，夏天

静谧的清晨，整个城市都笼罩在夜色的朦胧之中，人们依然在睡梦中流连。夏季在空气中凝聚，风儿轻柔地吹拂着整个世界，大地呼出的气息温暖而悠长。这个时候起床，倚着窗户往外看，就能明白此时才是自由和生活的开始。

道格拉斯·斯波尔丁今年十二岁。他在初夏清晨氤氲的水汽中醒来，睁着眼睛躺在三楼穹顶式圆形卧室的床上，享受着这美妙的时光。六月的晨风里，这座全镇最高大最庄严的塔楼让他感觉到了满满的力量。夜幕降临的时候，树叶在雨中粘在一起。他忽闪着眼睛，像是灯塔中的探照灯一样，扫视着不远处成片成片的树林，榆树、橡树、枫树……数也数不尽。此时此刻……

“天哪！”道格拉斯小声说。

夏季款款到来，就等着人们一天一天地将她从日历上划去。道格拉斯就像是旅行日志里所描写的湿婆神一样，到处都有他忙碌的双手，苹果、桃子、李子尚没有完全熟透便被他匆匆地摘下扔掉。

他常常投身于树木、草丛或河流中，也常常兴致勃勃地将自己置身于挂满白霜的冰库里。他还开心地在奶奶家的厨房里烘烤食物，任凭数不清的鸡在脚边跑来跑去。但是眼下却有一个最熟悉的任务在等着他去完成。

每周总有一个晚上，他可以离开爸爸妈妈以及隔壁房间里睡眼惺忪的弟弟汤姆，独自一人沿着漆黑盘旋的楼梯，跑到爷爷奶奶生活着的这个穹顶上来。在这个像是巫师栖居的地方，陪着“隆隆”的雷声和耀眼的闪电度过一晚。然后在早餐牛奶瓶还没有发出清脆的“叮叮咚咚”声之前他就醒来，开始操演起专属于他自己的魔法和仪式。

黑暗中，他站在窗前。打开窗户，深吸一口气，再缓缓地吐出。远处的街灯，像是插在黑色蛋糕上的蜡烛，熄灭了。他再次吸气，再次呼气，天空中的星星开始渐渐隐去。道格拉斯面露微笑，伸出一根手指。那里，那里。现在是那边，还有这边……

慢慢地，远处房子里的灯亮了，一闪一闪地眨着眼睛，给清晨昏暗的大地嵌上了黄色的方形色块。在一刹那，拂晓时分的这个国度便洒落了无数亮着灯的窗户。

“人人都要打个哈欠。每个人都要现在就起床。”

这栋大房子楼下的住户们也开始发出动静。

“爷爷，快把你的牙齿从水杯子里拿出来！”等了好一会儿，他又说，“奶奶，太奶奶，该是做薄煎饼的时候了！”

煎饼散发出温暖的香气，四散着飘向每一个通风良好的房间，让睡在床上的人们都不忍心再躺着不动。叔叔阿姨们，还有前来拜访的各位表兄弟表姐妹，大家纷纷动身起床。

“老人们居住的那条大街，赶快醒过来吧！海伦·卢米斯小姐、弗利雷上校、本特利小姐，咳嗽，起床，开始四处走动吧！乔纳斯先生，套上马儿，拉上运货车，开工喽！”

远处那些颜色单调的大房子也齐刷刷地醒了过来，隔着镇子外面的小溪，气鼓鼓地瞪着大眼睛。不多一会儿，房子下面的大街上，准会有两位女士驾着一辆绿色的电动代步车，走走停停。“特雷顿先生，往车库那边跑！”没过多久，顶着四溅的蓝色火星，有轨电车沿着小河边铺了地砖的街道往前行驶。

“约翰·赫夫，查理·伍德曼，准备好了吗？”道格拉斯对着儿童街小声说道。对着那些陷入到湿漉漉草地里的棒球，对着那些挂在树枝上的空荡荡的秋千，他说：“预备！”

“爸爸、妈妈、汤姆，起床了。”

闹钟“叮叮叮”发出沉闷的声音。市政大楼上的大钟“隆隆”作响。鸟儿们像是他手里抛出去的大网，纷纷落在树枝上，高声地唱歌。道格拉斯的双手指着东边的天空，像是在指挥着这个管弦乐团。太阳也慢慢地露出了脸。

他抱着双臂，脸上一副魔术师才特有的笑容。是的，先生，他心里默默地想着——我每发出一个指令，每个人便会立刻行动。真是个好时节啊。

他朝着整个城镇，“啪”的一声打了个响指。“砰，砰，砰……”家家户户大门打开，大家纷纷走出家门。

一九二八年的夏天，开始了。

在林中

那天早上，道格拉斯·斯波尔丁走过草坪的时候，迎面撞上了一张蜘蛛网。那蛛网当空挂在一条几乎无法看清的蜘蛛丝上。蜘蛛丝挂到了他的眉毛，一下子就扯断了。

发生了这样的意外，他就知道今天肯定是与众不同的一天。今天与众不同还因为爸爸说要开车带他和十岁的弟弟汤姆出城去乡村里玩耍。一年当中，总有一些日子是各种花香扑鼻而来的好时光。这样的日子里，整个世界都钻进了你的鼻孔，再从另一个鼻孔溜走。还有一些日子是声音荟萃的好日子，宇宙中所有的和鸣与颤音从四面八方涌进你的耳朵。当然，还有些日子适合张嘴去品尝，另一些日子适合伸手四处去碰触。更有需要同时启动所有感官的好时节。今天，他点了点头，似乎嗅到山的另一边有一处繁花似锦却少有人知的苹果园。一夜之间那果园里开满了花，到处都充盈着温暖和清新。不见哪里有云的踪迹，空气闻上去却像是新雨初歇一样。似乎随时都可能听到林子里传来陌生人的笑声，周围却一片静寂……

道格拉斯放眼望去，想要看清楚将要去旅行的那片土地。他连一点果园的香气都没有闻到，也没有感觉到一颗雨滴。他知道那里连一棵苹果树也没有，也没有一片乌云。至于说那个在树林深处发笑的陌生人……

即便如此，也不知怎么了，道格拉斯依然认为——他不禁颤抖了一下——这将是非常特别的一天。

汽车开到了这片寂静树林的中央，停了下来。

“好了，孩子们，行动起来。”

一路上，兄弟两人都在你推我搡。

“遵命。”

钻出车门，他们拎着蓝色的马口铁桶走过那条孤孤单单的泥巴路，朝着满是雨后气息的方向走去。

“看一看有没有蜜蜂，”爸爸说，“蜜蜂们都围着葡萄转，就像是小孩子赖在厨房里不肯出来一样，道格？”道格拉斯猛地抬头看。

“你落下得太远了，”爸爸说，“打起精神！赶快跟上。”

“好的。”

三个人鱼贯而行，穿过树林。爸爸的个子好高啊，道格拉斯正好走在他的影子里，而弟弟汤姆是三个人中最矮小的，哥哥的影子就能罩住他。来到一处地势隆起的地方，大家停下脚步往前眺望。这里，就是这里，看到了没有？父亲用手指着，这里就是夏日和风的居所。风儿从这里吹过绿油油的草地，就像是大海深处的鲸鱼，幽灵一样让人难以察觉。

道格拉斯快速地扫视了一眼四周，什么也没有发现。爸爸原来是在骗人，他和爷爷一样，总是爱说一些谜一样的话。可是……还有……道格拉斯停住了脚步，侧耳聆听。

是的，有什么事情即将发生，他心里想：我敢肯定。

“这是铁线蕨，”爸爸一边走，手上拎着个马口铁桶，“要不要摸一摸？”他的脚在地上蹭了蹭。“这下边的土壤积累了几百万年的枯枝败叶。试着想一想，一个又一个的秋天过去了，才形成了这样的土壤。”

“天哪，我走路的时候是不是很像印第安人，”汤姆说，“一点声响都没有？”

道格拉斯试了试，居然没能感受到土壤的硬度。他认真地看，仔细地听。我们被包围了！他心里想，就要发生了！是什么呢？他停下脚步，出来吧，不管你是什么，不管你是什么！他在心里默默地喊着。

汤姆和父亲还在慢步往前走。

“太好看了，看这枝条。”爸爸静静地说。

他示意孩子们抬头往上看。分不清到底是树枝将头顶上的天空织进了枝条，抑或是枝条被编织成为天空的一部分。不论如何，就是那个样子。编织还在继续，绿色和蓝色。只要你抬头看，就能发现森林正在移动，巨大的织布机还在“嗡嗡嗡”地运转。爸爸舒舒服服地站在那里，嘴里轻松地说着话，还不时地放声大笑，似乎这能让他的话听上去更容易理解。他说他最喜欢这样的宁静，要是宁静也能够让人听到就好了。他还说在一片静寂之中，蜜蜂飞舞时扰动了空气，野花花粉飘落的声音都能听得见！那一定是上帝之举！就在蜜蜂飞舞时扰动的空气中！听！树林的深处，鸟儿的歌唱如瀑布一样飞落！

就在这个时候，道格拉斯心想，终于来了！快跑！我什么也看不见！快跑！都是冲着我来的！

“狐臭葡萄！”父亲说，“真是太走运了，看这里！”

住手！道格拉斯屏住了呼吸。

但是汤姆和爸爸弯下腰，手已经伸进了那片郁郁葱葱的灌木丛。咒语瞬间被击得粉碎。可恶的小毛贼、迅猛如飞的信使、蹦蹦跳跳的小家伙，还有那颤抖不已的灵魂，统统都消失得无影无踪。

失望和空虚涌上心头，道格拉斯悻悻地倚跪在地上。他看见自己的手指浸沉在绿色的阴影之中，绿荫沿着手指缓缓地往上延展，似乎是他仰仗着某种神奇的力量劈开了森林，将自己的手伸进了那伤口里一样。

“该吃午饭了，孩子们！”

刚刚采摘来的葡萄和野草莓分别盛放在几个桶里，盖过了一半的位置，蜜蜂紧追着这些果实不放。这个世界呼吸的时候就会发出“嗡嗡”的声音，看来爸爸所言不虚。三个人坐在一根爬满了绿色青苔的圆木上，吃着带来的三明治。两个孩子学着父亲的模样，尽力地捕捉着森林发出的声音。道格拉斯能感觉到爸爸正在注视着他，真是太有意思了。耳畔传来父亲的声音。他又咬了一口三明治，脑子里依然满是奇思妙想。

“在野外的时候，三明治就不再是原来的味道。它的味道和在屋子里的时候已经不一样了，你有没有注意到？味道更足了，像是放了薄荷和水晶兰，让人食欲大增啊。”

道格拉斯停止了咀嚼，他用舌头感受着面包的质感和辣味火腿的味道。

不……不……三明治的味道没什么不一样。

汤姆一边嚼一边点着头。“我能明白你在说什么，爸爸！”

每次都是这样，道格拉斯心里说。*不管那个东西是什么，肯定是个庞然大物，天哪，绝对是庞然大物！是什么东西把它给吓跑了。现在它逃到哪里去了呢？在灌木丛的后边！不，在我的身后！不，就在这里……就在这附近……*他悄悄地弯了弯自己的腰。

我在这里等一会儿，它还会回来吧。应该不会伤人，至少我知道它不会伤害我。然后又会发生什么呢？发生什么呢？发生什么呢？

“你还记得今年我们打过几次棒球比赛吗？去年打过几次？前年几次？”汤姆突如其来地问道。道格拉斯怔怔地看着汤姆说话时快速运动的嘴唇。

“写下来！一千五百六十八次！十年间我刷过多少次牙齿？六千次！洗手一万五千次，睡觉四千多次，还不算打盹。吃了六百个桃子，八百个苹果，两百个梨。其实我不怎么喜欢吃梨。你随便说一个什么，我就能告诉你数字！所有我做过的事情，不管数目是百万还是十亿都可以。问完的时候你就说‘十年的总数’。”

现在它靠得更近了，道格拉斯暗暗地想。为什么？是因为汤姆在说话吗？为什么是汤姆呢？汤姆一路上喋喋不休，嘴巴里塞满了

三明治，爸爸就在身边，警觉得就像是一只蹲在圆木上的山猫。汤姆嘴里不停地说着话，像极了苏打水里冒着的泡泡。“我读了四百本书。我参加过的日间小型音乐会，其中巴克·琼斯的四十场，杰克·霍克西的三十场，汤姆·米克斯的四十五场，胡德·吉布森的三十九场。我总共看了一百九十二集《菲力猫》动画片，十部道格拉斯·费尔班克斯主演的电影。郎·钱尼主演的《歌剧魅影》我看了八遍，弥尔顿·希尔斯的电影我看了四部，还看过一部阿道夫·门吉欧主演的爱情片。这部片子可够糟糕的了，我在剧院的厕所里待着，就等着看这部电影之后的《猫和金丝雀》或者是《蝙蝠》。看《蝙蝠》这部电影的时候，剧院里的每个人都忍不住抓住坐在自己旁边的人，吓得鬼哭狼嚎，可就是不愿意离开，还都坚持把电影看完。在这期间，我总共吃完了四百根棒棒糖，还吃了三百颗杜丝巧克力糖和七百只甜筒……”

四下里一片寂静，汤姆又絮絮叨叨地说了五分钟。爸爸问他：“汤姆，迄今为止你总共摘了多少颗浆果呀？”

“正好二百五十颗！”汤姆马上答道。

在爸爸的大笑声中，午餐结束了。三个人又起身往树林走去，去采集更多的狐臭葡萄和野草莓。弯着腰，三个人的手在树丛里来来回回，桶也变得越来越重。道格拉斯屏住呼吸，细细地体会。是的，是的，它越靠越近！几乎就贴在我的后颈脖子了，真的！

不要往后看！继续手上的活儿，继续将摘到的果子放到桶里。真要是抬头看的话，肯定会把它吓跑的。这次可千万不要把它给弄丢了才好！可是怎么才能把它带到眼前来，怎样才能真正地看到它，看到它的眼睛？该怎么办呢？该怎么办呢？

“往火柴盒里放一片雪花。”汤姆笑眯眯地看着自己戴着的手套。

闭嘴！道格拉斯真想冲他喊。还是算了吧，大声喊的话肯定会把回声都吓走掉，也会把那个东西吓跑。

等一等……汤姆越是说话，那个庞然大物就靠得越近。它不害怕汤姆，汤姆的呼吸声把它吸引过来，汤姆就是它的一部分！

“二月份的时候，”汤姆“咯咯”地笑着，“下大雪的时候，往火柴盒里放一片成熟了的雪花，然后把盒子合上，赶紧跑进屋，连盒子一起放进冰箱里！”

近了，非常非常近了。道格拉斯盯着汤姆闪动的嘴唇。感受到来自身后森林里的那股巨大的气息，他想要跳将起来。可能一瞬间，它就可能碾压过来，把大家都撕成碎片……

“是的，”汤姆兴高采烈地摘着葡萄，“整个伊利诺伊州，就我一个人能在夏天的时候收获雪花。天哪，那可像钻石一样珍贵。明天我就把盒子打开，道格，你也可以看一眼……”

要是搁在平时，道格拉斯肯定会对此嗤之以鼻，肯定会否定他说的话。但是那个庞然大物正在朝他们冲过来，就要降落在他们头顶上清澈的空气中了。此时此刻，他只好点点头，闭上眼睛。

汤姆很困惑，便停了手，转头盯着哥哥看。

道格拉斯弯腰向前，正是最好的目标。汤姆跳起来，大声叫着，落在地上。他们摔在地上，挣扎着，打着滚。

不要！道格拉斯紧紧地攥住自己的思绪。不！但是突然间……好吧，也没什么大不了！好吧！乱作一团，身体撞在一起，摔在地上也没有吓倒犹如海浪一般涌来的气息。被这气息裹挟着，他们如巨浪卷过绿色的草地，倒向了树林。手指的硬关节重重地戳到了他的嘴巴，他的嘴里涌上一股淡淡的血腥味。他紧紧地将汤姆抓住，兄弟两人静静地躺在地上，喘着粗气。过了好一会儿，道格拉斯才微微地睁开眼睛，生怕一睁开眼睛什么都看不到了。

还都在，一切还都在，就在眼前。

整个世界犹如一只巨眼的瞳孔，也在这一刻睁开了，四下里扫视，也恰好在怔怔地盯着他看。

他心里最清楚到底是什么跳到了他的身上，也知道这个东西不会马上就离开。

我还活着。他在心里对自己说。

手指还在流着血，鲜红的血液像是旗帜的一角。这面奇怪的旗帜，怎么以前从来没有看到过？这到底是哪个国家的旗帜呢？这个国家到底属于哪一派的呢？他抓着汤姆，却觉得手里空空的，感觉不到他的存在。他伸出另一只手抹了抹那些血液，想要把血痂抠掉。高高地举着手，翻了一个身后，他放开汤姆，仰面躺在地面上，双手举在空中，像是一座通往某座奇怪城堡的栈桥。城堡里的炮管正直愣愣地对着外边，而他手指上的那些鲜血就是那明亮的信号旗，微微颤抖着闪着光。“你没事儿吧，道格？”汤姆问道。

他的声音似乎是从水底，从某个神秘的地方，从一个遥远的地方，从绿色青苔的下面传来。

在他的身下，青草呢喃。他放下手臂，感受着青草叶鞘接触皮肤的微妙感觉。再往下，脚趾顶着鞋子，发出不安的声音。风儿在耳边叹息。世界在他翠绿的眼球上轻盈地滑过，像极了水晶球里闪闪发亮的种种景象。花儿像是一朵朵太阳，炙热地洒落在林间的空地上。天空犹如一片底朝上的池塘，鸟儿在空中飞过，像是掷向水面的块块石子。气息在牙齿之间进出，吸进嘴里的是寒冰，呼出去的却都变成了烈火。昆虫像是触了电一样在空中颤动。广袤的头顶上长出了成千上万的毛发。一左一右两只耳朵里各有一只心脏，还有一只心脏在他喉咙里，另外还有两只在他的手掌里跳动，胸腔里那颗真正的心脏正在"咚咚"地跳个不停。每一颗心脏的跳动他都听得一清二楚。他身上数也数不清的毛孔统统都打开了。

*我真的还活着！*他心里这么想，*以前我怎么不知道呢？还是说我只是忘记了！*

好多次他都想大声地喊出来，可惜一点声音也发不出来！再想一想，再想一想！过去了十二年，直到现在才意识到！今天，在一棵大树下，在翻滚的那个当会儿，他终于发现了这块难得一见的钟表。一块金光闪闪，一辈子七八十年一刻不停歇赶着往前跑的金表。

"道格，你没事儿吧？"

道格拉斯还想喊出声来。他抓住汤姆，一起往前滚。

"你疯了吗，道格！"

"是的，我疯了！"

兄弟俩朝山下滚去。太阳在他们的嘴巴里，在他们的眼睛里碎成了一片一片，像是打碎了的柠檬玻璃杯。喘着气，活像是被扔向河岸上的鳟鱼；他们笑着，笑着，直到再也笑不出来。

"道格，你真的疯了么？"

“没有，没有，没有。”

道格拉斯闭着双眼，看见满身斑点的金钱豹在黑暗中漫步。

“汤姆！”他又赶紧降低声调，“汤姆……是不是这个世界上的每个人都知道……知道自己是不是活着？”

“当然啦。真见鬼！肯定知道啊！”

那只金钱豹小跑着，穿过黑漆漆的旷野，消失在目光无法抵达的远方。

“真要是这样就好了，”道格拉斯轻声说，“噢，我真是希望每个人都能知道。”

道格拉斯睁开眼睛。如茵绿草般的天空里，爸爸正笑着俯视着他，双手插在身后的口袋里。看到爸爸的眼睛，道格拉斯一下子精神起来。爸爸肯定知道，他心想。看来一切早有安排。他故意将我们带到这里来，然后让这一切发生在我的身上！肯定是他的安排，他对这一切了如指掌。现在他知道我也已经知晓了一切。

一只手伸了过来，将他提了起来。此时的道格拉斯浑身上下青一块紫一块，衣服凌乱不堪，满脑子充满了困惑和恐惧。他轻轻地抬着胳膊，舔着划出了小伤口的嘴唇。看着汤姆和爸爸，他的心里面充溢着满足。

“我来拎这两个桶吧，”他说，“刚才那会儿，我什么也没干成。”

他们把桶递给他，一脸神秘而古怪的笑容。

他的身体轻轻晃了一下。森林采摘来的那些葡萄，着实分量不轻，每一颗都饱含着汁水。桶那么重，拽着他的手臂往下坠。我就是想要感受这一切，他心里想着。让我感到疲惫吧，现在就让我感到疲惫吧。我再也不能忘记“我还活着”这个事实。现在，我终于知道自己活在这个世界上。今天晚上也好，明天也好，或者是以后的每一天，我都不要再忘记了这个事实。

循着狐臭葡萄的味道，蜜蜂紧追着跟了过来，昏黄的夏天也跟了过来。他迈着沉重的步子，踉踉跄跄往前走。他的双手磨出了茧子，手臂发麻，双腿打颤。爸爸紧走一步扶着他的肩膀。

“不用，”道格拉斯喃喃地说，“我没事儿，我很好……”

又走了半个小时。踩着青草、树根、碎石和散了一地的树皮和圆木，终于离开了那个让他手脚受缚，腹背受困的地方。脑子里的胡思乱想，任凭它滑过，任由它消失殆尽。弟弟和爸爸一言不发地跟在他的身后，跟着他选的路一直走到大路上。沿着这条大路，他们就能回到城里去……

蒲公英佳酿

小镇里，这一天的晚些时候。

又迎来了一场大丰收。

爷爷站在宽阔的门廊里，注视着前方。他像是一位老船长，注视着不远处刚刚逝去，却已经归于宁静的季节。他在询问拂面而过的阵阵清风，在审视高不可及的天空。其实，不远处草坪上站着的道格拉斯和汤姆兄弟俩才是满腹疑惑，有一肚子的问题要等他来解答。

“爷爷，现在真的是采摘的好时候吗？”

爷爷摸着下巴。“千真万确。随随便便都能采上几千朵。慢慢采，好好采，一朵花也不要剩。谁采摘到装满了一只袋子，并把袋子搬到酿酒机旁边，我就奖谁一个硬币。”

“好咧！”

两个孩子欢天喜地地弯下腰，开始采摘满院子的花儿。金色的花儿像洪水一样，开满了整个世界。不仅长满了整片草坪，甚至溢出去，流到铺了方砖的街道上。盛开的金色花儿轻轻地拍打着地窖上晶莹剔透的玻璃窗。这使得无论你是在窗户的哪一边，都一定不会错过耀眼炫目，像是熔化了的太阳一般的金黄色。

“每年都是这样，”爷爷说，“长得太茂盛了，我也不去管它，任由它们自由地生长。它们自豪得像狮子一样。要是盯着它们看的话，说不定都能让你的视网膜也燃烧起来。本来是普普通通的野草，是谁也不会特别留意的野草。但对我们而言，却是最为尊贵的东西。这就是蒲公英。”

于是，兄弟俩认认真真地采摘着蒲公英，一朵一朵地装进袋子里，再将袋子搬进地窖里去。霎时间，阴暗的地窖因为它们的到来而熠熠生辉起来。冰冷的酿酒机直愣愣地立在地面上。榨过了蒲公英，机器开始有了温度。挤压，替换，再挤压，再替换，爷爷有条不紊地转动着齿轮榨着汁。

“这……真是太……”

金黄色的汁液是这个美好季节的琼浆玉液，犹如潮水一般涌了出来，滚滚地跌落到容器中。美丽的颜色逐渐褪去，撇掉浮在表面的油脂，等待着它慢慢地发酵。然后将这些汁液罐装到洗净了的番茄酱瓶子里，一排排整整齐齐地摆放在地窖的阴暗角落里。

这便是蒲公英佳酿。

想到这个名字，夏天的味道刹那间便重新浮现在齿舌之间。夏日的美好时光在这些蒲公英佳酿之中封存。道格拉斯知晓这一切，也就由此知道自己真真实实地活着。即便是为了探索和感受生命而走遍全世界，在浩瀚的新知与旧识之间，却总有一些是专门留给那些大雪纷飞的寒冬一月，或者那些阴云密布、旬月不见阳光的时节。有些美妙的记忆或许已经开始变得黯淡，正需要在那样的时节里再次拾起，再次重温。蒲公英佳酿是夏日里最不可思议的奇迹，他打心底里希望这些奇迹能够得到完好地保存。贴上标签，任何时候只要他愿意，就可以蹑手蹑脚地下到这个潮湿阴暗的地窖里，在指尖尽情回味一番夏日里的美好时光。

清晨露珠中绽放的花儿，在六月的阳光照耀下闪着微光，微尘在空气中飘荡。夏天的一切都封存在这一瓶又一瓶的蒲公英美酒之中，现在都整齐地摆放在墙角。在大雪覆盖草地，雪水渗入草根的寒冬时节，只需瞥上一眼这些佳酿，树枝上似乎又有了鸟儿在栖息，枝繁叶茂，百花齐放，蜂蝶翻飞，空气中弥漫着自然的芬芳。只需要瞥上一眼，铅灰色的天际霎时间变成了万里晴空。

将夏日的美好时光握在手中，往玻璃杯里斟一杯夏日的美好记忆。当然只是一小杯，孩子们只能舔上一滴两滴而已。杯子举到唇齿之间的那一刹那，今夕已非今夕，夏日时光顿时在血管中流淌。

“好了，准备好水桶！”

世上没有什么比纯净的湖水更适合酿酒了。一大清早，踏过娇嫩欲滴，满是露珠的草地，到相隔甚远的湖里去取水。将取来的水放在空地上，任凭风儿吹拂。通上高压电，让沸腾的水蒸气在冷空气中凝结。水汽纷纷降落，像是落起了雨，这样收集起来的水，简直就是天堂里跌落的钻石。水滴里蓄满了来自四面八方的风，蒸水成雾，聚雾成水，经过这一番仪式收集到的净水，最有助于酒的酿制。

道格拉斯拿起盛水的长柄勺子，跑到水桶边。

“水舀来了！”

勺子里的水像丝绸一样顺滑，清澈透明，沁着淡淡的蓝色。喝进嘴里，嘴唇、喉咙，胸膛，没有一处不觉得舒爽。一勺一勺地舀到桶里，再把桶拎到地窖里去。用涓涓的细流化开酵母，再一股脑儿地将剩下的水倒进榨好了的蒲公英汁液中。

在肆虐的寒风“呜呜”作响，整个世界一片昏暗，让人张口不能呼吸的二月时分，就算是奶奶，也时不时要到地窖里去逗留一番。

地窖上面的房子里，一会儿这个咳嗽，一会儿那个打喷嚏。艰难地喘气，痛苦地呻吟，孩子们动不动就发烧，嗓子干涩得像是砧板上的肉，鼻头红得像是罐子里的草莓酱。屋子里到处都是细菌和病毒的祟影。

奶奶从地窖里上来，像是六月的女神降临人间。一眼就能看到，她那针织的大围巾下面藏着什么东西。她楼上楼下地给每个房间里痛苦不堪的家人送去她从地窖里拿上来的东西。倒进清澈透明的杯子中，顿时整个房间里充溢着芳香。这简直是另一剂良药，是用八月午后慵懒阳光制成的良药。仿佛又能听到院子外面铺了地砖的道路上，售卖冰激凌的车子碾过的声音；仿佛又能看到银色的烟火腾空而起，以及割草机袭来，成群的蚂蚁潮水般纷纷逃离家园的情景。这一切的美好时光都凝结在了杯子里，让人想要一口就吞下去。

是啊，即便是奶奶也免不了要在天寒地冻的隆冬时节到地窖里去经历一场六月的探险，她一个人默默地站在那里，像是在和自己的灵与魂来一场密谈。爷爷、爸爸、叔叔伯特，还有那些来做客的人，大家都会来这里谈论着上一次见面时的情景，谈论着那一次的野餐，谈论某一个温暖的雨天，回忆着麦地里散发出的香气，回忆着上了穗的玉米，还有那些弯着腰的野草。奶奶也忍不住要一次次地重复那个迷人的金色名字。现在，这些有着美丽名字的花儿正从酿酒机里碾过。冬天里，白雪覆盖了大地的时候，这个名字还会被人们一遍遍提起。一遍又一遍，像是嘴角的笑意，更像是陡然间射向黑暗的一束阳光。

蒲公英佳酿，蒲公英佳酿，蒲公英佳酿。

在峡谷边

他们来时悄无声息，去的时候也没有任何的声响，一切都不为人注意。草儿弯下腰，又重新站立起来。他们像是云朵遮住了山丘……夏季里的男孩子们，风一样地刮过。

道格拉斯远远地落在后边，他掉队了。喘着气，他在峡谷边停下脚步。峡谷中风儿轻柔地拂过。站在那里，像小鹿一样警觉地支起耳朵，他嗅到了某种已经存续了千百年的危险就萦绕在身边。从这里看过去，整个镇子被从中切开，劈成了两半。文明不复存在，只剩下不断疯长的地球和争分夺秒的生死循环。

一条条小路，或隐或现。有的被孩子们踩了又踩，有的则正呼唤着他们来踩踏。踩着小路往前走，直到孩子们成长为一个个大人。

道格拉斯转过身。脚下的路犹如一条灰色的巨蛇，蜿蜒向前一直通往枯黄的日子里严冬栖居的那座冰雕寒砌的房子。它依然匆匆不停歇，朝着七月湖边的漫天黄沙进发。沿着这条路往前，男孩子们像是一颗颗青涩的山楂果，点缀在繁茂的绿叶之下。沿着这条路，一直抵达结满蜜桃的果园，抵达挂满葡萄的藤架，抵达遍地躺满西瓜的园子。那些西瓜活像是一只只玳瑁猫，在阳光的照射之下呼呼大睡。这样路被遗弃了，转了个大弯，向学校伸展而去！那条路狭长而笔直，就像是一支箭，朝着周六日间剧院的牛仔表演直射而去。而这一条是临近小河边的小路，蜿蜒着通往远离城镇的荒野……

道格拉斯侧目远眺。

谁又说得清，哪里才是旷野和城镇的起点？它们二者之间到底是谁拥有着谁？永不止息的抗争，为的是占领一块从来未曾界定归属的领地，总有一些原因让一方稍稍胜出。多占据可能是一爿熟食店，也可能是一条峡谷、一株大树或者是一丛灌木。绿草和鲜花连在一起，形成的浩瀚海洋，从遥远处那座孤零零的农场奔袭而来，在季节的极力推动之下，一步一步地向着城镇开进。每当夜幕降临，荒野、草地和远处的那座农场便顺流而下，穿过沟壑，来到城镇，并在此聚集。它们携带着绿草和清水的芬芳而来。镇子沉沉地睡去，仿佛已被人舍弃。逝去了，又重新回到了大地母亲的怀抱。清晨时分，山涧一点点朝着城镇抬升，像是吞噬漏水的小船一样，威胁着那些千疮百孔的车库。几辆被人遗弃已久，任凭风吹雨淋，早已锈迹斑斑的汽车终被吞没。

“嗨！嗨！”约翰·赫夫和查理·伍德曼从充满神秘色彩的峡谷和城镇中跑过来，他们从充满神秘色彩的时间隧道里跑过来。“嗨！”

道格拉斯沿着这条路缓缓地往前走。这个峡谷的确是洞悉两种生命的好地方。在峡谷中，你能够更好地认识人的所做所为，也能够更好地知晓大自然的运行规律。其实，城市就是一艘熙熙攘攘的大船，挤满了无数的幸存者，除草和除锈是他们总也摆脱不了的工作。时而不时，一艘本属于大船的救生艇——可能是一间棚屋——原本和母船亲密无间，却在平静的季风中沉沦了。被成群的白蚁和蚂蚁噬咬，最后坍塌了，成为了这个峡谷的一部分。其间蟋蟀和蚂蚱像是一张张枯干的纸张，“唰唰”地在热辣辣的杂草中闪过。废弃的房子里蛛网密布，进一步证明了它的荒凉。总有一天，在木板和椽头跌落之中，整栋房子垮塌了，像是在暴风雨中被蓝色闪电击中了的祭台，燃起了熊熊的大火。轰然倒地的棚屋，吹响了荒野胜利的号角。

人类总想从大自然里攫取一切，大自然却也时时刻刻想要回击，此情此景，年复一年，从来未曾停歇。道格拉斯心中明白，城镇从未真正胜出过。其中居住的人们只不过是在危险之中故作镇静罢了。他们全副武装，准备好了割草机、杀虫剂、整篱剪。他们在文明尚存的时候，奋力地往前游。事实上，每一幢房子随时都有被绿浪包围的危险。当最后那个人停止了手上的工作，当铲子和割草机上爬满了斑斑锈迹的时候，一切都将被永远地埋葬。

城镇、荒野、房屋、山谷……道格拉斯来来回回地看着。到底该怎样将它们两两连接，将它们之间的关系说清楚……

他低头看着脚下的土地。

采摘蒲公英，制作蒲公英佳酿，这个夏日里的第一道仪式已经结束了，第二道仪式正等着他来开启，但是他却定定地站立着，一动也不动。

“道格……快点……道格！”男孩子们渐渐跑远了。

“我还活着，”道格拉斯对自己说，“但是又有什么关系呢？他们可能比我更有活力。为什么会这样？为什么会这样？”孤零零地站在那里，他已经知道了答案，于是迈开已经有些僵硬的双脚……

神奇的鞋子

晚上，道格拉斯和爸爸妈妈还有弟弟汤姆看完电影之后，一起往家走去。在一处明亮的玻璃橱窗里，他看到了一双网球鞋。只瞥了一眼，他赶忙转过头去不再多看。怎奈双脚的关节像是被人抓住了一样，挣扎着好不容易才迈开脚步往前跑。大地在旋转，跑动时的身体扰动了周围的空气，商店外面的遮阳布在他的头顶上像翅膀一样扇动。爸爸妈妈和弟弟静静地走在他的身边。道格拉斯转过身来倒着往前走，目光依然注视着夜幕下橱窗里的那双网球鞋。

“电影真不错啊。”妈妈说。

道格拉斯喃喃地应道：“电影……”

已经六月份了。这个季节根本不适合再去买一双那么漂亮的网球鞋。这个道理就像是人行道上的雨水一样显而易见。六月的大地上充溢着各种各样的原始力量；它们无时不有，无处不在。绿草像是从乡村那边泼洒过来一样，围着人行道，绕着高地房屋，肆意地生长。任何时候，一不小心整个城镇就会被颠覆，就会被绿色的植物和野草攻下，陷入永久的沉寂之中。道格拉斯停下脚步，他像是陷进铺了坚硬的水泥和红砖地面里似的，一步也挪不动了。

“爸爸！”他未假思索地喊道，“你回头看一看那个橱窗，那双浅黄色的塑胶‘利特福特运动鞋’……”

爸爸头都没回。“怎么又想要买运动鞋啊，你能告诉我理由吗？”

“啊……”

穿上这双鞋子就像是平生第一次光着脚奔跑在草地上，那才是夏天的真正感觉；又像是冬日夜里，把脚从温暖发烫的被窝里伸出来，感受着从敞开着的窗户吹进来的冷风猛然吹在脚上。就这样把脚一直放在被子外边，直到再也忍不住了才缩回被窝，就觉得双脚像积雪一样冰冷。穿上这双网球鞋，就仿佛第一次踏进缓缓流淌的小河，看着双脚浸在河水中，顺着溪流慢慢下行，看着水面的倒影，想着水上的自己。

“爸爸，”道格拉斯说，“这个真的很难说清楚。”

不管怎么说，那些生产网球鞋的人，肯定深谙男孩子们的心思，知道他们的需求。鞋底松软得像是棉花糖，充满了弹性。鞋子的其他部位犹如点燃了的干草，野性十足。鞋子的某个地方一定还藏着一只健壮的雄鹿吧。生产这些鞋子的人一定是无数次亲眼目睹过大风刮过树林，无数次亲眼目睹大河奔腾着冲向大海的场景。无论如何，这就是那双网球鞋，这就是夏天。

道格拉斯多么想要把这一切都讲出来啊。

“是的，”爸爸说，“那么，去年的那一双又为什么不能再穿了呢？为什么不去鞋柜里拿出来看一看呢？”

想一想那些生活在加利福尼亚州的孩子，他们一年四季都穿着网球鞋，压根儿不知道脱下冬天那生铁一样，沾满了雨污和雪水的皮鞋，光着脚丫轻松一整天，然后才穿上这个季节的第一双网球鞋，绑好鞋带，该是怎样的一种欢愉。穿上网球鞋的那种感觉比光着脚走在地上更加惬意。九月一到，魔法就会消失。现在刚刚六月份，魔力依然强盛。这样的一双鞋子能帮你跳过矮树，跨过小河，翻上房顶。如果愿意的话，它也能助你翻过篱笆，跳过小狗的脊背。

“难道你不知道吗？”道格拉斯说，“去年那双已经穿不得了。”

那双鞋已经太小了。去年刚穿上的时候大小倒是刚刚好。但是一到夏天即将结束的时候，你就会发现，穿着这双鞋，再想要跨过小河，跳过小树，爬上屋顶，已经是不可能的事情了。鞋子太小了，它只能默默地逝去。他相信，新一年的这个夏天如果有一双崭新的网球鞋，自己一定无所不能，无所不能。

踏上自家的台阶。“你自己攒攒钱，”爸爸说，“五六个星期以后——”

“等到那个时候的话，夏天就已经过完了！”

进门开灯，汤姆一脸的睡眼惺忪。道格拉斯睡不着，他躺在床上看着自己的脚。在远离床脚的夜色中，还摆放着那双挣脱了生铁般沉重的冬靴。冬季被远远地抛弃了。

“理由。我已经找到了买那双鞋子的理由了。”

是啊，镇子周围的那些山丘一如往常的狂野，山上星星点点，到处是人们随意放牧，肆意奔跑的奶牛。群山犹如一支晴雨表，展示着四季的变换，在太阳的照耀下，像极了每天撕落的日历纸，但是怎么撕也撕不完。这样的景致，谁都知道。要是想要追上那些朋友的话，你需要跑得比狐狸和松鼠还要快才行。而随着温度逐渐升高，敌人也日益烦躁不安。城镇一天一天地热烈起来，它怎么也忘记不了冬天的袭扰和侮辱。“得朋友，御强敌！”这是浅黄色的塑胶“利特福特运动鞋”的名言。“是这个世界奔跑得太快了么？想不想追上它的步伐？想不想头脑清晰，时刻待命？利特福特运动鞋，是的！利特福特运动鞋！”

他拿起自己的存钱罐，听着罐子里发出的微弱的“叮咚”声。罐子很轻，里面没几个硬币。

不管想要什么，他心里思忖着，总得自己想办法才好。现在天已经黑了，让我们寻找到走出树林的小路吧……

镇中心店铺里的灯光渐渐地都熄灭了。风从窗户吹进来，像是顺流而下的小河，他真想到这条河里去走一走。

梦里他依稀看到一只小兔子，在温暖的草丛中跑啊跑啊，跑个不停。

年迈的桑德森先生徜徉在鞋子中间，就像是宠物店的老板走过自己的宠物笼舍，端详着这些来自世界各地的豢养小动物一样。缓缓地走过，轻轻地抚摸着它们，桑德森先生的手滑过橱窗里的鞋子。这些鞋子就是他的宠物，有些是宠物狗，有些是宠物猫。他充满深情地打量着每一双鞋，时而挪一挪位置，时而紧一紧鞋带，或者调一调鞋舌。站在店铺正中间的地毯上，他四下里打量一番，满意地点着头。

“隆隆”的雷声从远处传来。

刚才“桑德森鞋类百货店”的门口还空无一人。一转眼，就看见道格拉斯歪歪扭扭地站在那里。他低着头，一双眼睛死死地盯着自己的休闲皮鞋，好像是这家伙太沉重了，重得都无法从水泥地面上抬起脚一样。他的脚不挪动的时候，雷声也就停止了。道格拉斯从周六午后明亮的阳光中走出来，脚步慢得让人心痛，他的眼睛怯怯地盯着自己双手捧着的硬币。将硬币按照面额大小一摞摞地叠放在柜台上。五美分、十美分、二十五美分，像是一个下象棋的人，一心想知道下一步棋到底是会给自己带来胜利的阳光，还是带来失败的阴影。“什么也不要说！”桑德森先生说。

道格拉斯定定地站在那里。

“我知道你想买什么，”桑德森先生说，“每天下午我都看见你在橱窗外边溜达，你还以为我不知道？你错了。另外，你想买一双皇冠浅黄色塑胶‘利特福特运动鞋’：‘轻凉舒爽在双脚！’而且你钱不够想要赊账。”

“不！”道格拉斯喘着粗气大声说，像是还在昨夜做的那个奔跑的梦里一样。“我有比赊账更好的选项！”他赶忙说，“在我告诉你之前，能不能麻烦你帮我一个小忙？请问，你还记不记得你最后一次穿利特福特运动鞋是在什么时候？”

桑德森先生一脸的疑惑。“哦，十年，二十年，也可能是三十年前吧。为什么……”

“桑德森先生，难道你不觉得自己有些对不起顾客吗？你在卖鞋给顾客之前至少应该试穿一下。哪怕只试穿一分钟，要不然你怎么知道这鞋子的感觉到底是什么样的？要是不经常尝试，就会忘记这种感觉。'联合香烟店'的那些人也是抽烟的，不是吗？我猜，糖果店的店员们会试吃那些糖果样品吧。所以……"

"你可能也注意到了，"老人说，"我穿了鞋子。"

"但是你并没有穿运动鞋，先生！你要是自己都不倾心的话怎么能卖得掉呢？要是想要顾客一见倾心，就得自己先试穿才行，不是吗？"

这孩子太疯狂了，桑德森先生稍微往后退了一步，一只手托着下巴。"哦……"

"桑德森先生，"道格拉斯说，"你卖给我一些东西，我也会把一些很有价值的东西卖给你。"

"要想卖鞋子的话我一定要先试穿才行，是不是这样？"老人问道。

"真心希望你能这么做才好。"

老人叹了一口气，一言不发地坐下来，将鞋套在自己细长的脚上，气喘吁吁地绑着鞋带。运动鞋和他身上穿着的正装并不协调，看上去有种怪怪的感觉。桑德森先生站起身来。

"觉得怎么样？"男孩子问道。

"要问我感觉怎么样，感觉好极了。"他坐下来。"求你了！"道格拉斯握着他的手，"桑德森先生，你能不能来回走几步，跳一下，来回跳一下。你一边听我说一边做，好吗？是这么回事：我把这些钱都给你，你把鞋子卖给我。我还欠你一美元。一旦你让我把这双鞋穿上，你就知道会发生什么事情了。"

“会怎么样？”

“叮！我给您送货取货，给您端咖啡，给您倒垃圾，帮您去邮局、电报局、图书馆跑腿！每分钟我能来来回回跑个十二趟。你不妨感受一下这鞋子，桑德森先生，难道你不想亲眼见证这双鞋子给我带来的速度吗？难道你不想感受一下鞋子里面的弹簧？不想感受一下鞋子的动感？不想感受一下那种跃跃欲试，只想狂奔的吸引力吗？难道你不想知道你的那些不想亲力亲为的事情，让我来做该会变得多么快捷吗？你只需要待在店里享受清凉，外出跑腿的事情交给我好了！当然，跑腿的也不是我自己，而是这双鞋子。它像是发了狂一样，跑过街道，绕了近路，再跑回来！来试一试吧！”

桑德森先生满心惊讶地站在那里，听着他说这些话。不禁觉得自己也和他的言辞一起飞了起来，全心想着这双鞋子，脚趾禁不住活动起来，脚弓变得更敏捷，然后又晃了晃脚关节。他轻步前移，无声无息地在门口吹进来的微风中来回走了好几步。运动鞋深深地陷入到地毯中，像是陷入到丛林的杂草中，也像是陷入到一片肥沃而充满弹性的泥团里一样。在这样发酵了的面团中，他庄重地跺了跺鞋后跟，真像是踩在松软而诱人的泥土上。他的脸上浮现出各种表情，像是各色灯光忽明忽暗地闪现。他忍不住微微地张开嘴，缓慢而轻柔地停下来。男孩子的话也渐渐停止了，他们两人站在那里，你看着我，我看着你，沉浸在发自内心的、无尽的沉寂之中。

室外骄阳似火，偶尔几个行人从店门外走过。

这一老一小静静地站在店里。小男孩兴高采烈，老人的脸上更多的是一副豁然开朗的神情。

“小伙子，”老人终于开了口，“五年后你到我的这家鞋店来工作，怎么样？”

“天啊，谢谢你，桑德森先生。但是未来会怎么样，我也不知道呢。”

“不管你想做什么，孩子，”老人答道，“尽管去闯。谁也阻止不了你。”

老人轻快地走回到那面摆放了成百上千双鞋子的墙边。再回来的时候，他给这个小男孩拿来了好几双鞋让他自己挑选。趁着小男孩系鞋带的当儿，他在纸上写了几行字，然后站在旁边，安静地等着。

老人将单子递给他。“这是今天下午你要帮我做的事情，一定要做完。这样对你和我来说才算公平，否则的话我就开除你。”

“谢谢你，桑德森先生！”道格拉斯跳起来。

“站住！”老人大声喊道。

道格拉斯止住脚步，转过身来。

桑德森先生往前侧着身。“你觉得怎么样？”

小男孩低头看着自己的双脚。他的双脚啊，像是沉浸在小河中，像是踩在麦田里，风儿已经带着他出了城。他仰头看着老人，眼睛里燃着熊熊的烈火。他的嘴动了动，却没有说出一个字。

“感觉自己是只羚羊？”老人一边问一边从上到下地打量着小男孩，“还是只瞪羚？”

小男孩思考着他说的话，迟疑了一番，然后匆匆地点了点头。一眨眼工夫，他就不见了踪影。嘴里小声地说着什么，他已经奔了出去。鞋店的门口又空荡荡了，运动鞋踩在地面上发出的声音在火热的空气中渐渐地消逝。

桑德森先生站在烈日炙烤的门廊里，用心地聆听着。他依然记得这种声音，那是很多年以前，当他也还怀揣着小男孩的梦想的声音。漂亮的动物腾空而起，一闪而过，窜向树丛，消失了，只留下奔跑的声音在空气中回响。

“羚羊，”桑德森先生说，“瞪羚。”

他弯腰捡起小男孩丢在地上，不打算再要的冬鞋。鞋子上面满是陈年的雨污和雪渍。轻轻地，慢慢地，他从耀眼的阳光里走回来，走回到现代文明里去……

记事本

道格拉斯拿出一块黄色的镍质写字板，再拿出一支黄色的“提康德罗加牌”铅笔。他打开写字板，舔了舔铅笔头。

“汤姆，”他说，“你和你统计的数据给我带来了灵感。我也要做相同的事情。我要记录每件事情的发展轨迹。比如说每年夏天我们都在重复以前做过的事情，你有没有意识到？”

“举个例子，道格？”汤姆说。

“比如说制作蒲公英酒，比如说买新的网球鞋，比如说每年第一次放鞭炮，又比如说调制柠檬水，或者是鞋子里面进的沙子，又或者是摘了野葡萄。每年都是这些事情，相同的方式，也没什么变化，没什么不同。这些几乎占去了夏季的一半时间，汤姆。”

“那么另一半是什么呢？”

“另一半就是那些平生第一次做的事情啊。”

“像是吃橄榄吗？”

“比这个更了不起。比如说发现可能爷爷和爸爸并不是无所不知，无所不晓。”

“他们什么都知道啊，你不记得了吗？”

“汤姆，别和我争辩，我已经把这些都写在‘发现和启示’这一栏下边了。他们并不是什么都知道。其实那也没关系。这也是我的发现。”

“你的这一部分还写了些什么疯狂的事情呢？”

“我自己正活在这个世界上。”

“真见鬼，这可老掉牙了。”

“你想一想看，这事儿很新鲜。你只管做事情，不要东张西望，突然间，认真打量一下正在做的事情。这就是第一次，真的。我要把夏天分成两部分。记事本的第一部分的标题是‘仪式和庆典’。本年度的第一杯沙士可乐，本年度第一次光着脚在草地上奔跑，本年度第一次在湖里呛水。吃的第一个西瓜，看到的第一只蚊子，第一次采摘的蒲公英。这些事情每年都是会发生，普通到我们都不会去想一下。在背面，就像我刚才说的那样，属于‘发现和启示’部分，或者叫作‘启发’。这个词听上去很夸张，不如叫‘直觉’好了，你觉得怎么样？换句话说，你做了一件惯常做过的事情，比如说给蒲公英酒装瓶，就把这件事记在‘仪式和庆典’这一页。然后你就思考这件事情，不论你想到什么，疯狂也好，正常也罢，就把想到的记在‘发现和启示’这一页。这是我关于那些酒的思考：“每一只落满白霜的瓶子里都尘封了一段关于一九二八年的记忆。”这句话你觉得怎么样，汤姆？”

“我有点跟不上你的节奏了。”

“再来看一条。在前面‘庆典’这一部分我写的有：一九二八年夏天挨爸爸的第一次骂和第一次揍，六月二十四日。在后面‘启示’这一部分，我的记录是：大人们和小孩子总是起冲突，是因为我们和他们根本就是属于不同种族的人。你看看他们，和我们大不一样。再看看我们，和他们也截然不同。根本就是不同种族的人，根本就不应该见面。吃惊吧，汤姆！”

“道格，你说到点子上了，你说到点子上了！真是太对了！难怪我们和爸爸妈妈总是相处不好，麻烦不断，从早到晚麻烦不断！天哪，你真是个天才！”

“接下来的三个月里面，但凡你看到什么事情重复地出现，别忘了告诉我。你的所思和所想，也要告诉我。到九月份美国劳动节（译者注：每年九月的第一个星期一是美国的劳动节）的时候，再看我们到底有什么样的收获！”

“这是我刚刚给你的统计，赶快拿起笔，道格。这个世界上有五十亿棵树，每棵树的下面都蜷缩着一片阴影，对不对？那么，是什么制造了黑夜呢？我告诉你，就是这五十亿片阴影，它们悄悄地爬出来，形成了黑夜！想一想吧！这些阴影在空气中乱窜，把一切都搞得一团糟。我们要是能想出个办法来把这五十亿片阴影牢牢地固定在树下边的话，人们就能熬过这一半的夜晚时光，道格。如此一来就根本没有了夜晚！这个怎么样,有旧的内容也有新的内容吧。”

“既老套又新鲜。好吧。”道格拉斯舔了舔黄色的“提康德罗加牌”铅笔。这个铅笔的牌子他很喜欢。“你再讲一遍。”

“五十亿棵树下面的阴影……”

傍晚的仪式

是啊，夏季是个充满各种仪式的季节。每一项仪式都在各自适宜的时间和场合里发生：制作柠檬汁或者冰茶的仪式，酿酒的仪式，穿上新鞋子或者干脆赤着脚什么鞋也不穿的仪式。最终，紧随着这些仪式到来的是安静而庄严的前院荡秋千仪式。

夏天到来后的第三天傍晚，爷爷再次出现了。他站在大门口，安详地注视着门廊天花板上的那两个空荡荡的套环。他靠近那个天竺葵花钵状的把手，像是亚哈船长（译者注：十九世纪美国作家赫尔曼·梅尔维尔所著小说《白鲸》中的主要人物）一样静静地审视着这温暖而和煦的日光，细细地打量着这柔和而明亮的天空。他舔湿了手指放在空气中，想以此来测一测风的强度。然后又脱下外套，想体验一下在夕阳西下的时候只穿着衬衣会是什么样的感觉。他似乎能看到别家开满鲜花的门廊里，其他船长正在向他致敬。他们发自内心地感受到了这个美好天气里温和的涌浪。妻子们叽叽喳喳的闲聊和争吵声消失了，都变得像是堆放在屏风后边的扳手一样沉默。

“好了，道格拉斯，我们坐上来吧。”

他们在车库里找了个像是印度人给大象安装的轿子一样的东西。爷爷用绳子将它绑在门廊天花板上的套环上，这就成了秋千的底座。荡秋千便是宁静夏日傍晚的仪式。

道格拉斯体重轻，于是就第一个坐上去试一试。不一会儿，爷爷也拖着庞大的身躯小心翼翼地在他的旁边坐下来。坐在秋千上，他们笑着看着对方，点着头。秋千一前一后、一前一后地荡着。

十分钟后，奶奶端着一盆水，拿着一个扫把，来打扫门廊的卫生。房子里的椅子啊，摇篮啊，靠椅啊，统统都被端了出来。

“早点动手总是好，”爷爷说，“要赶在蚊子满天飞之前打扫干净才好。”

傍晚七点钟左右，站在餐厅的外面，你就能听到屋子里传来拖动餐桌边椅子的声音，有人在弹奏那架黄色琴键的钢琴。划亮火柴，点燃蜡烛，第一道菜肴还在厨具中“滋滋”作响，锅铲发出“叮咚”的响声，不知道从哪里传来留声机的声音……夏日夜晚的一个小时过去了，暮色渐浓。千家万户的客厅里，数也数不尽的橡树和榆树底下，影影绰绰的门廊中，像是晴雨表上预告天气好坏的刻度一样，人们三三两两地露面了。

伯特叔叔，可能还有爷爷，父亲以及其他的堂兄弟们，男人们最先涌进到这蜜也似的夜色中来。摆脱了闷热的厨房里女人们的喋喋不休，他们抽着烟，顿时觉得世界如此的美好。门廊边上，有人开口说话了，男人们悠闲地跷着脚。有些磨损了的台阶边缘或者是木质的扶手旁，男孩子们围在一起。谁不小心摔了一跤，或者撞倒了一个天竺葵花盆，花盆掉在地上摔碎了。

最后，奶奶、太奶奶和妈妈也出来了。她们像是徘徊在门帘后边的幽灵，现在终于现了身。男人们纷纷起身，给她们腾出座位。女人们的手里拿着各式各样的扇子，有的是喷了香水的方巾，有的索性就是拿着一张折起来的报纸，在自己的面前扇来扇去。

傍晚大家说了些什么，第二天就没有谁还记得清楚。大人们说了些什么，孩子们根本不去关心，也不重要。蕨类植物绕着门廊肆意生长，即便是站在那里也能听得到；重要的是黑暗笼罩着整个城镇，像是倾泻而下的墨水泼洒在每栋房子的房顶上。雪茄的火光忽明忽暗，交谈的声音此起彼伏。女人们说着家长里短，惊起了初夏的蚊子，吓得它们在空气中逃窜。男人们高声大嗓，声音大得连这栋老旧房子的木板都挡不住。要是你闭上眼睛，将头挨近地面，他们聊天的声音简直就像是远处发生了一场强度不低的地震，不断传来忽高忽低的“隆隆”声。

道格拉斯平躺在门廊的木凳上，听着这些滔滔不绝的声音，安心又欢喜。这声音像是淙淙的泉水流过他的身体，流啊流，流过他紧闭的双眼，流进他昏昏欲睡的耳朵里。摇椅发出“咯吱咯吱”的声音，像是蟋蟀在鸣叫；蟋蟀一声接着一声地唱歌，像是摇椅在“咯吱”作响。餐厅外面那个用来盛接雨水的木桶长满了青苔。木桶里新生的蚊蚋已经长成，在接下来漫长的夏季里，它们注定是逃不脱的话题之一。

坐在夜色笼罩的院子里，多么轻松，多么安稳，多么惬意啊。似乎这样的时光永远不会远去。这样的仪式那么美好，将永远留存在心中。烟斗忽明忽暗，手儿翻飞着在暗影里编织毛衣，锡箔纸被打开，有人吃掉了包裹在其中的雪糕。人来人往，一派热热闹闹的场景。有时傍晚，院子里会来很多人，有房前屋后的邻居，有街道对面的熟人。有时弗恩小姐和罗伯塔小姐开着她们那辆“嗡嗡”作响的电动助步车也会过来聊天。她们先让汤姆和道格拉斯坐到车上，带他们在街道上转一圈，然后进到院子里，坐下来，扇着风，驱赶夏日的炎热。有时乔纳斯先生，就是那个拾荒的人，会先把自己的马儿和运货车藏在不远处的小巷子里，然后过来待上一会儿。他就好像揣着满肚子的新鲜事儿，以前从来没有对人讲过一样。其实都是些讲了好多遍的旧话而已。当然，少不了还有一帮孩子。他们刚刚结束捉迷藏或者踢罐子之类的游戏，嘴里还喘着气，浑身上下汗津津。现在，像是飞回来的回旋镖一样，他们静静地坐在草坪上。门廊里，大人们正在聊天，时不时迸发出阵阵声浪。在这些声浪中，孩子们被彻底淹没。

哦，躺在院子里，躺在长满蕨类植物的夜色里，躺在长满青草的夜色里，躺在耳边人声不断、睡意渐浓的夜色里，黑暗渐渐编织在一起，浓得化都化不开。大人都不记得道格拉斯还躺在那里。他就静静地躺着，心里盘算着自己和家人的未来。聊天的声音掠过耳际，飘远了。男人嘴里吐出的烟雾像是一团月光照耀下的白云。飞蛾醒了过来，绕着远处的街灯跌跌撞撞地飞个不停，像是迟开的苹果花。这一切声音在岁月的河里，流淌了许多年……

利奥的念想

那天傍晚在“联合雪茄公司”门口，男人们聚在一起抽着烟，讨论着诸如怎样烧毁飞船，如何击沉战舰，如何引爆炸药之类的话题。总之，每个人都趁着牙口尚好，尽情地享受着这唾沫横飞的傍晚时分。吞云吐雾之间，毁灭的乌云正在聚集。大家嘴上说着“尘归尘，土归土”，耳朵里依稀听到铁锹和铲子挖土的声音，精神忍不住紧张起来。最紧张的是镇子里制作珠宝的，名字叫利奥·奥夫曼的那个人。他那双黑黝黝的大眼睛睁得更大了。最后实在忍不住，他摆着那双孩子般小巧的手痛苦地大哭起来。

“住嘴！看在上帝的分儿上，赶快离开这个鬼地方！”

“利奥，你说得太对了。”傍晚，爷爷带着两个孙子——道格拉斯和汤姆，闲逛时正好路过，便这样对他说。“利奥，只有你能让这些总是谈论世界末日的人闭嘴。为什么不去发明个什么机器，让未来变得更光明、更圆满、更欢乐一些呢？你改造了自行车，还发明了游乐场的奇妙设备，还是我们的电影放映员，是不是？”

“是的，”道格拉斯答道，“给我们发明一台制造快乐的机器吧！”

抽烟的男人们都哄堂大笑。

“可别笑，”利奥·奥夫曼说，“为什么当下的机器让我们痛哭流涕？是啊，每当人们觉得自己和机器相处不错的时候，嘣！就会有人在机器上添加一些小玩意。飞机向我们扔炸弹，汽车把人撞下悬崖。所以说，这个孩子说得有什么不对？他说得没什么不对，没什么不对……”

利奥·奥夫曼的声音渐渐地听不清了。他朝着街道边走去，扶起自己的自行车，轻轻地抚摸着车子，好像是在抚摸一只小动物。

“我会有任何损失么？”他喃喃自语，“顶多只不过是手指上掉一点皮，用上几磅铁，耽搁了一些睡觉的时间，仅此而已。那我就来试一试。来帮帮我吧！”

“利奥，”爷爷说，“我们的意思不是……”

但是，利奥·奥夫曼已经离开了，他骑着自行车消失在温暖的夏日午后时光里。他的声音断断续续地从远处飘来。“……我会试一试……”

“看吧，”汤姆满是崇拜地说，“我打赌他一定能做到。”

幸福制造机（一）

暮色中，铺了地砖的街道上，利奥·奥夫曼毫不费力地骑着自行车。他看上去像是闷热的夏风中草丛里的一株蓟草，也像是雨后湿漉漉的电线杆上“嘶嘶”作响的电线。夜里睡不着对他而言并不是什么折磨，反倒是思考宇宙这个巨钟所隐含奥秘的大好时机。时间流逝，谁能弄明白？经过多少夜晚的仔细聆听，他一步一步坚定了行动的路径……

在他看来，生活中的种种惊变，像是川流的自行车，但是生活到底是什么呢？莫过于出生、长大、衰老、逝去吧。对于最初的出生谁也是无能为力，但是另外几项呢？

脑海中，他的“幸福制造机”的车辐闪着金色的光芒快速地旋转。这将是一架神奇的机器，能把桃子上的绒毛一般乳臭未干的小男孩变成傲居荆棘之上的树莓，能把羊肚菌一样的小姑娘变成让人垂涎欲滴的水蜜桃。经年累月，夜晚时分当你躺在床上，伴着一刻也不停歇的心跳，你的影子清晰地横亘在地面上。他的这个发明肯定能让每个男人在落叶声中睁着惺忪的睡眼，像是秋日里的小男孩一样，在干燥的草垛上撒着欢儿，欢天喜地地向着世界的死寂里沉沦……

“爸爸！”

他有六个孩子，分别是索尔、马歇尔、约瑟夫、瑞贝卡、露丝和内奥米。最大的已经十五岁，最小的只有五岁。孩子们跑过草坪，过来接过他的自行车，每一个都跑过来拉着他。

“我们都在等你，等你一起吃冰激凌。”

朝着门廊走去，他能感觉到妻子莉娜就站在那里笑盈盈地迎接他的到来。

大家静静地吃着冰激凌，好几分钟都没有人张口说话。他舀了一勺月亮一样洁白的冰激凌，这仿佛是宇宙中一切细细品尝的秘密之所在。“莉娜？我想发明一台‘幸福制造机’，你觉得怎么样？”他说。

“发生了什么事情？”她赶紧问。

黑黑的山谷

爷爷把道格拉斯和汤姆送回家。半路上，查理·伍德曼、约翰·赫夫和小伙伴们像是流星一样闪过。他们的吸引力太大了，直接将道格拉斯从爷爷和汤姆身边吸引开了，朝着峡谷的方向跑去。

“别跑丢了，小伙子。”

“不会的……不会的……”

男孩子们消失在黑暗之中。

回家的路上，汤姆和爷爷谁也没有说话。直到马上要进家门了，汤姆才说，“天哪，幸福制造机——太酷了！”

“别当真。”爷爷答道。

市政大楼上的大钟敲响了，现在是晚上八点整。

市政大楼上的大钟敲了九下，天色已晚。夜色笼罩着这个星球，笼罩着这个星球上的这片大陆，笼罩着这片大陆里的这个国家，笼罩着这个国家里这条窄窄的街道。这个地球正在被一点点地抛向某个无人知晓的地方，但是汤姆却能感受到这种漫长的坠落。坐在纱窗门边，黑暗疾驰而至，看上去是那么的无辜而寂静。当你闭上眼睛，躺下身子的时候，才能感受到床底下整个世界都在旋转。在这片黑色的大海上，你清空耳朵，倾听海水冲击着不知其在何处的悬崖发出的巨响。

空气中能嗅出雨的味道。汤姆的身后，妈妈正在熨烫衣服。她手里拿着一个塑料瓶子，这瓶子原本是用来装番茄酱的。她挤压瓶子，将水喷在晒干了的衣服上。

一个街区之外，有一家商店依然没有打烊——那就是辛格夫人商店。

就在辛格夫人准备关上店门的时候，母亲温柔地对汤姆说："快去买一品脱的冰激凌回来，记得让她给你装好。"

他便问，能不能在上面再加一勺巧克力，香草味不合他的口味。妈妈点了点头。汤姆手里攥着钱，光着脚，跑在温暖的水泥铺就的街道上，街道的两边长满了苹果树和橡树。四下里如此的安静，耳边传来蟋蟀的鸣叫声。仰头看，墨绿色的树丛之上是漫天的繁星。

他的光脚丫拍打着人行道，发出"啪啪"的声音。穿过街道，来到商店门口。店内，辛格夫人正在货架周围笨拙地挪动着身体，嘴里哼着犹太人才听得懂的歌。

"来一品脱冰激凌？"她问，"外加一勺巧克力？肯定是这样！"

她把盛放冰激凌的罐子打开，用勺子在里面一阵刮摩，然后把一品脱的纸盒子装得满满的，还在上面"加一大勺巧克力"。付了钱，汤姆将凉悠悠、冰一样的盒子捧在手里，放在额头和脸颊上感受一番后，笑嘻嘻地光着脚朝家里跑去。在他的身后，这家唯一还开着门的商店里的灯眨了眨眼睛熄灭了，街道拐角处的那盏路灯发出昏黄的光，整个镇子似乎都已经进入了梦乡。

打开纱窗门，屋里面妈妈还在熨衣服。她看上去很热，也有些不高兴。但是看到汤姆进了门，便对着他笑了笑。

“爸爸什么时候才回来啊，他的聚会什么时候结束？”他问道。

“大概要到十一点或者十一点半。”妈妈说。她把冰激凌拿到厨房里，打开盒子，分成几份，然后把上面有巧克力的那一份递给汤姆。她自己也吃了几口，剩下的便都放到了一边。“这些等道格拉斯和爸爸回来了，给他们吃。”

两人静静地享用着冰激凌，沉浸在夏夜的静谧和祥和之中。母亲和汤姆，窄窄的街道，浓浓的夏夜。他仔细地舔着勺子里的冰激凌，直到勺子被舔得干干净净了，才会再去舀一勺。把熨衣板收起来，把滚烫的熨斗放到盒子里等它自然冷却，然后坐在留声机旁边的椅子里，吃着自己的甜点。“天啊，今天的气温真高啊。晚上地面上的温度都释放到空气中了，今天晚上睡觉不知道会出多少汗。”

两个人静静地坐在深沉的夜色中，门和窗都敞开着，谁也没有说话，留声机需要换上一个新电池才更好。听完了《尼克博克四重奏》，接着播放《艾尔·乔逊和两只黑乌鸦》。汤姆就这样坐在木地板上，盯着外面漆黑的夜晚，他的鼻子顶着纱窗门，鼻头上留下了小小的黑色窗纱印痕。

“不晓得道格跑到哪里去了？都快九点半了。”

“他一会儿就会回来。”汤姆答道。他心里清楚，道格拉斯肯定会回来。

他跟着妈妈一起到外边房间去洗碟子和勺子。热烘烘的夜晚，勺子和碟子碰撞发出的一点点声响都显得那么的震耳欲聋。洗完之后两个人又安安静静地返回客厅，将沙发上的靠垫移开，使劲儿将藏在下面的部分拉起来，沙发就变成了一张双人床。妈妈铺好了床，拍了拍枕头，两个枕头，一人一个。他开始解扣子，就听见妈妈说："先别急着睡觉，汤姆。"

"怎么了？"

"我说不急就不急。"

"你看上去怪怪的，妈妈。"

妈妈坐了一会儿，然后站起身来，走到门口大声喊起来。他听到妈妈在一遍一遍地喊着道格拉斯的名字。"道格拉斯，道格拉斯，哦，道格！道——格——拉——斯……！"喊声飘荡在温暖的夏夜里，没有回应，也没有任何回声。

道格拉斯，道格拉斯，道格拉斯。

道格拉斯！

坐在地板上，一股凉意，一股不属于冰激凌的凉意，一股不属于郁热夏夜的凉意，向他袭来。他看见妈妈睁大眼睛紧张而犹豫地站在门口，她一会儿向左一会儿向右地看着外边。他注视着这一切。

妈妈打开纱门，走进屋外的黑夜里。走下台阶，沿着丁香花丛，走上院子前边的人行道。她的脚步声传到他的耳朵里。

她又喊了一遍，还是没有回应。

她又喊了两遍。汤姆坐在房子里。要是以往的话，道格拉斯的声音一定会从窄窄的街道的另一头响起，“听到了，妈妈！听到了！”

但是这一次他没有回答。汤姆坐在那里，看看刚刚铺好的床，看看静默无声的收音机，看看静默无声的留声机，再看看头顶上树枝状的吊灯架上悬挂着的灯泡，像水晶一样静静地发出柔和的光。又看了一眼门口地毯上猩红和深紫相间的花纹，他用脚趾紧紧地蹭着床，想要看一看到底自己有没有疼痛的感觉。很痛很痛。

纱窗门“砰”的一声被推开。妈妈对他喊道：“快点，汤姆，我们得出去一趟。”

“去哪里？”

“顺着这个街区走，快点儿。”

他拉着她的手，两个人沿着圣·詹姆斯大街往前走。脚下的水泥路面依然热腾腾，蟋蟀在夜色中尽情地歌唱。拐了一个弯，他们朝着西边峡谷的方向走去。

不远处，一辆汽车驶过，前车灯扫射着远方。四下里静悄悄的，没有生机，没有灯光，也没有任何动静。在他们身后或远或近的地方，窗户上透出的昏黄色灯光显示着还有人依然没有睡下。绝大多数的窗户都已经没有了灯光，人们已经入眠。偶尔在几处无灯的门廊里，有人还在低声地聊着天。当你走过，能听到门廊里的秋千还在“咯吱咯吱”作响。

“要是你爸爸在家就好了。”妈妈说。她将他的小手紧紧地攥在自己的手里，“一会儿就能找到他。到处都是孤魂野鬼，是会要人命的，谁也不像以前那样安全。谁也不知道它们什么时候会在哪里出现。你要帮我的忙，等道格拉斯回来之后，我要好好教训他一下，让他长记性。”

又走了一个街区，教堂街和峡谷巨石街的旁边就是影影绰绰的浸礼会教堂。教堂后面再往前一百多码就是那条长长的峡谷。他能闻到漆黑的下水管道和墨绿腐烂的植物散发出的气味。那是一条宽阔的峡谷，蜿蜒地环绕着这个城镇——白天里这里虽然是深密的丛林，但是夜晚时分最好离它远一点。妈妈过去总是这样告诫他们兄弟俩。

既然是在教堂的附近，他本应该更安心一些才好。但是教堂矗立在峡谷边，一点灯光也没有，看上去和一堆废墟没有什么两样。

他只有十岁，对于死亡、恐惧和害怕没什么概念。六岁那年太爷爷去世。在他的印象里，死亡就是棺材中那一具苍白如雕的躯体，看上去像是一只陨落的秃鹫，落到了盒子里。静静地，消逝了，再也不能告诉他怎么做一个好孩子，再也无法简洁明了地评论政治了。死亡就是七岁那年，早上醒来，看见婴儿床里的妹妹那双直直地盯着他的双眼。无神，晦暗，一眨也不眨，像是被冻住了一样的凝视。直到有人过来将她装进一个小小的棺材中搬走。四个星期后的某一天，他站在她的婴儿椅旁边，突然意识到她再也不会出现，再也不会哭闹，再也不会欢笑，再也不会因为她的降生而惹得他妒忌满怀。原来那就是死亡。死亡就是那些孤魂野鬼。人看不见，就躲藏在树丛的后边，每年等时机一到，就又能到镇子里去游荡一两回。要么是在这条街道，要么是在那个村庄。它们四下里游荡，到那些有着微弱灯光的地方，过去的三年里夺走两三个女人的性命。这就是死亡……

死亡何止于此！在这样的星空之下，你能亲自感受，能够亲眼所见，能够亲耳所听的一切，可能会在一瞬间将你彻底淹没。

走下人行道，他们沿着一条行人踩踏出来的小路往前走，这路上满是砾石，杂草丛生。蟋蟀在齐声合唱，声音大得像是击鼓的合奏曲。勇敢、柔弱、高大的母亲——这个世界的守护神，走在前面，他亦步亦趋地跟在她的身后。走几步，停下来，他们越来越抵近文明的边缘。

那个峡谷。

此时此刻，面前就是那片黑黝黝的丛林，他突然明白了以前从来未曾理解的很多事情，那些隐身于浓密树影背后，隐身于腐烂气息之下的事情。

突然意识到这里只有自己和母亲，他的手不禁微微颤抖起来。

他感受到了自己的颤抖……为什么？她比他更高大、更强壮、更聪明，不是吗？她是否也感觉到了那种无以言表的威胁？她是否也感受到了来自那条峡谷的恶意？是不是从此便失去了成长的气力？是不是再也没有信心能够长大成人？是不是会永远失去生命的避难所？午夜时分，当恐惧袭来，是不是再也没有了御敌的城堡？各种疑惑潮水般袭来，冰激凌的凉意又一次涌上他的嗓子、脊背和手脚。他只觉得顿时浑身冰凉，像是十二月的寒风刚刚刮过。

所有的男人也都是这样吧，他心里想，每个人其实都是孤零零的一人而已。每个人，孤单单，虽然都是这个社会的一部分，却总是充满了恐惧。就像是现在，站在这里。要不要大声喊出来，是不是应该喊“救命”，这样喊了有没有用呢？

黑暗敏捷地吞噬一切。它可以通过一次冰冻将整个世界占为己有。可能在黎明到来之前，在闪动的警车顶灯照亮夜空之前，在人们喧嚣着跑过卵石铺就的小路赶来救援之前，一切已经结束。即便他们离他也就区区五百码的距离，又能起到什么样的效果呢？黑色的巨浪只需要三秒钟就能将一个成长了十年的孩子永远地带走。

生命的孤独感有了效果，他本来已经颤颤巍巍的身体彻底瘫软。妈妈也是那么的孤独。此时此刻，婚姻和家庭的神圣指望不上了，《美国宪法》或者本市的警察也指望不上了。她哪里也不看，在她的内心深处除了无法抑制的厌恶和恐惧，什么也没有了。当下的问题是这个人自己的问题，需要这个人自己找到解决的办法。他必须接受孤独的现实，并勇敢地走下去。

他深深地咽了咽口水，紧紧地握着妈妈的手。*哦，上帝啊，不要让他死，求你了*，他心里默默地念着，*只求什么也不要发生在我们身上*。一个小时之后，爸爸就会回家，如果他看到家里空无一人……

妈妈继续往前走，一直朝着那片原始的丛林走去。他的声音不禁有些颤抖："妈妈，道格会没事儿的。道格会没事儿的。他会没事儿的。道格会没事儿的。"

妈妈大声地说着话，她的声音听上去有些紧张。"他总是往这里跑。我给他说了让他不要来。那些混账孩子，他们总是往这里跑。总有哪天晚上会跑进去出不来的……"

"再也出不来"，这句话的意思太丰富了。沉重的脚步声、罪犯、黑暗、事故，还有死亡！

一个人孤零零地在这个世界上。

这样的镇子，这个世界上可能有几百万个。每一个都在黑暗之中，孤独而遥远，满是惊悚和神奇。呜咽的小调——小提琴声从镇子里传来，没有灯光，一切走在阴影之中。哦，蠢蠢欲动的孤独吞没了一切。神秘的峡谷吞没了一切。夜色之下，生命是如此的可怖。理智、婚姻、孩童、幸福，一切都被那个叫作“死亡”的食人狂魔所控制。

妈妈提高嗓门对着黑暗喊道：“道格！道格！”

突然，他们两个人都意识到有什么事情不对劲儿。蟋蟀都停止了鸣唱，四下里一片寂静。

他的生命中从来没有如此安静的时刻。太安静了，一点声音都没有。为什么蟋蟀也不鸣唱了？为什么？是什么原因？它们以前可是从来都没有停止过鸣唱啊。从来没有过。

除非，除非……

有什么事情即将发生。

似乎整个峡谷都在收紧，所有的黑色元素都被紧紧地捆扎在一起。从四周绵延不断沉睡着的村野荒山中它们获得了力量。露水浸湿了树林、山谷和群山，柴犬歪着脑袋斜望着天上的月亮。这一切的一切都被同一个中心吞噬，这就是一切的本核。十秒钟之内，准会发生点什么事情，准会发生点什么事情。蟋蟀们依然默不作声。星星那么低，似乎伸手就能给这些亮晶晶却华而不实的东西掸一掸灰。那么多的星星，一窝蜂似的，热烈而犀利。

寂静还在延续，越来越静；紧张还在增长，越发的紧张。哦，天空真的好黑啊，它和一切都那么的遥远。噢，上帝啊！

过了一会儿，从峡谷的深处传来一个声音。

“好啦，妈妈！我这就来了，妈妈！”

接着又是：“喂，妈妈，我这就来了！”

山谷中的小路上传来网球鞋踩踏地面发出的脚步声。三个孩子嘻嘻哈哈地跑了出来。他的哥哥道格拉斯、查理·伍德曼，另一个是约翰·赫夫，他们一边跑一边笑……

星星猛地抬起了头，像是几百万只蜗牛一起扬起了低垂的触角。

蟋蟀又开始放声地歌唱！

黑暗被吓住了，生气了，它连连后退。本来已经准备好了进餐，这突如其来的袭扰让它顿时没有了食欲。黑暗像是抵达了海岸的浪涌，在三个孩子的嬉笑声中消退了。

“嗨，妈妈！嗨，汤姆！”

一闻就是道格拉斯的味道，绝对没有错。汗臭味、青草味、树汁味，掺和着他们身边小河里散发出来的味道。

“孩子们，你们一个个都该打。”妈妈严肃地说。她内心的恐惧一下子荡然无存。汤姆知道，妈妈永远也不会告诉别人曾经涌上她内心的那些恐惧。但是这种恐惧将永远伴随着她，就如这种恐惧将永远伴随他自己一样。

走回家，半夜了才睡下。道格拉斯安然无恙地活着，他真是太高兴了，太开心了。曾经有一刻他想到——

在一个月色晦暗的远方，在高架铁轨下面的一处峡谷之中，火车鸣着汽笛飞驰而过，像是一块高速行驶中的大铁块，不知道它的名字，反正就是一路狂奔。汤姆颤抖着躺在床上，哥哥就在身边，一起听着呼啸而过的火车，心里想着远方的表兄妹们。火车要去的就是他们居住的地方。很多年以前，那里的一位表亲得了肺结核，死了……

道格身上的汗味，飘进了他的鼻孔。犹如奇迹一般，汤姆不再颤抖。

“只有两件事情我深信不疑，道格。”汤姆小声说。

“什么？”

“夜晚真的很黑，这是第一件。”

“另一件是什么？”

“如果奥夫曼先生真能发明一台‘幸福制造机’的话，黑夜笼罩下的那条峡谷肯定不属于所谓的‘幸福’。”

道格拉斯想了一会儿。“你把这句话再说一遍。”

他们谁也没有说话。忽然，街道的那一头传来脚步声。脚步声走过街道边的那些树，走到了大门口，走上了院子里的小径。

“你们的爸爸回来了。”妈妈躺在她自己的床上对他们说。

是的，是爸爸回来了。

幸福制造机（二）

当天晚上，利奥·奥夫曼在昏暗门廊灯光下一边列单子，一边嘴里还念念有词。每当他想到了一个很棒的点子，嘴里就会冒出“啊”，或者“这是另一个”这样的感叹。过了一会儿，像是飞蛾扑打着门窗，他听见有人在轻轻地敲着门。

“莉娜？”他小声问。

她穿着睡衣走过来，坐在他身边的秋千上。他和莉娜十七岁的时候就相爱了，现在的她已经没有了作为姑娘时的苗条身材。到五十岁的时候，他们可能彼此不再相爱，但是她也没有像别的女性那样完全走形。她的身材刚刚好，丰腴圆润，健硕敦实，完全是她这个年龄的女人该有的模样。当脑子里没有疑问的时候，他就这样静静地想着她。

对他而言，妻子真是太不可思议了。她的身体和他的一样，总是对彼此充满了渴望。当然他们彼此在方式上不太一样，她乐于生儿育女。对他在不同氛围下的渴望也是极尽可能给予满足。她似乎不太喜欢长时间思考，什么事情一旦想到了就会马上去做，完全不会像他那样凡事思来想去，前后谋划。

最后还是她开了口："那个机器，我们根本不需要啊。"

"怎么会呢，"他说，"有时也需要为别人做贡献。我正在想这个机器应该有些什么内容，电影？收音机？万花筒？这些东西都装上的话不论是谁使用的话都会高兴地赞叹，'是的先生，这就是幸福。'"

是的，为了这个精妙的设计，即便是汗流浃背，即便是鼻窦炎复发，即便躺在床上辗转反侧，即便是各种奇思妙想扰得人寝食难安，扰得人凌晨三点就早早起床，也在所不惜。只要这机器能制造出幸福和快乐就好了，就像是那神奇的魔盐瓶，扔进大海里，就能将海水变咸，永远地变成卤水。为了发明这样一架机器，谁又不愿意为之付出呢？他拿这个问题质问这个世界，质问这个镇子，质问自己的妻子！

秋千上，妻子用沉默不语表达着自己的态度。

他聆听着身后默默生长的榆树。树叶在风中发出"沙沙"的声响。

不要忘了把树叶的"沙沙"声放进机器里，他提醒自己。不一会儿，整个门廊，还有那个秋千便空无一人，兀自晃荡。

比尔与草坪

爷爷在睡梦中露出笑容。

醒来的时候他还在回味自己的梦。真是很奇怪，怎么会在梦里发笑呢？躺在床上，他安静地倾听着，有一个声音让他对自己梦里发笑的原因感到释怀。

在梦里，他听到了比鸟儿的欢唱，比新叶的“沙沙”声更让人开心的声响。每年总有这么一天，他会这样醒来，会这样静静地躺着，等待这个声音如期在耳畔响起。听到这个声音也就意味着这一年的夏天正式开始了。在某个清晨，在此留宿的某个人，可能是某位侄子，某位表兄弟，或者是儿子，也可能是某个孙子，会走出家门来到院子里的草坪上。推着割草机，从东往西，从南至北，一小块一小块地修剪着草坪。在浓郁香甜的夏日青草气息里，旋转的金属部件发出“哒哒”的声音。穿过割草机的也许是三叶草的花，也许是几朵漏摘的蒲公英黄花，抑或是蚂蚁、杂草、卵石，又或许是去年七月四日国庆日庆祝时留下的鞭炮和彩纸碎屑。当然，从割草机里如泉水般溅落出来的主要还是那翠绿的嫩草，犹如一股冰凉柔软的泉水喷涌而出。爷爷默默想象着它们正粘在自己的腿上，溅到自己的脸颊上。这悠远的气息随着夏季的到来充溢着鼻孔，它是一个承诺，是啊，我们还要再活上十二个月。

上帝一定要保佑这个修剪草坪的人，他心里这样想。真不知道是哪个笨蛋决定每年的一月是新年的第一个月份。绝不应该如此。应该让这个人到伊利诺伊州，到俄亥俄州，到爱荷华州那些一望无际的大草原上去瞧一瞧。清晨，青草蓊郁，正待修剪。一时间那辽阔的草原上没有了人声鼎沸，没有了牛马嘶鸣，一台台割草机和脆嫩的青草演奏着一首和谐的乐曲。新年的到来的这一天，人们不应该相互抛撒五彩的纸屑和彩带，就相互抛撒这脆嫩的草叶吧。以这样的方式迎接新年的到来该是多么的美好！

对于这种疯狂的想法，他自己都忍不住笑了。站起身，走到窗户边，倚在和煦的阳光中。是谁在家里留宿了？一定是弗雷斯特，那个当记者的年轻人吧。他已经推着剪草机在草坪上走过了一趟。

“早上好，斯波尔丁先生！”

“早上好，比尔！”爷爷开心地回答道。没过一会儿，他就下楼来吃早餐。奶奶早已准备好了早餐等着他。窗户就这么敞开着，他希望一边享用早餐，一边还能清晰地听到割草机转动的声音。

“这个割草机，你听一听，”爷爷说，“这声音让人有信心。”

“割草机也用不上几回了。”奶奶把一盘面包放在他面前的桌子上。“比尔·弗雷斯特从别人那里买了一种新草，待会儿就要栽上。听说这种草根本不需要修剪。也不晓得叫什么名字，只听说这种草只会长那么长，不需要修剪。”

爷爷瞪大眼睛盯着眼前的这个老妇人。“你跟我开什么玩笑？”

“我跟你保证，没开玩笑。不信的话你自己去看好了。”奶奶说，“这是比尔·弗雷斯特的主意。那些新草就在墙边上的那些木盒子里放着。只需要隔那么远在地上挖一个小坑，放上这些新草就可以了。不用等到冬天，这些新草就会杀死所有以前栽种的草。到时候，这台割草机就可以便宜卖掉了。”

爷爷一下子从椅子上站起身来，大步穿过大厅。不到十秒钟，他已经来到了大门外。

阳光里，比尔·弗雷斯特微微地闭着眼睛。放下手上的割草机，他笑着朝爷爷走过来。“这下好了，”他说，“昨天买了这些草，想着正好我放假，就帮你种上。”

“你为什么不和我商量一下？我才是草坪的主人！”爷爷大声说。

“我想你肯定会很开心啊，斯波尔丁先生。”

“啊，我才不开心哩。你买的是什么奇奇怪怪的草啊？让我看一看。”

两个人站在那些装有新草的平底盒子旁边。爷爷满腹狐疑地用鞋尖蹭了蹭草叶。“看上去和以前的那些草也没什么区别啊。该不是你早上起床还没完全清醒让人给骗了吧？”

“这种草长得好，我在加利福尼亚亲眼看到过。只长这么高，绝对不会有假。如果这草能适应我们这里的气候的话，从明年起，就不用每周都要修剪一次这该死的草坪了。”

“嫌修剪草坪麻烦，是你这个年纪的人的问题。”爷爷说，“比尔，我真替你感到脸红。作为一个记者，让生活变得有滋有味的事情，你统统不要。在你嘴里，总是要省时间，省麻烦。”他毫不客气地推了推地上的盒子。“比尔，等你到了我这个年纪，你就会明白，这些小事情小乐趣才最重要，远比那些大事情有意义多了。春天的早晨，出去走一走，远比在崎岖不平的山路上开车开八十英里更惬意。你知道这是为什么吗？因为那里到处充溢着春天的气息和味道，满眼都是万物在生长，只要你能用心去寻找和感悟。我也知道——你现在凡事都希望有明显的效果，这在我看来也没什么不对。但是在我看来，一个在新闻行业工作的人，看事情要全面周到。对你来说，看到骨架知道大概就可以了，我却更关注指纹，更关注细节。你困扰于当下这些事情，在我看来只是因为你还没有看清楚困扰你的这事情的真正价值之所在。你要是有权力的话，恨不得立一条法律将这些琐事统统禁绝了才好。真要是那样的话，在两件大事业之间，你肯定茫然无措，不知道该做些什么才好。到那个时候，你就得绞尽脑汁，去思考到底该做点什么，否则说不定就会闲得发疯。既然这样，为什么不让大自然给你展示一下它的魅力呢？修剪草坪和清理杂草也是生活的一部分啊，孩子。”

比尔·弗雷斯特微笑着看着他，一句话也没有说。

“我说得太多了。”爷爷说，“这一点我自己明白。”

“你的话我最爱听。”

“那我就还要继续讲。长在灌木丛中的丁香花远比兰花更耐看。蒲公英和杂草也各有各的特色。为什么呢？那是因为这些植物让你暂时忘记身边的人来人往，让你出出汗，让你低下头来审视自己。

只有当你完全沉浸在对自己的审视之中的时候，你才能真正地找回你自己。很多事情都需要在自己一个人的时候才能想明白。要想成为一个哲学家，打理花园算得上是最便捷的途径。你在打理花园便没有人对你胡乱猜疑，也没有人指责你，也没有人知道你在想什么。你打理花园的时候，就像是在牡丹花园里漫步的柏拉图，像是在铁杉林中行走的苏格拉底。一个手里提着肥料走过自家草坪的男人就像是肩上扛着地球的阿特拉斯之神（译者注：希腊神话中受罚以双肩掮天的泰坦巨人），将整个世界都轻轻松松地扛在肩上。塞缪尔·斯波尔丁先生曾经说过‘攻之在土，思之在心’。比尔，让割草机的叶片有机会继续旋转吧，别忘了到‘青春之泉’的大地上去走一走。我的话说完了。别忘了，偶尔嚼一嚼蒲公英嫩芽也是个不错的选择。”

“您上次吃蒲公英嫩芽是在什么时候啊？”

“现在我们不探讨这个事。”

比尔轻轻地踢了踢脚边的草屑，点了点头。“关于新买的这些草，我还没有给你讲清楚。这种草会长得非常密，到时候肯定会让三叶草和蒲公英活不了……”

“天哪！也就是说明年就没有蒲公英酒喝了！蜜蜂再也不会到这片草地上驻足了！你是不是疯了，小伙子！你告诉我，你买这些草花了多少钱？”

“一盘一美元。为了给你一个惊喜，我一下买了十盘。”

爷爷伸手到自己的口袋里，拿出那个用了很多年的深口钱包，打开银质的扣襻，然后从里面抽出三张五美元的纸币。“比尔，你这么一转手就赚了五美元。你帮我赶紧把这了无情趣的东西扔到峡谷里去，扔到那边的垃圾场里——扔到哪里都行——总之不要种在我的院子里，算我求你了。你的动机无可指责，但是我的想法你也不能不考虑吧，我都这么一把年纪了，经不起折腾。”

“好的，我一定照办。”比尔迟疑地接过钱。

“比尔，这种新草等我不在了以后再种也不迟。到时候你想怎么糟践这片草坪都可以。不知道你能不能再等我这个话痨五年时间啊？”

“等多久都可以啊。”比尔说。

“至于说割草机的声音，我认为那是这个世界上最美妙的声音，是每个季节里最清脆的乐曲。割草机的声音代表着夏天。要是哪一天听不到了，我肯定会受不了。真要是那样了，我肯定会怀念这浓浓的青草味儿。”

比尔弯腰端起那些盒子。“我这就把它们扔到山谷里去。”

“你这个年轻人真不错。你善解人意，又聪明又机灵，情感也很丰富，”爷爷夸赞道，“你以后肯定会是个优秀的记者。”

上午转瞬即逝，时间到了中午，爷爷转身回屋子吃午饭。然后读了一小会儿《惠蒂尔报》，就去睡午觉。就这样一天便过去了大半。三点钟待他再醒来的时候，明亮而清新的阳光透过窗户照进房间。躺在床上，他有些吃惊。那个熟悉得不能再熟悉，屡屡记起的声音又一次传入到他的耳朵。

“怎么回事儿，”他说，“是有人在使用割草机！草坪不是上午刚刚修剪过了么？”

他重新凝神细听。没错，就是割草机的声音。“嗡嗡”的声音时高时低，响个不停。

他倾身探出窗外，打着哈欠。“怎么回事儿，比尔，比尔·弗雷斯特，又是你啊！晒着太阳你不热么？怎么又修剪一遍啊？”

比尔抬起头，微笑着挥了挥手。“我知道！有些地方没有修剪到。”

爷爷笑了，他安心地回到床上又躺了五分钟。比尔·弗雷斯特剪完了北边剪南边，剪完了南边剪西边。最后，伴着一阵绿色的喷泉，他终于修剪完了东边的最后一片草坪。

幸福制造机（三）

星期天一大早，利奥·奥夫曼在自家的车库里来回踱着步，一心想着要是某块木材，或者哪截电线，哪怕是哪个锤子或者扳手能跳起来，朝着他大喊“从我开始，从我开始！”就好了。可惜没有什么东西跳起来，所有这些都静静地躺在地面上。

“幸福制造机”是不是应该能装在口袋里呢？他暗自思忖。

还是说这个机器能把人放到它的口袋里装着，并带着人一起走呢？

“有一件事情我知道，”他大声说，“这个机器应该有鲜艳明亮的颜色才行！”

他选定了一罐橙黄色的油漆放到工作台的中间，然后拿起一本词典，转身朝正房走去。

“莉娜？”他瞟了一眼词典，“你是不是觉得‘幸福、满足、开心’？你觉不觉得自己‘幸运、好运连连’？生活中的一切对你而言是不是都如此的‘合适、恰如其分’，如此的‘成功’‘刚刚好’？”

莉娜正在忙着切圆白菜。听他这么问，便闭上眼睛。“麻烦你把刚才说的再说一遍给我听。”她说。

他合上词典。

“我说你能不能停下手上的活儿，认真地想上一个小时，然后再告诉我你的答案。只需要回答‘是’或者‘不是’就可以了！你是不是觉得‘满足、幸福、开心？’”

“奶牛感到满足，小婴儿和返老返童的老年人感到幸福，上帝总在帮助他们，”她说，“至于说‘开心’，你看我正笑着擦拭水槽呢……”

他细细地端详了一番她的脸才轻松下来。“莉娜，真是这样的。你说得没错，没有哪个男人懂得感恩。可能下个月就不一样了。”

“我可不是在抱怨！”她大声说，“我也不是那种动不动就要别人闭嘴的人。利奥，你是不是还要问我：‘夜晚是什么让我心跳不已？’算了吧！可能接下来你还会问我：‘什么是婚姻？’这样的问题谁又说得清楚呢？还是别问了。一个男人整天思考这样的问题，关心这个是怎么运转的，琢磨那个是怎么操作的。整天想着马戏团的秋千为什么会晃动，对喉咙里的肌肉是怎么运作的耿耿于怀。吃饭、睡觉、呼吸，利奥，不要弄得好像我是这个家里的新人似的，好不好？”

莉娜·奥夫曼皱着眉头，气呼呼地说。

“哦，天哪，瞧瞧吧，看你都做了什么！”

她赶忙把微波炉的门打开。顿时，整个厨房的空气里充满了浓烟。

“幸福！”她的眼泪都快要流下来了。“我们俩第一次在六个月里没有吵架！幸福，二十年来第一次没把面包做成功。全成了焦炭，晚饭怎么吃！”

没等焦烟散尽，利奥·奥夫曼早就已经离开了厨房。

“叮叮当当”的敲打声，灵感和现实的碰撞声，金属和木材器具扔来扔去的声音，榔头、钉子、T形尺、扳手，拿起放下时发出的声音，各种声音纠缠在一起，好几天都没有断绝其间遇到挫折、遭受失败的时候，利奥·奥夫曼就到街道上去走一走。他精神紧张，神情忧郁。每当听到远处传来似有似无的笑声，听到孩子们的欢声笑语，他都会停下脚步细细打量，总想要一探究竟，想要知道到底是什么让他们那么开心。夜幕降临，他静静地坐在邻居家喧闹的门廊里，听着那些古老却又反映了生活真谛的笑话。每当人们哄堂大笑的时候，他的大脑就开始高速地运转，像是在黑暗中发现了坦途的将军，对自己的宏大计划愈发有了信心。回家的路上，他不禁有几分洋洋得意。但是一回到车库，面对着那些枯燥乏味、了无生气的工具的时候，得意的心情又变得晦暗了，明亮的脸上很快就黯淡下来，笼罩上了一层失意和无奈。他拿着工具东敲敲，西打打，似乎只有这样才能带来些许灵感。经过十多个日日夜夜的煎熬，机器终于露出了真容。利奥·奥夫曼完全沉浸其中，显得是那么的虚弱和憔悴，饥肠辘辘的他摇摇晃晃地走进房间。他的样子简直就像是刚刚被闪电撕裂了一般。

房子里，孩子们正在大喊大叫，发出震耳欲聋的声音。看到他走进来，顿时每个人都安静下来，仿佛死神伴随着钟声走进了房间。

“幸福制造机，” 利奥·奥夫曼哑着嗓子说，“造好了。”

他的妻子说：“你们的爸爸，总共花了十五美元。这两周，他不和你们说话，弄得你们每个人都紧张兮兮的，只好通过打架来释放压力！你们的妈妈也一样紧张兮兮。现在我手头上有十美元，我要去买件新衣服，犒劳自己一番。是啊，机器终于做好了。但是真的能制造幸福吗？谁知道呢。利奥，离你做的那个闹钟远一点，要是想再找一个恰好这么大的布谷鸟放进去可没有那么容易！成年人老是摆弄这种东西总归不太好。虽然也不是亵渎神灵，却有悖于你自己的本心吧。要是再过一周还没有做好的话，我们就一起将他塞到那机器里去算了。”

利奥·奥夫曼太忙了，一不留神便摔了一跤。

太有意思了！躺在地板上，他心里想。

黑暗眨着眼睛笼罩这大地，也笼罩住了他。耳边只听到有人在他的耳边说了三遍“幸福制造机”。

第二天一早醒来，他睁开眼睛只看见一大群鸟儿拍打着翅膀，在车库银白色的房顶上空盘旋，像是一块块扔向宁静水面的彩色石头。

几只混种的柴犬踮着脚在车库的门外徘徊，一边朝里面张望，一边发出低沉的咆哮。四个男孩子、两个小女孩，另外还有几个大人，迟疑地站在门前的行车道上。不多久，他们又都聚在旁边的那棵樱桃树下。

利奥·奥夫曼细心地听着，他心里清楚是什么风把这些人都召集到了自家的院子外边。

一定是“幸福制造机”发出的声音。

这是夏季从巨人的厨房里发出的声音，“嗡嗡”的声音一会儿一个调，时断时续，时高时低。那厨房里正在烹制美味的食物，茶杯大小的金色蜜蜂飞来飞去。巨人的妻子一边忙着手上的活计，伴着粗重的呼吸声，她一边哼着开心的小曲儿。她有的时候朝大门边走上几步，那门像是整个夏天那样的宽广。她的脸颊上有桃花般的红润，银月似的大眼睛静静地看着微笑的狗儿，看着金黄色头发的孩子，看着浅灰色头发的老人。

“再等等吧，”利奥·奥夫曼对着外边大声说，“今天早上不开机，索尔！”

索尔站在院子下面的马路上，仰着头往上看。

“索尔，你把机器打开了吗？”

“半个小时之前是你让我打开它预热一下的。”

“好吧，是我忘记了。我还没有睡醒。”他又躺倒在床上。

妻子把早餐给他端了过来。她站在窗口朝着车库那边看。

“告诉我，”妻子静静地说，“要是真像你说的那样，它能不能生孩子？能不能让七十岁的老人回到二十岁？既然如此的幸福，如果躲在那机器死了该怎么办？”

“躲在那机器里！”

“假如你工作过度累死了，我该怎么办？爬到那个机器里面找你的时候我还能开心，还能幸福吗？你倒是跟我说一说，我们的生活怎么样？房子怎么样你都知道。早上七点钟吃早餐，带孩子。八点半你们一个个出门去，就我一个人在家里，洗洗涮涮一个人，缝缝补补一个人，拔草施肥一个人，买油买盐一个人，总是我一个人在家里。我向谁抱怨呢？我只是想提醒怎么才算是一个家。利奥，家里面到底应该有些什么！所以麻烦你告诉我：我刚才说的这些事情你是怎么放进机器的？”

“我这机器可不负责这些事情。”

“那真可惜，我可没有时间去看你的发明。”

她吻了吻他的面颊，然后走了出去。他躺在床上感受着车库里那机器激荡起来的隐秘的风。那风里夹杂着某个名叫巴黎的地方的味道，这风里有那个地方八月份街上卖烤板栗时散发出的香味。虽然他从来没去过巴黎……

在昏昏欲睡的小狗和小孩子中间，有只猫悄无声息地走过。它的喉咙里发出“呼哧呼哧”的声音。猫儿有节奏的“呼哧”声传得老远，击碎了暴风雪的肆虐。

明天，利奥·奥夫曼心里想，明天我请大家一起来试一试这台机器。

那天晚上，夜深了，他突然醒来，觉得有什么声音让他睡不着。他听到另一个房间里有人在哭泣。“索尔？”他小声喊道，然后连忙起了床。

索尔在他自己的房间里哭泣，脑袋埋在枕头里。“不……不……”他啜泣着。“那边……那边……”

“索尔，你是做噩梦了么？给我讲一讲吧，儿子。”

孩子哭个不停。

坐在孩子的床边上，利奥·奥夫曼突然想要看一看窗外。楼下的车库门果然大开着。

他后颈处的头发都一下子立了起来。待到索尔好不容易哽咽着再次睡着，利奥·奥夫曼下楼到车库去一探究竟。屏住呼吸，他将手放在机器上。

清凉的夜色中，“幸福制造机”的金属外壳滚烫滚烫。这么说，索尔刚才就在这里，他心里想。

为什么？难道索尔不开心，他也需要这台机器吗？不对，他很开心，只是想把幸福紧紧地抓在手里吧。你能责备一个小孩子，说他在对待幸福这件事情上不够明智吗？不！现在还为时尚早……

寂静的头顶上，突然有个白色的东西从索尔的房间窗户喷涌而出，吓得利奥·奥夫曼的心“咚咚”跳个不停。原来是风把窗帘吹了出来。但是，从下边看上去，那东西死气沉沉地在夜色中抖动，像是孩子的魂魄正破窗而去一样。利奥·奥夫曼赶忙伸手想要抓住它，想要把它重新推进房间，让它回到孩子的身子里去。

他浑身冰凉，打着抖，赶忙上楼来到索尔的房间，抓住这飘飞的窗帘，紧紧地关上窗户，生怕那个白色的东西再逃出去。坐在床边，他一只手轻轻地放到儿子的背上。

“《双城记》？我的。《老古玩店》？啊，这是利奥·奥夫曼的准没错！《远大前程》？本来是我的，留给他好了！”

“你在做什么啊？”利奥·奥夫曼走了进来。

“这是，”妻子回答说，“这是在分我们俩的共同财产！既然父亲大晚上能把自己的孩子吓得半死。此时还不分一分家产，等到什么时候？《荒凉山庄》和《老古玩店》里的科学狂人，没有哪一个比得上利奥·奥夫曼疯狂，哪一个都比不上！”

“你打算离开是不是，连那台机器试都不打算试一试！”他抗议道，“试一次吧，试一次我保证你就会把东西放回原位，我保证你不会走了！”

“《汤姆·斯威夫特及其他》，这书是谁的？”她问道，“还需要我猜吗？”

吸了一下鼻子，她把那书递给了利奥·奥夫曼。

夜已深，所有的东西都打包好了。书啦、碗碟啦、衣服啦、台布啦。这儿一捆，那儿一堆，这儿三本，那儿五本，码得到处都是。数数、分东西让莉娜·奥夫曼头晕眼花，瘫坐在一旁。“好了，就这样了。”她叹着气说。

“我走之前，你得向我保证不要再让无辜的孩子们做噩梦！”

默默地，利奥·奥夫曼领着妻子走到晦暗的夜色里，让她站在那台八英尺高、橘黄色的盒子面前。

“这就是‘幸福制造机’？”她问，“要是想要欣喜若狂，想要感激万分，想要心满意足，想要感激涕零的话，分别应该按哪些按钮呢？”

孩子们也都聚了过来。

“妈妈，”索尔说，“别按！”

“我得知道到底是什么让人喊破了喉咙，索尔。”她走进那台机器，坐下来，然后回头看了看自己的丈夫，摇了摇头。“需要这个东西的人不是我，是你。你神经衰弱，居然会大喊大叫。”

“试一试吧，”他说，“一会儿你就知道了！”

他帮她关上了机器的门。

“按一下按钮！”看不见妻子，他只好大声喊道。

“爸爸！”索尔焦急地说。

“听着！”利奥·奥夫曼说。

一开始没什么反应，只听见机器的某个零件在运行的时候发出的“嗒嗒”声。

“妈妈不会有事儿吧？”内奥米问。

“没事儿，她很好！你看，现在……你看！”

机器里面的莉娜·奥夫曼像是正在说着什么，“啊！”过了一会儿，他又喊道，“哦！”声音里充满了惊讶。“瞧瞧这个！”他的妻子在机器里说。“巴黎！”过了一会儿，“伦敦！这个是罗马！是金字塔！狮身人面像！”

“孩子们，是狮身人面像，你们听到了吧？”利奥·奥夫曼笑了，还一边喃喃自语。

“香水！”莉娜·奥夫曼大声说道，声音里充满了惊奇。

《蓝色多瑙河》的柔和乐曲声演奏开来。“音乐！真想跳舞啊！”

“想一想吧，她正在跳舞。”父亲对孩子们说。“太棒了！”妻子在机器里感叹。

利奥·奥夫曼脸红了。“你真是个善解人意的好妻子。”

在幸福制造机里，莉娜·奥夫曼“嘤嘤”地哭了。

发明家的笑容渐渐隐去。“她哭了。”内奥米说，“她怎么会哭呢！”

“是的，她哭了。”索尔说。

“她怎么会哭呢！”利奥·奥夫曼眨着眼睛。他把耳朵贴到机器上。“是的……她像孩子一样哭了……”

他只好赶紧打开门。

“等一会儿。”他的妻子坐在那里，面颊上挂着泪水。“让我看完。”她哭着说。

利奥·奥夫曼不知所措，只好关上机器的门。

“哦，这真是世界上最伤心的事情！”她伤心地说，“太让人伤心了，好难过。”她扶着门从机器里面出来。“本来是巴黎……”

“巴黎怎么了？”

“过去我做梦都没有梦到过这辈子我能到巴黎去。现在我忍不住要想一想了：巴黎真棒！突然好想去一趟啊，虽然我也知道不可能！”

“那里和机器里的差不多。”

“不，坐在机器里面我知道我看到的并不是真实的巴黎！”

“别哭了，妈妈。”

她看着丈夫，黑黝黝的大眼睛里满是泪水。“你让我好想跳舞。我们都有二十多年没有跳舞了吧。”

“明天晚上我带你去跳舞！”

“算了，算了！其实也没关系，本来也没什么关系。但是你的机器说很重要，我也就相信了！利奥，没关系了，哭一下感觉好多了。”

“还有什么别的吗？”

“还有什么？机器还说‘你依然年轻’，可是我已经不年轻了。这是一台说谎的机器，是一台‘悲伤制造机’！”

“怎么会悲伤呢？”

现在，他的妻子安静多了。“利奥，问题是你忘记了到时候我们大家都从这台机器里钻出来，碗和盘子都没有洗，床和被子都没有折。在这台机器里的时候，是啊，美丽的夕阳经久不衰，空气闻上去那么的香甜，气温总是那么的舒适。所有你想要保留的东西都能够得到保留。但是在机器的外边，孩子们还等着吃晚饭，衣服扣子掉了等着缝。利奥，让我直话直说好了，你盯着夕阳能看多久？又有谁愿意夕阳永驻呢？谁想要完美的气候？谁需要空气总是这般的香甜？都是转瞬即逝的事情，谁会在意呢？至于说夕阳，看一两分钟就够了。在此之余，还得有其他的事情要做。人们都是这样的，利奥。你怎么能不记得呢？”

“我忘记了吗？”

“人们喜欢夕阳是因为它偶尔出现，很快就消失。”

“莉娜，这样太可惜了。”

“怎么会呢。如果夕阳永驻，一直都不消逝的话，人人都会感到无聊，那才是真正的可惜。所以说有两件事情你做的不好。第一，你让转瞬即逝的东西长久不散，降低了它们消逝的速度。第二，你把那些遥不可及的东西带到了自家的后院。这些事情根本不会在我们这里出现。在我们这里，人们只会对你说：‘不，莉娜·奥夫曼你怎么可能到那个地方去旅游？你怎么可能去巴黎？你也不可能到罗马去。’我也知道那不可能，既然如此又何必告诉我呢？最好就是完全忘记，得过且过就好了。利奥，得过且过就好了。”

利奥·奥夫曼斜靠在那台机器上面。机器表面很烫手，他吓得赶快将手拿开。

“那该怎么办呢，莉娜？”他问。

“那我就不知道了。既然这台机器在这里，我也只知道这些。这就是为什么我要从这机器里出来，可能这也是为什么昨天晚上索尔从机器里出来会有那样的反应的原因。坐在这机器里有悖于我们的判断，每次看到这些遥不可及的地方都会让人痛哭不止，所以对家庭来说这台机器真的不合适。”

“我不明白，”他说，“我怎么这么糊涂。待我再检查一番，看一看你说的对不对。”他自己坐进那台机器。“你可别离开。”

他的妻子点了点头。“好的，我在这里等你，利奥。”

他关上门。在机器里温暖而黑暗的空气中，他迟疑地按了按按钮，然后在各种鲜艳的颜色与柔和的背景音乐中放松下来。突然，他听到有人在尖叫。

“着火了，爸爸！机器着火了！”

有人敲碎了机器的门。他想从里面跳出来，一不小心碰到了头。门塌了，他也摔到了地上。孩子们七手八脚地将他拉了出来。身后传来低沉的爆炸声。全家人都在惊慌失措，四处乱跑。利奥·奥夫曼气喘吁吁地转过身：“索尔，赶快给消防署打电话报警。”

索尔正要跑去报警，莉娜·奥夫曼一把抓住他。“索尔，”她说，“等一等。”

火舌乱窜，又是一声沉闷的爆炸声。机器也着了火，烧得噼里啪啦作响，莉娜·奥夫曼满意地点了点头。

“好了，索尔，”她说，“快去打电话报警吧。”

大家都来扑火。斯波尔丁爷爷、道格拉斯、汤姆以及所有借宿的人都来了，甚至峡谷对面的老人们也赶了过来，附近六个街区的孩子们也都来凑热闹。

利奥·奥夫曼家的几个孩子站在人群前面，骄傲地看着熊熊的火苗从自家车库的房顶上冒出来。斯波尔丁爷爷细细地研究了一番那熊熊的火苗，然后静静地说：“利奥，是那个东西吗？你的‘幸福制造机’？”

“过几年之后，”利奥·奥夫曼说，“待我搞清楚了原因再告诉你吧。”

莉娜·奥夫曼站在黑暗中，看着消防员们在院子里忙进忙出，车库里火势依然凶猛。

“利奥，”她说，“重新弄好也要不了一年的时间。四下里看一看，想一想，稍微静一静。一会儿来告诉我。我这就回房子里去，把书都放回架子上，把衣服也都放回柜子里去。还要做晚饭，今天的晚饭肯定会比较晚。你看，天都已经黑了。走吧，孩子们，给妈妈帮帮忙。”

消防员走了，围观和帮忙的邻居也都散去了。只剩下利奥·奥夫曼和斯波尔丁爷爷、道格拉斯和汤姆在余烟尚在的废墟上徘徊。

他用脚踢着那些湿漉漉的残留物，嘴里叨叨有词，有些话不说不快啊。

“人这一辈子学会的第一件事就是要认识到自己的愚钝，可是等到人生将尽的时候才发现自己还是一样的愚蠢，一点都没有改变。有那么一刻，我的脑子里想东想西，想个不停。我甚至觉得利奥·奥夫曼是不是瞎了眼！你不是想看一看‘幸福制造机’的真容吗？这台机器早在几千年前就已经被制造出来了，到现在这机器还在运转。虽然并不是毫无故障，但依然运行无碍。这机器一直都存在啊。”

“但是大火——”道格拉斯说。

“是啊，大火把车库给烧毁了！但是正如莉娜所说的那样，要不了一年就能重新弄好。车库里烧毁的那一台根本算不了什么！”大家跟着他走上门廊的台阶。

“来吧，”利奥·奥夫曼小声说，“到窗子前面来。小声点，来看看吧。”

爷爷、道格拉斯和汤姆迟疑地走过去，隔着玻璃窗往屋里看。

屋子里，在那一池温暖的灯光下，有利奥·奥夫曼想让你看到的景象。索尔和马歇尔面对面坐在咖啡桌边下棋，餐厅里瑞贝卡正在摆放银质的餐具，内奥米正在用纸给玩偶娃娃做衣服，露丝在画水彩画，约瑟夫玩着电动小火车。隔着厨房的门，你能看到莉娜·奥夫曼正迅速地从蒸锅里取出蒸好了的食物。每个人的双手、脑袋、嘴巴里都在或轻微或剧烈地晃动。即便是隔着窗户玻璃，你也能隐约听到他们发出的声音。听，有人正在哼着一首甜蜜的歌曲。面包烤熟了，散发出阵阵香气。这是真正的面包，不多一会儿就能放在餐桌上就着黄油当晚餐。一切就在眼前，一切都井然有序地进行着。

他们三个人都转过身来看着利奥·奥夫曼。利奥·奥夫曼正出神地看着室内发生的的一切，脸上满是安详恬静的神情。

“是啊，”他轻声地喃喃自语道，“这就是了。”他的表情里没有一丝一毫的悲伤，也没有一眼就能看透的欣喜。至少，他的这番神情和室内的那番景象交织在一起，相互激荡又相互映衬，显得是那么的镇定自若，却也像是河水一样静静地流淌。

“幸福制造机，”他说，“幸福制造机。”

没多久，他就走了。

透过玻璃窗，爷爷、道格拉斯和汤姆看到利奥在里屋笨手笨脚地帮着忙，调一调镜子的位置，擦一擦墙上的划痕。在这其乐融融却又稍显神秘，温馨甜美却又妙不可言的一家人之中，他的存在是那么的美好，那么的和谐。

大家相视而笑，一起拾阶而下，走进初夏的夜色里。

阳光下的毯子

每年，家里的那些大地毯都要拿到院子里晒上两回。毯子就铺在屋外的草坪上，远远看上去就像是从来没有使用过似的。奶奶和妈妈一人拿着一根棍子走出房门。这棍子缠着丝线真是好看，像是从街头买冷饮的小卖部里放置的小椅子上拆下来的。这两根神奇的棍子像是魔法棒，从一个人的手里传到另一个人的手里。道格拉斯、汤姆、奶奶、太奶奶、妈妈，大家站在一起，像是亚美尼亚人在执行某种熟悉而又神秘的仪式。突然，太奶奶发出一个信号，可能是眨一下眼睛，或者是微微动一下嘴唇发出一个细微的声音，敲打便开始了。棍子一遍又一遍，齐齐地拍打在毯子上。

"拍这里，拍这里！"太奶奶大声说，"赶快把苍蝇赶走吧，孩子们，还有那些虱子！"

"好啦，妈妈！"奶奶冲着自己的母亲说。

大家都笑了。空气中弥漫着灰尘，呛得张嘴大笑的人咳嗽不停。线头雨下、沙子纷飞、金黄色的烟草屑在屡屡暴击之下，翻飞激荡。停下敲打，孩子们就能依稀看见羊毛织就的地毯上自己留下的脚印。当然，大人们千百遍踩踏留下的痕迹更加明显，像是印在遥远的东方海岸边沙滩上的脚印，在海水的洗刷下变得愈发模糊起来。

“这个咖啡渍是你丈夫的杰作！”奶奶用棍子拍打了一下垫子。

“这里的污渍是你把冰激凌掉在上面留下的印记！”太奶奶使劲儿拍了拍另一大片污渍。

“看看那些划痕吧。小调皮们，小调皮们！”

“太奶奶，这些水笔印子肯定是你留下的！”

“呸，我笔里面的墨水是紫色的，这个水笔划痕是普通的蓝色！”

啪！

“看吧，从客厅门口到厨房门口，都踩出了一条大路了。食物把狮子们引到水塘旁边。来把毯子翻个面儿吧。”

“还没好吧。最好把男人们都锁在门外面才好。”

“让他们把鞋子放在门外边就行了。”

啪，啪！

等到把毯子挂在晾衣绳上，这块毯子就算拍打好了。汤姆盯着毯子上复杂的线头和回针构成的花朵，以及其他一些不知其意却略显神秘且重复出现的图案发起了呆。

“汤姆，不要站在那里一动不动。赶快动手拍打毯子啊，孩子们！”

“这毯子真好看啊。”汤姆说。

道格拉斯满腹狐疑地看着他。“你在看什么啊？”“我看到了整个城市，好多房子，数不清的人，还有我们家！”啪！“后边的部分就是那个峡谷！”啪！“那里是学校！”啪！“这个滑稽的卡通形象就是你，道格！”啪！“这是太奶奶，这是奶奶，这是妈妈。”啪！

“这毯子用了多少年了？”

“十五年。”

“过去十五年里每个人在上面跺脚，在上面留下的脚印我都看得清清楚楚。”汤姆感慨道。

“天哪，孩子，你太能吹牛了。”太奶奶说。

“这个家里过去发生的所有事情我都看得清清楚楚！”啪！“过去发生的一切，真的，而且我还看得见未来，我知道未来会发生什么。只要我睁眼定睛看一看地毯上的纹路和结构，我就知道明天大家会往哪里走，会往哪里跑。”

道格拉斯停下了手上正在挥舞的棍子。“你从毯子上还能看到什么？”“主要是线头吧，”太奶奶答道，“连这也快分不清了，只剩下一些衬布了。能看见织毯子的人当初是怎么操作的。”

“对啊！”汤姆神秘地说，“东一根线头西一根线头，我就能看见一切了：可怕的魔鬼，致命的罪人；还看见糟糕的天气；也有一些好事情，比如说野餐、聚会、草莓节。”他一边说一边用手上的棍子拍打着毯子，一副能预测今昔的样子。

“你还让不让我招待客人了？”奶奶脸上放着光，努力让自己不要笑出来。

“一切都印在上面，只是没有那么清楚而已。道格，侧着头，半眯着眼睛。当然晚上效果更好。晚上在屋子里，毯子都已经铺到地上，打开所有的电灯。灯光下你就能看到所有的影子，忽明忽暗，你就能看到线头都在到处跑。打个盹，让自己的脑袋放在毛毯上。我猜，你能闻到沙漠的味道。又热又糙，估计待在木乃伊的匣子里就是那种感觉吧。你看这些红色的点，这就表示‘幸福制造机’烧着了。”

“那一块不知道是谁将三明治里的番茄酱掉在上面留下的痕迹。”妈妈说。

“不，是‘幸福制造机’。”道格拉斯说。看到那一处熊熊燃烧的火焰，他非常失落。还指望利奥·奥夫曼能如期完成设计，让每个人都笑口常开。每当地球转动朝着黑漆漆的太空的时候，他总是能够感受到体内的那个陀螺仪却转向了太阳。唉，都是利奥·奥夫曼做的蠢事，现在一切都只剩下灰烬和残渣了。啪！啪！道格拉斯恨恨地抽打着毯子。

“看吧，绿色的电动代步车！弗恩小姐！罗伯塔小姐！”汤姆说，“哼哧，哼哧！”啪！

大家都笑了。

“还有你的生命之线，道格，它们以绳结相连。太多酸苹果，还有睡前吃的泡菜！”

“哪一个，在哪里？”道格拉斯凑过来问。

“这里，一年之后的事；这里，两年之后的事。这里，三年、四年、五年之后的事！”

啪！缠了线圈的棍子像是漆黑的天空中的长蛇，吐着信子，“嘶嘶”作响。

“又出来一个！”汤姆说。

他重重地拍打着毯子，泛起一阵灰尘。这灰尘像是积累了五千年之久，厚厚的一层，在空气中凝聚，久久都没有散去。道格拉斯站在那里，眯着眼睛看着灰尘在空气中变换着形状，看着毯子上纺织时留下的经纬线，看着那些晃动的复杂结构。这些灰尘像是亚美尼亚的雪崩，雪若尘暴般发出无声的咆哮，冲下来，包围了一切，将他永远地埋葬在大家的面前……

从没年轻过

年老体衰的本特利太太也不记得，到底自己是在什么时候开始和这些孩子有了交往。经常在自家的杂货店能看到他们的身影，就像是一只只飞蛾，也像是一只只小猴子，在摆放了圆白菜或者香蕉的摊位之间流连。她总是微笑地看着这些孩子，孩子们也向她报之以微笑。她看见孩子们在冬天的雪地上留下脚印，看着他们满身带着秋天的气息呼啸而过，春天里被他们摇落的苹果花如暴风雪一样纷纷坠落。这些孩子没有让她觉得不适或者害怕。她自己的房子依旧收拾得井井有条，一切都井然有序，纹丝不乱。地面扫得干干净净，食物装得整整齐齐，衣帽别针安安稳稳地别在靠垫上，卧室的抽屉里收纳着陪伴她生活了这么多年的小物件。

本特利太太是个爱收藏的人。电影票啦、剧院节目单啦、蕾丝边啦、各式围巾啦、火车票啦……各种存根、各种票据，借此证明着她生命中曾经的过往。

“各种记录我有一大堆，”她总是这么说，“这是一九一六年的卡鲁索，地点是纽约。那个时候我六十岁，约翰还在世。这是一九二四年的图恩·穆恩，我记得应该是约翰刚刚过世不久。”

从另一个方面说，这也算得上是她这一生的遗憾。她这一辈子最想触摸，最想聆听，时刻都想凝视的那个人，她却没能守住。

约翰早就不在了，他去世了，被装在棺材里，埋葬在乡间的牧场上，现在他的墓地上早就已经长满了杂草。他的一切都不复存在，只留下他曾经戴过的高高的礼帽，他的手杖以及一套精美的西装。就算是这些东西，也被蛾虫咬噬。

能保存的她都保存了下来。宽大的木箱里，粉色碎花长裙的旁边不忘放一些樟脑丸，箱子里还存放着她打小就使用的雕花碗碟。这些都是五年前她搬到这个地方时一并带过来的。她的丈夫在好多地方都有产业出租。它们就像是棋盘上象牙制成的棋子，被一个个地卖掉了。现在她来到这个陌生的镇子，定居了下来。随她搬过来的还有这些箱子和家具，都是些样式老旧、颜色晦暗的物件。一起堆在房子里，像是动物园里的那些老掉牙了的动物，一个个蜷缩在她的身边。

和这帮孩子的交往开始于这一年的仲夏时分。那天早上，本特利太太打开房门，打算给种在门廊外的常春藤浇浇水。一抬头，她看见两个皮肤白皙的女孩子和一个矮个子小男孩，躺在院子的草坪上，像是正在享受青草刺激皮肤的感觉。

就在面色苍黄的本特利太太微笑地盯着孩子们的时候，街角出现了一辆售卖冰激凌的小货车，犹如精灵组成的乐队般。它奏着美妙清脆的乐曲开了过来，车上玻璃杯碰撞在一起发出“叮叮咚咚”

的声音清脆响亮，仿佛高手在敲击玻璃酒杯，让人垂涎欲滴。听到音乐，孩子们坐直了身子，小脑袋扭过去，像是向日葵一样时刻跟着太阳转。

本特利太太大声说：“各位，想不想吃一点？”冰激凌小货车停了下来，她用整钱给每个孩子买了一份原味“冰河时代”冰激凌，自己换了一大把零钱。孩子们嘴上沾满了雪白的冰激凌，纷纷向她表示感谢，一边还从头到脚打量着她。看看她那绑着鞋带的鞋子，又看看她满头的银发。

“你要不要也尝一点？”小男孩问。

“不了，孩子。我老了，怕冷，已经吃不了冰激凌了。就算是再热的天气，也晒不化我。”本特利太太笑着说。

三个孩子举着手中的小冰山，坐在走廊边绿荫下的滑道上。

“我是爱丽丝，她是简，他是汤姆·斯波尔丁。”

“认识你们真高兴。我是本特利太太。大家也叫我海伦。”

孩子们都盯着她。

“大家叫我海伦，你们不相信？”老太太问。

“老人家也有自己的名字？我怎么不知道？”汤姆眨着眼睛问。

本特利太太干笑了一下。

“他的意思是说，他从来没听到过这么称呼老人家。”简解释道。

“亲爱的孩子们，当你们到了我这个年纪，也不会有人叫你简了。年龄越大别人对你越尊重。大家总是用‘太太’这样的称呼。年轻人也不愿意叫你‘海伦’，否则听上去太轻率了。”

“您多大年纪了？”爱丽丝问。

“我像恐龙一样老。”本特利太太笑着说。

“那您到底多少岁呢？”

“七十二。”

孩子们狠狠地舔了舔各自的冰激凌，想了好半天。

“你可真是很老啊！”汤姆说。

“但是我现在的感受和当年我和你们差不多大小的时候也没有什么区别啊。”老太太说。

“我们这个年纪？”

“是的。我也曾经和你们俩一样，是个漂亮的小姑娘。”

孩子们没有作声。

“怎么了？”

“没什么。”简站起身。

“哦，你们要是再玩一会儿也好啊，反正我不介意。吃完了再走啊……有什么不对劲儿么？”

“妈妈说撒谎不好。”简说。

“撒谎当然不好。谁也不要撒谎。”本特利太太说。

“也不要听别人撒谎。”

“谁对你撒谎了，简？”

简看着她，然后又不安地避开她的眼神。“你。刚才。”

“我？”本特利太太笑了，用自己干枯的手捂着干瘪的胸口，“我说了什么谎话啊？”

“关于你的年纪，你还说你是个小姑娘。”

本特利太太的笑容有些僵硬。“很多很多年以前，我真的也曾经是个小姑娘，是一个和你们差不多大的小姑娘。”

“走吧，爱丽丝，汤姆。”

“等一等，”本特利太太说，“你还是不相信我？”

“我不知道，”简说，“不相信。”

“太滑稽了！这不是很明显的事情吗。每个人都是从小孩子长大变老的！”

“但你不是。”简的目光垂下来，小声地说，声音小得似乎只是在告诉她自己。她手中的冰激凌已经吃完了，用来吃冰激凌的小棍子被扔到门廊边上的那个紫色的垃圾桶里。

“我也是从八岁、九岁、十岁，这样慢慢长大的。你们也一样。”

两个女孩子讪讪地笑了一下，又马上闭上了嘴。

本特利太太的眼睛闪着光。“算了，我可不能为了这件事和你们这些小孩子争论一早上。无论怎么说，我十岁左右那会儿也和你们一样的傻。”

两个女孩子笑了。汤姆看上去很不自在。

“你在和我们开玩笑，”简“咯咯”地笑了，“你从来都没有十岁过，是不是，本特利太太？”

“你怎么还这么说啊！”这位老妇人突然大声地说。在这两个女孩子的眼里她是这样的形象，这让她受不了。“你们不能这样笑。”

“那就是说你的名字不是海伦？”

“我当然叫海伦！”

“再见。”小女孩们说着跑过草坪，跑进无边的绿荫里去了，在身后留下银铃般的笑声。汤姆慢腾腾地跟在她们的后边。

“谢谢你的冰激凌！”

“我小的时候也玩儿跳房子游戏！”本特利太太冲着她们的背影大声喊道。可惜孩子们已经跑远了。

接下来这一整天本特利太太过得都不安稳。将茶壶掼到桌子上，发出叮铃哐啷的声音，中午的时候，也只是随随便便吃了一点东西就了事。她不时地走到窗户前往外看，想看一看这帮可恶的小魔鬼是不是还会从自家的草坪上跑过。但是，就算是他们再次出现了，她又有什么可以对他们说呢？她到底为什么这么焦虑、这么着急呢？

“她们的想法真可笑！”本特利太太对着自己手上的那个镶有玫瑰花边的精致茶杯说，“以前从来没有人质疑我曾经也是一个小女孩。质疑这一点该是多么的愚蠢和可笑啊。老了就老了，又有什么办法呢，但是连自己的童年都让人给否定了，真是受不了。”

看啊，孩子们又在满是凹洞的大树下面奔跑玩耍。恍惚之间，她似乎看见青春时节的自己正和孩子们那白皙的双手一起起舞，犹如空气一样，几不可见。

午饭之后，也不知道为什么，她就想要动一动。她忍不住认真地端详着自己的双手。唉，真像是一双藏在扑满香水的手绢里的鬼魅般的双手。然后，她站起身，走到门廊处，怔怔地往外看。她在那里呆立了有半个多小时。

本特利太太的召唤声把孩子们都吸引了过来，孩子们呼啦啦又出现在她的面前。像是夜晚潜行的鸟儿，大家都“扑棱棱”落下来休息一番。

“本特利太太，你好吗？”

“都上来，到门廊里来吧！”她对他们说。女孩子们爬上台阶，汤姆紧随其后。

“好的，本特利太太。”她们把“太太”这个词说得很重，像是乐队里的低音贝斯，尤其的沉重。听上去就像是这两个字是她的本名似的。

“我给你们看看我的宝贝。”她一边慢慢地打开香喷喷的手帕，一边睁大眼睛往里面看，那样子像是连她自己都会被手帕中的宝贝吓到一样。她从里面拿出一把梳子，放到孩子们的面前。那是一把小巧精致的发卡，发卡的边缘处还镶着莱茵宝石，在阳光下闪着微光。

“这是我九岁的时候戴过的发卡。”她说。

简把发卡捧在手掌心里说：“真漂亮啊。”

“让我看看吧！”爱丽丝说。

“这一件是我八岁的时候戴过的戒指，”本特利太太说，“现在我的手指已经戴不上了。你看吧，戒指内侧镌刻着一座比萨斜塔。”

“让我看看塔是不是真的快倒了！”两个女孩子你看看、我看看，戒指在她们手上传来传去。最后简把它戴到了自己的手指上。“我戴着刚好合适，还奇怪啊！”她大声地说，“这个发卡我戴着很合适。”爱丽丝也吃惊地说。

本特利太太又拿出几粒溜圆光滑的小石子放到她们面前。“看吧，”她说，“这是我以前经常玩的。”

她把这些石子抛到门廊的地面上，石子像星星一样在地上散开。

“还有这个！”她终于拿出了自己的杀手锏。那是一张明信片大小的照片，照片上是她自己七岁时的模样，穿着漂亮的衣服，像是一只黄色的蝴蝶。卷曲的金色头发，湛蓝干净的大眼睛，噘着胖嘟嘟的小嘴巴，又像是一个飞落人间的小天使。

“这个小女孩是谁啊？”简问道。

“是我啊！”

两个孩子盯着照片看了许久。

“一点也不像你，”简毫不隐晦地说，“只要想弄，谁都可以弄到这样一张照片。”

然后两个女孩子盯着她看了很久。

“还有没有别的照片，本特利太太？”爱丽丝问道，“你后来的照片，再大一些的照片？比如说十五岁时候的，二十岁的，四十岁和五十岁的照片，各拿一张给我们看看吧？”

女孩怎么“咯咯”地笑了。

“我为什么要给你们展示这些东西！”本特利太太说。

“否则的话，我们就不能相信你。”简答道。

“这张照片足以证明我曾经年轻过！”

“这是别的小女孩的照片，别的像我们一样的小女孩的照片。你肯定是从她那里借来的。”

“我结过婚！”

“那么本特利先生在哪里呢？”

“他已经去世很久了。他要是还在世的话，肯定会告诉你们，我二十二岁的时候该是多么漂亮、多么美。”

“可是他没在这里，也不能告诉我们任何事情，你该怎么证明你自己呢？”

“我有结婚证明啊。”

“那也可能是借来的。唯一可以证明你曾经年轻过的办法——”简闭上眼睛，似乎是想要强调自己的话，“就是去找个人来，告诉我们，他见过你十岁时候的模样。”

“你这个小傻瓜，见过我的人何止千百个，可是他们要么是去世了，要么是重病缠身，或者是住在别的城市。至于说在这个城市里，我也不认识谁，我也是这几年才搬过来的。所以说，这里没有人知道我年轻的时候是什么样子。”

“哦，那就对了！”简眨着眼睛看着自己的小伙伴，“没有人见过她！”

“听我说！”本特利太太抓住小姑娘的手腕，“你要相信我没有说谎。总有一天你也会老去，老得像我一样。人们也会这样质疑你。‘不，不是，’他们会说，‘这是丑陋的秃鹫，那里是漂亮的蜂鸟啊。是猫头鹰，根本不是金黄鹂。鹦鹉鸟怎么也不可能是蓝色的知更鸟！’总有那么一天，你们也会和我一样！”

“不可能，我们绝对不会！”两个女孩子嚷嚷道，“我们会和她一样吗？”她们相互询问着对方。

“等着瞧吧！”本特利太太说。

噢，孩子就是孩子，老人就是老人。这两者之间没有任何的过渡。怎样让她们去相信，她们没看到的变化呢！她的心里暗暗地思忖。

“你的妈妈，”她对简说，“这些年你有没有察觉到她的变化？”

“没有，”简说，“她总是那个样子，没有任何变化。”

是啊，孩子没有说错。天天和你生活在一起的人，不容易看出变化。只有那些经年远游，突然归来的人才会让你大吃一惊。她觉得自己就像是一名在咆哮奔腾的黑色火车上乘坐了七十二年的乘客，终于下了车，踏上了站台。大家都围过来惊讶地喊道：“海伦·本特利，是你吗？”

“我们还是回家去吧，”简说，“谢谢你的戒指，太合适我了。”

“谢谢你的发卡，真漂亮。”

“谢谢给我们看那个小姑娘的照片。”

“快回来——你们不能将它们都拿走！”本特利太太冲着她们大声喊道，可惜孩子们已经冲下了台阶，跑掉了。“那些都是我的东西。”

“别这样！”汤姆一边跟着两个女孩子跑一边说，“还给她算了！”

“不，反正是她偷来的东西！这些是别的小女孩子的东西，她偷了过来，对吧！”爱丽丝大声说。

所以不管她在背后怎么大喊大叫，两个女孩还是跑了，就像是两只飞蛾，消失在茫茫的黑夜之中。

“对不起。”汤姆停下脚步，站在草坪上抬头看着本特利太太说。然后转身离开了。

她们把我的戒指、发卡和照片拿走了，本特利太太在心里念叨着，颤巍巍地站在台阶上。噢，我的心里空落落的，空落落的，那可是我生命的一部分啊。

晚上，她躺在床上，辗转反侧好几个小时都没有睡着，身边放着各种小玩意。她盯着那成堆的针头线脑，成堆的玩具和饰品，大声地质问自己："那真的属于我吗？"

抑或那只是一位年老体衰的老太太想要借此来证明自己曾经年轻过的小伎俩？无论如何，过去已经永远地过去了，再也不会回来。人只能活在当下。的确，她也曾经是一个小姑娘，但那是很多很多年以前的事情了。她的童年早已随风而逝，没有什么能将它再抓回来。

夜风吹进她的房间，白色的窗帘绕着一根黑色的拐杖打着转。拐杖斜倚在墙壁上，不远处摆放着一些各式各样的小摆件。这样的摆设这些年从来都没有改变过。洁白的月光中，拐杖倒在地上，发出"咚"的一声响，金色的手柄闪闪发光。那是她丈夫生前去剧院的时候使用的拐杖。现在似乎他正拿拐杖指着她。以前当他们对什么事情争论不决的时候，虽然这样的场合并不多，但他总会拿拐杖指着她，用柔和而理性的声音跟她讲道理。

"孩子们没错啊，"他肯定会这么说，"他们没有偷你任何东西，亲爱的。那些东西本来就不再属于现在的你。那些东西属于那个时候的你，那是很久很久以前的你啊。"

哦，本特利太太在心里叹道。像是一张古旧的唱片在铜质的唱针下发出"嘶嘶"的杂音，她清楚地记得曾经和丈夫的那次交谈——本特利先生穿着整整齐齐的西装，衣领在胸口处别着一枝粉红色的康乃馨。他对她说："亲爱的，你永远也参不透时间的意义，是不是？你总是攥着过往的时光不愿意松手，总是不愿意认可此时此刻的自己。收集这些票根和节目单有什么意义呢？它们只会伤害你。都扔了吧，亲爱的。”

但是本特利太太还是很固执，愿意继续自己的收藏。

“没用的，”本特利先生嘬了一口茶，继续说，“不管你怎么努力地想要抓住曾经的自己，你还是此时此刻的你。时间就是一剂催眠剂。九岁的时候你觉得自己永远都是九岁，不会改变。三十岁的时候，你又觉得人生永远都会停留在美好的年纪。好了，待到你七十岁了，就希望永远都是七十岁。事实上你虽然活在当下，却总是流连于过往，或者又期待自己现在已经身在未来。要知道，除了此时此刻的当下，哪里有什么其他的‘现在’呢？”

他们一生的婚姻宁静而和谐，像这样的争吵极少发生，即便是偶有争吵，也是那样的温和。对于她的那些小玩意儿，本特利先生反正是不怎么待见。“要活在当下，亲爱的，让那些老古董见鬼去吧。”他曾经这么说。“票根都是些骗人的东西，什么东西都存下来也是骗人的把戏，就跟照镜子一样。”

今天他要是还活着，会说些什么呢？

“你这就是在作茧自缚。”他肯定会这么讲，“这些玩意儿像是女人们使用的束腹带，过一段时间之后就再也用不了了。既然这样，还留着干吗？谁也不能证明自己曾经年轻过。照片有用吗？没有用，那都是骗人的。你就是你，照片就是照片。”

“写下来怎么样？”

“也没有用，亲爱的。你不是笔，不是墨水，不是那些日期，更不是这成堆的废物和厚厚的一层灰尘。你就是你，是此时此刻，当时当下的你。”

回想起这些往事，本特利太太点了点头，呼吸也轻松了许多。

“是的，我明白了，明白了。”

洁白的月光中，闪着金光的拐杖手柄静静地躺在地毯上。

“明天早上，”她对着拐杖说，“我一定来个了结，彻底解决这个问题，活回我自己。从此之后，就活在当下，决不再去挂念任何其他的时间和地点。是的，就这么定了。”

她终于沉沉地睡着了……

天亮了，又是明亮翠绿的一天。就听见门外的帘子“窸窣”作响。是那两个小姑娘，她们又来了。“可不可以再给我们一些，本特利太太？再给我们一些那个小姑娘的东西，可以吗？”

她把她们领进来，带到书房里。

“这个给你。”这条裙子是她十五岁的时候扮演美人鱼的女儿的时候穿过的。“还有这个和这个。”一个万花筒，一个放大镜。“想要什么就拿什么吧，”她说，“书籍、滑冰鞋、布娃娃，任何东西都可以。”

“给我们？”

“是的。一会儿还得麻烦你们帮我一个小忙，可不可以啊？我想在后院生一大堆火。我要把这些柜子都打扫干净，然后把这些没用的东西都扔掉。这些东西已经不属于我了。其实谁也无法占有任何东西。”

“好的，我们帮你。”她们答道。

本特利太太把自己珍藏多年的东西统统拉到后院里，然后拿来一大盒火柴。

在那一年的夏天接下来的日子里，这两个女孩子和汤姆像是三只站在电线上的鹪鹩一样，经常出现在本特利太太的门廊里，静静地等着她的出现。听到送冰人银铃般的音乐声响起的时候，前门就会打开，本特利太太慢慢地走出来，一只手放在镶着银色花边的钱包里。接下来的半个多小时，就看见她和三个孩子坐在门廊里。一个老妇人和三个小孩子，开开心心地吃着冰冰凉的甜品，品着巧克力，满脸的笑意盈盈。终于，他们成了好朋友。

“本特利太太，你多大了？”

“七十二。”

“五十年前你多少岁啊？”

“七十二。”

“你从来没有年轻过，从来没有穿过这样的裙子，也从来没有扎过这样的丝带吗？”

“没有。”

“你有自己的名字吗？”

“我的名字就是本特利太太。”

“你是一直住在这栋房子里的吗？”

“一直住在这里。”

“你从来都不漂亮吧？”

“从来都不漂亮。”

“一直一直以来都没有过吗？”两个女孩子弯着腰，屏住呼吸，安静得像是仲夏午后四点钟的世界一样。她们盯着老太太，等待着她的回答。

“从来没有过，”本特利太太答道，“我从来都没有漂亮过。”

道格的记录

“准备好你的本子了么，道格？”

“准备好了。”道格认真地舔了舔自己手中的铅笔。

“迄今为止，上面已经记录了些什么内容？”

“各种仪式。”

“七月四日美国国庆节之类的，制作蒲公英酒，以及像是安装门廊秋千等等毫无意义的事情？”

“听一听吧。一九二八年六月一日，我吃了这个夏天以来的第一份爱斯基摩派。”

“那根本还不是夏季，六月份还是春季。”

“不管怎么样，反正是‘第一次’，所以我就将这件事情记录了下来。六月二十五日，我买了这双新网球鞋。忙忙碌碌，忙个不停，真见鬼！你有什么需要记录的吗，汤姆？是不是有关于第一次去小溪里抓螃蟹或者抓水龟之类的事情都要记录呢？”

“没人会去抓水龟，我这辈子都不会做这样的事情。你听说有谁抓过水龟吗？想一想！”

“我正在想。”

“想到了吗？”

“你说的对。没有谁会去抓水龟，想抓也抓不住吧，我猜。它们的行动太迅速了。”

“不是说它们的速度快，本来这种动物根本就不存在。”汤姆说。他想了想，再次点了点头：“是啊，它们根本不存在。好了，我要记录的就是这件事情。”

他侧着身靠近自己的哥哥，然后对着他的耳朵小声给他讲着自己的发现。

道格拉斯将其记录了下来。

然后，兄弟俩又看了一遍。

“岂有此理！”道格拉斯说，“我怎么从来都没有这样想过。这个想法真是太棒了！说的没错。老年人从来都没有年轻过，他们从来都不曾经历过儿童时期！”

“说起来也有些悲伤，”汤姆说，静静地坐着，“关键是我们对此无能为力，根本帮不了他们。”

时光穿梭机

“城里简直到处都是机器。”道格拉斯一边说一边跑过来，“比如奥夫曼先生的‘幸福制造机’，弗恩小姐与罗伯塔小姐的绿色代步车。现在，查理你又要告诉我什么？”

“时光穿梭机！”查理·伍德曼气喘吁吁地踱着步对他说，“我以妈妈的荣誉，以童子军的荣誉，以印第安人的荣誉发誓，我没有骗你。”

“能在过去和未来之间来回穿梭？”约翰·赫夫连忙围过来，问道。

“只能回到过去。也不是什么都能看到。大家一起去。”

查理·伍德曼在一处树篱笆前停下了脚步。

道格拉斯盯着不远处的那栋老旧的房子。“天哪，这不是弗利雷上校的家吗？他怎么可能有时光穿梭机？他又不是发明家，他真要是的话，这么多年来他有一台时光穿梭机这么重要的事情大家能不知道？”

查理和约翰踮着脚尖走上这栋房子的门廊。道格拉斯哼了一声，摇了摇头，站在台阶下没有动身。

“好了，道格拉斯，”查理对他说，“真是个笨蛋。是的，弗利雷上校是不可能发明一台这样的机器，但是他对那台机器拥有所有权，那机器就一直放在他家里。我们怎么可能注意到！你不来算了，再见，道格拉斯·斯波尔丁！”

查理扶着约翰的胳膊肘，像是扶着一位女士一样。他们推开了门廊里的纱窗门走了进去，纱窗门在他们身后轻轻地合上了。

道格拉斯赶紧走了几步，也悄悄地跟了进去。

查理走过四周封闭的前廊，敲了敲正门，然后打开了里面的门。大家探头往里面看，一间狭长漆黑的大厅正对着一个房间，看上去像是海底的洞穴一样，泛着柔和的绿光，幽暗而潮湿。

“弗利雷上校？”

四周一片寂静。

“他的耳朵不太好了，”查理小声说，“他告诉我，要是我来了，只管大声招呼他就好了。上校！”

没有回声，只有回廊上掉落的灰尘在他们头顶的空气中飘飞。过了一会儿，从大厅尽头某个像是海底密室的地方传来“窸窸窣窣”的声音。

他们小心翼翼地朝着那个房间走去。房间里，映入他们眼帘的是两件老古董——一把椅子，椅子上坐着一个老头。椅子和老头简直没有什么区别，两样都瘦骨嶙峋，一个的榫和铆，一个的筋和皮，都是勉强凑合着粘在一起的。房间里没有铺地毯，墙壁和天花板裸露着，四下里除了寂静，一无所有。

“他死了吗？”道格拉斯小声问。

“没有，他应该是在思考去哪个新地方旅行才好。”查理答道，一脸的自豪与淡定。“上校？”

其中一件棕褐色的物件动了一下，其实那是上校眨了眨眼睛。他想要让自己的眼睛聚一聚光，然后张开嘴巴笑了，他的嘴里一颗牙齿也没有。

“查理！”

“上校，道格和约翰也来——”

“欢迎，小伙子们，坐吧坐吧。”

男孩子们不安地坐在地板上。

“我怎么没看见你说的那个——”道格拉斯问。查理赶忙戳了一下他的腰。

“你没看到什么？”弗利雷上校问。

“他是想知道我们正在谈论的内容是什么。”查理朝着道格拉斯做了个鬼脸，然后转过脸笑着看着老人。“我们没什么好说的。上校，你给我们讲讲吧。”

“小心点，查理，老年人一天到晚无事可做，就等着有人请他讲两句哦。一旦开了口，他们就会像是一台又旧又破的电梯一样，喋喋不休说个没完。”

“程连苏。”查理随口说了一个名字。

“呃？”上校顿了顿。

“波士顿，”查理进一步提示，“一九一〇年。”

“波士顿，一九一〇年……”上校皱着眉头。“为什么？！当然要讲一讲程连苏啊。”

“是的，长官。”

“让我想一想……”上校喃喃自语道，像是在宁静的水面上荡起的涟漪，“让我想一想……”

孩子们静静地等待着。

弗利雷上校闭上眼睛。

“一九一〇年十月一日，那是一个清冷晴朗的秋日夜晚。波士顿多功能剧院，座无虚席，观众们翘首以盼。管弦乐队启奏，一声号角吹响，幕布徐徐拉开！程连苏，这个来自东方的伟大魔术师登场啦！他站在舞台上！而我就坐在前排正中间的位置！‘子弹的奇迹！’他大声说，‘有没有人上来尝试一下？’坐在我旁边的一个男人站了起来走到了台上。‘请你检查一下这把来复枪！’只听程连苏对他说，‘装上子弹！’他又说：‘子弹上膛！’他接着说：‘你待会儿就用这把枪朝我射击，我会走到舞台的另一边，你拿我的脸作为靶子。我会用我的牙齿咬住射向我的子弹！’”

弗利雷上校深深地吸了一口气。

道格拉斯盯着他，满脸的疑惑与不解，心里充满了恐惧。约翰·赫夫和查理两人已经彻底沉浸在故事中了。老人继续讲故事，他的脑袋和身子僵硬，只有嘴唇在一上一下地挪动。

“‘预备，瞄准，射击！’程连苏大声说。砰！枪响了。砰！他摇晃着身体，在舞台上踉跄了几步，然后倒了下来，满脸是血。剧院里一片混乱，观众们四散逃跑。肯定是那把枪出了问题。‘死人了。’有人喊。是的，他说的没错。死人了。真是太恐怖了……这一幕常常出现在我的记忆中……他的那张满是鲜血的脸。幕布很快降了下来，只听到妇女们吓得大哭不止……一九一〇年……波士顿……多功能剧院……可怜的人啊……”

弗利雷上校慢慢地睁开眼睛。

“天哪，上校，”查理说，“太刺激了。讲一讲波尼·比尔吧？”

“波尼·比尔……？”

“那个时候你不是就在大草原上吗？是一八七五年吧。”

“波尼·比尔……”上校又一次陷入到黑暗中。“一八七五年……是的，我和波尼·比尔蹲在草地中间稍稍隆起的小土丘后面静静地等待。‘嘘！’波尼·比尔对我说，‘你听。’那片草原像是一个大舞台，静静地等待暴风雨的到来。雷声隆隆，起先这雷声还算柔和。接下来的这一声却震耳欲聋。昏黄的黑云覆盖在草原上，一眼看不到边。一道道闪电划过天际。有的闪电径直劈下来，落在离地面也就一英寸的地方。那道闪电看上去有五十英里远，五十英里长，离地面有一英里高。‘天哪！’我大声叫道，‘天哪！’——闪电就从我们所在的那座小土丘上划过——‘天哪！’大地像是一颗疯狂跳动的心脏，发出‘扑通扑通’的声音。小伙子们，就是心跳得发痛的那种。我的骨头都快散架。整个大地‘咯吱咯吱’作响，然后是‘嘣’的一声，接着发出‘哗啦啦’的巨响。这种巨响一辈子都难得听到几回。大地的巨响上下翻滚，沿着草原上的山丘向远方延伸拓展。四周什么也看不清，只看见乌云密布，伸手不见五指。‘原来是这个啊！’波尼·比尔大声说。原来那乌云是沙尘暴！没有一丁点水分，也没有一滴雨，没有，完全是草原上刮起来极易燃烧的干草。看上去简直就是上好的玉米粉，又像是阳光下漫天飞舞的花粉。我又大喊了一声。为什么要喊呢？因为在这遮天蔽日的地狱之火中，我瞥见有一块面纱一样的东西正在快速地挪动。我敢发誓，我真的看见了这个东西。原来，那是草原上的古老卫士，是成群的北美野牛，是大水牛！”

上校收了声，房子里变得越来越安静。然后他又开了腔。

“远远看去，那些脑袋就像是硕大无比的拳头，身体像是火车一样。像是有二十枚、五十枚、二十万枚钢铁子弹从西边‘嗖嗖’地射过来，又像是扔过来的熊熊燃烧的煤球。每一头的眼睛都像是燃烧正旺的煤块，‘呼呼’地消失在眼前。

“那一团灰尘升起来，紧接着就是大海一样的牛群蜂拥而至，黑色的牛毛在空中乱窜、飘舞、降落……‘赶快射击！’波尼·比尔大声喊道。‘赶快射击！’我赶紧瞄准。‘射击！’他大声喊。我站起身来，觉得自己就是上帝的左膀右臂，目睹着眼前难得一见的场景，感受着气吞山河的力量从眼前流逝。正午时分的暗夜，闪闪发光的送葬车，漆黑一片，绵延不绝，一波又一波，像是永恒的悲伤那样长久。谁也不会朝着送葬车开火，对不对，孩子们？那个时候，我只希望空气中的沙尘赶紧降下来，覆盖住那些黑黝黝的牛背，让那川流不息的骚动静止下来才好。哦，孩子们，你们知道吗，沙尘开始下落，落在那些奔跑的牛背上。我听见波尼·比尔在咒骂，他狠狠地打了一下我的胳膊。但是我当时心里很高兴，庆幸自己没有朝着那一团黑色开枪，没有伤到那团黑色旋风中连滚带爬的小绒球。我只想站在那里静静地欣赏水牛刮起的飓风，希望这样的感受能在时间中得以永存。

“这场沙尘暴持续了一个小时，还是三个小时，又或者六个小时，我也记不清楚了。只一直待到它们汹涌向前，消失在地平线上，可能它们再也遇不到比我更善良的人了。波尼·比尔早已经走了，我一个人孤零零地站在那个土丘上，听着震耳欲聋的声音。后来，我一个人独自朝南边的那个镇子走去，那镇子离我估计有一百多英里远。一路上，我的耳朵根本听不清人们说话的声音。听不见就听不见吧，我也乐得如此。好几个小时里，我的耳朵里都是那‘隆隆’的声音在回响。直到现在，夏天的午后要是湖面上乌云集结的话，我依然能听见那震耳欲聋的声响，我也真心希望能再一次听到那样的巨响……”

昏暗的光线落在弗利雷上校的鼻头上。乍一看，像是一只硕大的白色的陶瓷杯子，里面盛着温暖可口的橘子茶。

“他睡着了吗？”道格拉斯忍不住问。

“没有吧，”查理说，“只是在养精蓄锐而已。”

弗利雷上校的呼吸很急促，也很温和，像是他刚刚结束了一场长跑赛。终于，他睁开了眼睛。

“你好啊，长官！”查理问候道，语气中满满的都是崇拜。

“你好，查理。”上校微微一笑，满脸疑惑地看着他们。

“这是道格和约翰。”查理说。

“你们好啊，小伙子。”

两个男孩也说了声“你好”。

“可是——”道格拉斯说，“我怎么没看到——”

“天哪，你可真傻！”查理戳了一下道格拉斯的胳膊。他转脸面向上校，“你在说什么啊？”

“我没说什么啊？”老人嘟囔道。

“美国内战，”约翰·赫夫轻声建议道，“他还记得这个吗？”

“我记不记得？”上校说，“哦，当然记得，当然记得！”他的声音有些颤抖，然后又闭上了眼睛。“记得清清楚楚！除了……除了我当时是在为那一边而战之外，其他的我都记得清清楚楚……”

“军服是什么颜色？”查理说。

“我脑子里一会儿是这个颜色，一会儿是那个颜色，”上校小声说，“都迷糊了。我还记得和我一起战斗的士兵，可是他们穿什么颜色的衣服，戴什么颜色的帽子，我怎么就完全记不清楚了呢。我在伊利诺伊出生，在弗吉尼亚长大，在纽约结婚，在田纳西盖了栋房子。现在老得不中用了，我又来到了格林镇，才遇到了你们。这下你知道为什么我说颜色在我脑子里都成了一团糨糊了吧……”

“你还记不记得你是在山的哪一边战斗呢？”查理轻声地问，“太阳是在你左边升起，还是在右边？行军的时候，你们是朝着加拿大的方向还是朝着墨西哥的方向走？”

“好像有时太阳从我的正右边升起，有时早上醒来，看到太阳从我的正左边升起。行军的时候方向也不固定。都是七十年前的事情了，哪里还记得那个时候太阳是从哪边升起来！”

“还记不记得你打过的胜仗？还记不记得你们在哪里打过胜仗？”

“不记得了，”老人说，“在我的记忆里，没有哪一方打过什么胜仗。打仗哪有赢的一方，查理。只要开战总有损失，坚持到最后的那一方就说自己打了胜仗。我只记得当时损伤很大，心里很难过，最后总算结束了。总算结束了，查理。这才是最大的胜利，这个胜利和枪炮没有关系。我估计你们男孩子并不想听到这样的胜利，对吧？”

“安提耶坦，”约翰·赫夫说，“讲一讲安提耶坦之战吧。”

“那场战争我也参加了。”

孩子们的眼睛一下子被点亮了。

“牛奔河之战，讲一讲牛奔河之战吧……”

“我也参加了。”上校轻声说。

“那么夏依洛战役呢？”

“一年里面我会好多次想起这件事情。这么好听的一个名字，怎么就单单只出现在战争记录中啊。”

“夏依洛战役之后是萨姆特堡之战吧？”

“我亲眼目睹了战争中的第一缕硝烟。”他的声音像是在梦中，“好多事情一下子涌现在脑海中，好多好多的事情。我还记得当时大家唱的歌：‘今晚的波多马克河多么的宁静，士兵们在睡梦中多么的安详；秋夜月光下的帐篷，营火闪烁。记住哦，记住哦……今晚的波多马克河多么的宁静，河水荡漾，四处无声响。露水沾湿了阵亡将士的面庞——那都是倒下的栋梁！’南方放弃战斗之后，林肯先生在白宫的阳台上请乐队演奏了下面这首歌：‘扭过头去，扭过头去，迪克西兰……’后来波士顿的一位女士在某个晚上写就了一首流传千古的歌：‘上帝降临我亲眼看见。他用自己的双脚踩灭了葡萄园里的愤怒之花。’昨天晚上，我还唱过那个时候的一首歌。‘迪克西兰的骑士们，他们守护在大河的南岸……’‘胜利的人们返回家乡，兄弟们戴着桂冠……’好多好多的歌曲，既有歌唱北方的歌也有赞颂南方的歌。夜晚时分，歌声就会从双方的军营里飘出来。‘我们来了，亚伯拉罕我们的神父，人数不止三百万……’‘扎营吧，扎营吧，今晚就要把营扎。把营帐扎在古老的土地上。’‘欢呼吧，欢呼吧，我们带来了欢乐的节日，欢呼吧，欢呼吧，高举的旗帜让我们解放……’”

老人的声音越来越低。

孩子们静静地坐在那里，好一会儿都没有动弹。查理转身看着道格拉斯说：“你说，他是还是不是？”

道格拉斯深深地吸了两口气回答说：“他肯定是。”

上校睁开眼睛。

“我肯定是什么啊？”他问道。

“时光穿梭机，”道格拉斯小声说，“一台时光穿梭机。”

上校盯着孩子们看了足足五秒钟。只听见他的声音里充满了敬畏。

“这是你们对我的称呼吗？”

“是的，长官。”

上校身体向后靠在椅子上，眼睛盯着这几个孩子，然后又看了看自己的双手。最后，他的目光定定地停留在那面空荡荡的墙壁上。

查理站起身。“我看大家还是走吧。再见了，谢谢你，上校。”

“什么？哦，再见，孩子们。”

道格拉斯、约翰和查理踮着脚尖走到门外。

弗利雷上校反正是没看到他们从他眼前离开。

当他们走在外面的街道上，突然听到二楼窗户上有人在和他们打招呼，着实吓了他们一跳。“喂！”

他们抬起头。

“怎么了，上校？”

上校倚在窗户上，向外面挥着手。

“我想了想你们说的话，孩子们！”

“怎么了，长官？”

“我想——你们说的没错！为什么我以前就没有想到过呢！一台时光穿梭机，天啊，我是一台时光穿梭机！”

“是的，先生。”

“再见了，孩子们。以后你们什么时候想来就来吧！”

孩子们走到街道的转角处了，上校朝孩子们挥手。他们也朝他挥了挥手。孩子们接着往前走，觉得那么的温暖，那么的开心。

“咔嗒咔嗒，”约翰说，“我能回到十二年前。嗡嗡咔嗒叮叮！”

“是的，”查理一边说，一边回头看了看那栋静悄悄的房子，“但是你没办法回到一百年以前。”

“我当然做不到，”约翰想了一下说，“我无法回到一百年以前。要是能那样的话，那才是真正的时光穿梭。那才是最了不起的机器。”

然后，大家安安静静地走了好几分钟，各自低着头盯着自己的脚尖。现在，他们来到了一排篱笆面前。

“谁最后一个翻过这个篱笆，”道格拉斯说，“谁就是个女孩子。”于是，这一路上，大家就叫道格拉斯“朵拉”。

遥远的旅程

半夜里汤姆醒来，看见道格拉斯正一手打着手电筒，一手在本子上奋力地写着什么。

“道格，你在干吗？”

“干吗？好多事情要记！我在记录各种幸运的事情，汤姆！你来看，‘幸福制造机’没什么用，对不对？也没什么大不了的！但是这一整年都得记录下来。要是想去大街上看看，我可以坐上绿色的电动代步车，去看看这个世界到底还有些什么秘密正在发生。要是想要去大街之外看看的话，我就去敲弗恩小姐和罗伯塔小姐家的门。她们会给电池充好电，然后载着我沿着人行道往前开。如果想到小巷子里去看看，想要跨过那些栅栏去看一看整个格林镇的话，就只需要一边走一边左顾右盼就好了。当然啦，我会穿上新买的网球鞋。网球鞋、代步车、有轨电车！我便可以出发了！当然还有更好的选择，汤姆，还有更好的选择，你知道吗！要是我想去一个别人从未曾去过的地方——别人没去过是因为他们不够聪明，所以这些地方他们连想都没有想到过——要是我想去到一八九〇年看看，然后再去看看一八七五年，最后再穿过城市转往一八六〇年的话，我只需要搭乘弗利雷上校号快车就可以了！关于这一点，我打算这样记录：‘可能老年人从来没有经历过我们这样的童年，比如说我们认为本特利太太就没有经历过童年，但是可能也有个别例外，有些老人曾经在一八六五年的夏季时节出现在阿波马托克斯那个地方。’就像是印第安人一样，他们能够回忆的过往比你和我能够看到的未来更加遥远。”

“听上去真不错，道格，到底是什么意思呢？”

道格拉斯继续写。“意思就是说，你和我都没办法成为他们那样的远行者，连他们一半的机会都没有。运气好的话，我们能活到四十、四十五或者五十岁。这跟他们比起来简直只能算是街区的一角而已。只有当你活到九十、九十五，甚至一百岁的时候，那才算得上是真正的远行者。”

手电筒的灯光熄灭了。

他们俩躺在床上，房间里洒满了月光。

“汤姆，”道格拉斯小声说，“这些旅程我一定要走一走，去看一看路上到底有什么样的风景。首先我要多多拜访弗利雷上校才是，每个星期到他那里去两三次。他真是一台比别的任何机器都棒的机器，能够带着你看到好多以前从来都没有看到过的事情。他告诉你可以坐上一列神奇的火车，天啊，真是太炫了。他刚刚从那列车上下来，所以对那列车了如指掌。到时候我和你一起去，再走一趟他走过的旅程。可能要比他走的更远才好。那一路上会有好多事情发生，要经历好多的挑战。我们需要有老弗利雷上校，他会帮着推我们一把，告诉我们要好好地活下去。只有那样才能记住旅途中的每一秒！每一秒都不能忘记！当你真的老了，小孩子们围拢在你的身边的时候，你就可以像老上校一样给他们讲述自己的旅程。应该就是这样，汤姆，我会一遍又一遍地拜访他，听他讲述，和他一起去那些遥远的地方去旅行。”

好一会儿，汤姆一句话也没说。他在黑暗中静静地看着道格拉斯。

“遥远的旅程。你决定了吗？”

“决定了，也可能没有决定。”

“遥远的旅程。”汤姆小声说。

“但是有一件事情我很确定，”道格拉斯闭上眼睛说，“那肯定是一趟孤独的旅程。”

事故

砰！

门被重重地关上。阁楼上，灰尘从柜子和书架纷纷飘落。两位女士背靠在门上，死死地顶着门，手忙脚乱地将门锁锁上，然后又确认了几遍是否将锁锁好。头顶上，似乎有几千只鸽子“扑棱棱”腾空而起，向远方飞去。她们低垂着脑袋，似乎背上背负着太多的东西，听着头顶上鸽子的翅膀拍打时发出擂鼓般的声响。再过一会儿，她们俩安静了下来，张着嘴巴，一脸的惊讶。耳朵里传来可怕的声响，那是她们的心脏在胸腔中“扑通扑通”跳动的声音……在一片嘈杂之中，她们努力听清对方的话。

“我们在做什么啊！可怜的夸特梅因先生！”

“可别伤到他了。有没有人看见我们跟了上来？快看……”

透过布满蜘蛛网的阁楼窗户，弗恩小姐和罗伯塔小姐偷偷地往外看。楼下似乎并没有发生什么不好的事情，只有榆树和橡树在清新的阳光中摇曳着身姿，茁壮成长。门前的人行道上，有一个小男孩在来回地踱着步，时不时还抬头往上看。

阁楼里，两位女士相互瞅着对方的脸，两人的脸上都流着汗水。

“警察！”

可是阁楼底下没人敲门，也没有人说“警察执法！”

“下边那个孩子是谁啊？”

“道格拉斯，道格拉斯·斯波尔丁！天哪，他几次来要搭乘我们的代步车。真是搞不懂，肯定是我们兴高采烈地开着车招来的麻烦。一是我们的态度，另一个可能是我们的车真是太精致、太抢眼的原因吧！”

“都怪古莫波特·福兹公司的那个夸夸其谈的销售员。”

讲啊讲，讲啊讲，就像是细雨洒落在夏日的屋顶上。

恍惚间，时间回到了前些日子，回到那天的正午时分。她们两个人摇着白色的扇子坐在铺了木板的门廊里吃着凉悠悠的午饭，品尝着那晃晃悠悠的淡绿色吉露牌果冻。

明晃晃的阳光下，远远地她们看见一辆崭新耀眼的车，在黄色的阳光中闪闪发光，简直就像是王子的座驾一样抢眼……

一辆绿色的代步车！

它轻快地驶过来，低声细语，像是大海上一缕微风吹过。它是那么的精致，像是一片枫叶，比小河里的流水更清新，像午后时光中的那只慵懒的小猫，发出轻微的鼾声。车上坐着一个销售员，头戴一顶圆顶阔边的巴拿马帽，露出耳朵。就是古莫波特·福兹公司的那个销售员！那辆代步车，配有塑胶踏板，柔软光滑，让人赏心悦目。车子开上了人行道，开了过来，一直开到门廊台阶的前面才停下来。销售员跳下车，他那顶圆圆的巴拿马风格的帽子挡住了阳光。一片阴影之中，是他灿烂的笑容。

“这款车的名字叫威廉·塔拉！这是——”他拍了拍车灯，发出“咚咚”的声音，“这是褶边！”撩起黑色的绸缎坐垫。“这是蓄电池！”

犹如闪电在夏日炙热的空气中划过。“这是转向杆！这是脚踏板！这是遮阳布！后备箱里就是绿色环保动力装置！”

昏暗的阁楼里，两位女士紧闭着眼睛，一想到当时的情景，她们忍不住打了个寒战。

“我们当时怎么没有拿毛衣针将他赶走啊！”

“嘘，你听！”

楼下，有人在敲门。没过一会儿敲门声停止了，只见一位女士穿过院子走了出去，进了隔壁家的门。

“肯定是拉维妮娅·娜布斯，手上拿着个空杯子，估计是来借糖的。”

“你扶我一下，好可怕。”

她们闭着眼睛相互拥抱支撑着，脑海中依然回想着记忆中的那一幕，回忆着古莫波特·福兹公司的那个销售员，他那顶旧草帽，以及古铜色的面庞。这一切又变得栩栩如生起来。

“谢谢，给我来杯冰茶就可以了。”冰凉的茶水咽下喉咙，四下里一片寂静，你听得见他的肚子里发出“咕噜咕噜”的声音。然后，他抬起头认真地看着眼前的两位女士，活像是医生拿着一柄小小的手电筒，在认真地检查自己的病人的眼睛、鼻子、嘴巴。“女士们，你们依旧精力旺盛，这个我知道。但是你们不妨看一看这辆车。八十岁——”他把手指掰得“啪啪”作响，“对你们来说根本不算什么！但是总有一些时候，总有一些时候，人们会忙得不可开交。谁还不需要有个朋友在身边啊。这辆绿色两座代步车就能帮助你们。”

他的眼睛像是绿色的玻璃球一样明亮，闪着狐狸般狡黠的光。他认真地看着这台神奇的机器。这是一台崭新的机器，在炎热的空气中，散发着新车特有的气息。这个安装在轮子上的椅子，看上去那么的舒适，它静静地等待着她们的光临。

“安静得就像是天鹅的羽毛。”她们感受到他的呼吸轻柔地吹拂在她们的脸颊上。“不信你们听。”她们集中注意力去听。“蓄电池已经充好电了，现在就能开！你听！根本没有任何颤音。纯电动的，女士们。每天晚上在车库里充一下电就好了。”

“会不会——”年轻一点的那位女士抿了一口茶，“会不会一不小心把我们给电死了呀？”

“千万别这么想！”

他弯腰又坐上车。他的牙齿就像是你在深夜回家的路上，瞥见牙科诊所橱窗里看到的那些牙齿一样，对着你露出灿烂的笑容。

“出去喝喝茶啊！”他开着车转了一圈，“打打桥牌啊，参加朋友的聚会啊，去看晚会啊，或者去吃吃饭，或者是参加个生日派对什么的！”他驾着车“呜呜”地向着远处开去，像是一去不再回来一样。当然，他还是开了回来，在她们面前刹住了车。“或者参加阵亡将士母亲晚餐。”他拘谨地坐在车上，看上去似乎有些女性般的温柔。“操作简单，噪音低，起步停止都很流畅。也不需要驾照。天气热的时候，可以开着去兜风。啊……”他朝门廊走过来，回过头，眼睛微微地闭着。他的头发在风中胡乱地飘动，他拿手使劲儿将它们抹平。

上台阶的时候，他的脸色很虔诚，他的手里拿着帽子，眼睛盯着那辆车的神情真像是正走在常去的那座教堂里的祭坛面前一样。“女士们，”他柔和地说，“再便宜二十美元。每月付十美元，连续付两年就可以了。”

弗恩首先走下台阶，朝着那辆双人代步车走去，然后小心翼翼地坐了上去。她忍不住摸了一下，又赶紧把手拿开。然后鼓足勇气摁了一下那个塑料制的喇叭。

喇叭发出“滴滴”的声音。

罗伯塔还在门廊里，听到声音也高兴地叫了起来。她倚着门廊的围栏往下看。那个销售员自然也很高兴。他扶着这位年龄稍长的女士走下台阶，高兴地和她们大声说着话。一边赶忙从口袋里掏出水笔，又从帽子里找出纸和其他一些东西来。

“就这样，我们买了这辆车！”阁楼里，罗伯塔小姐情绪紧张地回忆着当时的情景。“没有人警告过我们！总觉得这车看上去和狂欢节上的过山车没什么两样！”

“是啊，”弗恩辩称道，“这些年一来我的腰都有问题，而你也是不能走几步路。这车子又好看有气派。多像是以前的女人们穿的那种带箍的裙子啊。走起路来无声无息的。这辆代步车也是一样的一点噪音都没有。”

它犹如一艘游艇，加速是那么的轻便，只需要转动手柄就可以了。

哦，有了代步车的第一个星期真是开心啊——她们一起去看傍晚的金色夕阳，开着车驶过浓荫遮盖下的镇子，沿着那条像是流在无尽梦中的潺潺小溪。直着腰，驾驶着车，她们向路上的每一个熟人打招呼，每到拐弯处，她们便伸出满是褶皱的手，捂住自己害怕得就要惊声尖叫的嘴巴。有的时候，道格拉斯或者汤姆或者其他孩子跟着她们的车子一路小跑，她便让他们上车来，搭上一小会儿便车。时速最快只有十五英里，以这个速度开车既安全又舒服。像是古老的幻影一样，她们开着车子穿梭在太阳下的树荫中。树枝拂过，在她们那长了老人斑的面颊上留下灰尘的痕迹。

“这样的事情！”弗恩小声说，“今天下午怎么会发生这样的事情呢！哎，真不知道怎么回事！”

“完全是意外！”

“但是我们没有停车，那可是犯罪啊！”

这天中午，绿色的代步车轻盈地行驶在这个狭小、慵懒的小镇上。身后留下她们座下的皮质坐垫散发的气味和女士手袋飘出的淡淡香水味。

一切发生得太突然了。正午的大街闪闪发光，晒得滚烫，她们将车子开上了街边树荫遮挡的人行道后，看到有人她们赶忙摁喇叭。突然，夸特梅因先生就像是从玩偶匣子里跳出来的一样，出现在她们的车前！

“小心！”弗恩小姐大声喊道。“小心！”罗伯塔小姐也大声喊。小心啊！”夸特梅因先生也叫道。

两位女士放开操控杆，紧紧地抓着对方的手。

“嘭”的一声响。烈日之下，绿色的代步车继续往前行驶，驶过栗树投下的绿荫，驶过翠绿泛红的苹果树。

两位女士的眼睛里充满了恐惧，她们只是回头匆匆看了一眼就没敢再回头。

坐在副驾驶位置上的那位女士一句话也没有说，只是静静地坐着。

“只能待在这里，”黑暗的阁楼里弗恩小姐幽怨地说，“哦，当时我们怎么就没有停车呢！怎么能丢下他不管不顾啊？”

“嘘！”两个人支起耳朵仔细听。

楼下又传来轻微的敲门声。

敲门声停止了，昏暗之中只见一个小男孩穿过院子里的草坪。“是道格拉斯·斯波尔丁，肯定又是来搭顺风车。”两个人叹了口气。

时间一分一秒过去，太阳渐渐地落了下去。

“我们在这里待了一下午了。”罗伯塔疲惫地说，“总不能就在这个阁楼里待上三个星期，一直待到大家都忘记了再下去吧。”

“那样的话早就饿死了。”

“那该怎么办呢？你觉得当时有没有目击者？有没有人跟过来？”她们相互看了看对方，“没有，没人看见。”

整个镇子一片寂静，各家各户的灯陆陆续续亮了起来，在阁楼里都能闻到四处飘过来的洗菜和做饭的味道。

“是时候该煮肉了，”弗恩小姐说。“再过十几分钟弗兰克就该回来了。”

“那我们能下去吗？”

“要是看到房子里空无一人的话，弗兰克肯定会打电话报警的。真要是那样的话就更麻烦了。”

太阳终于一跃，落了下去。黑漆漆、充满霉味的阁楼里，她们只是两个窸窸窣窣发抖的黑影。“啊，要是弗兰克听说了这件事情，肯定会没收我们的代步车。这么漂亮好看的车子！在凉爽的风中开着车子到镇子里去看看该是多么惬意的事情啊。”

“那就不要告诉他。”

“不要告诉他吗？”

两个人相互搀扶着，踩着“咯吱”作响的地面，她们下到二楼，然后，停下脚步，仔细地聆听……

下到厨房里，她们细细地检查了一番储物柜，惊恐地朝窗外看了看，最终才放心地开始做汉堡。两个人谁也没有说话，只是静静地做着手上的事情。足足过了五分钟，弗恩才忧伤地看着罗伯塔说："我在想，虽然我们不愿意承认自己年龄大、身体差。但是那样做真的很危险。肇事之后逃跑真的有愧于社会——"

“是的……”姐妹俩面面相觑。她们停下了手上正在做的事情，陷入了沉思。

“我觉得——”弗恩盯着面前的墙壁看了好久，“我们还是再也不要开代步车了。”

罗伯塔拿起一个碟子，久久没有放下。“再也——不开了？”

她问。

“再也不开了。”

“可是，”罗伯塔说，“我们也没必要彻底放弃这辆车，对不对？还是可以留在家里，好不好？”

弗恩思考着她说的话。“好吧，还是可以放在家里的。”

“至少还是在家里放着吧。我去把蓄电池拿下来。”

罗伯塔刚走出去，她们的弟弟弗兰克就走了进来。他只有五十六岁，可是比她们年轻多了。

“嗨，姐姐！”他大声和她们打招呼。

罗伯塔从他身边走过去，一句话也没有说，径直走进夏夜的暮色之中。弗兰克手上拿着一份报纸。弗恩赶忙从他手上抢过报纸来。颤抖着手，她前前后后地翻看了好几遍。看完叹了口气，又把报纸递还给他。

“我刚才在外边碰到了道格拉斯。他让我给你们传个话，让你们不要担心——他什么都看见了，一切都安然无恙。他说这话是什么意思啊？”

“我不知道他是什么意思。”弗恩转过身，从兜里摸出手帕。

“好吧，这些小家伙。”弗兰克盯着姐姐的背看了一会儿，然后耸了耸肩。

“晚饭快好了吧？”他柔声问。

“快好了。”弗恩开始摆餐具。

屋外，代步车的喇叭“嘀嘀嘀嘀”地响了起来。一次，两次，三次——声音传得老远老远。

“这是什么意思啊？”弗兰克透过厨房的玻璃窗往外看，“罗伯塔怎么了？你看她坐在代步车上，不停地摁着车喇叭！”

一次，两次，三次……悦耳的喇叭声在黑夜里一遍一遍地响着。像是一只哀伤的动物在招呼自己的同伴。终于，喇叭声停止了。

“她怎么了？”弗兰克一再问道。

“不要管她，让她一个人待一会儿！”弗恩大声答道。

弗兰克吃惊地看着自己的姐姐。

又过了一会儿，罗伯塔轻手轻脚地走了进来。她谁也没有看，走到餐桌边，和大家一起吃晚饭。

有轨电车与童年

清晨，第一缕光线照射在屋顶上，树叶在晨曦的微风中轻轻颤动。远远地，从银灰色道路的另一端开过来一辆电车。钢青色的四轮，橘色的车体，车头两侧是闪闪发光的黄铜色，车子的排气管道却是金黄色。开车的是个老司机，要是想要鸣笛，只需要用脚踩一下那个铬制的车铃，就会发出“叮叮”的声音。他脚上的那双鞋子早已布满了褶皱。车头和车身上的数字是好看的柠檬色。车内的座椅上都铺着淡绿色的毛绒坐垫。车顶上装着一个类似无线电天线的设施，通过这个设施就可以从挂在高高的树干上的电线中获取所需的电。车子的每一个窗口似乎都燃着一束香，到处都充斥着夏日暴风雨和闪电的神秘蓝色。

电车沿着那长长的榆树树荫往前行，司机时不时用戴着白色手套的手轻轻地扳动一下汽车的控制杆。

中午时分，司机将车子停在街区的中央，从车窗外探出身子。“嗨！”

道格拉斯、汤姆、查理以及其他所有的小孩子看到了那只从车窗伸出来的手，朝他们挥舞的那只手戴着灰白色的手套。他们有的从树上跳下来，有的扔下手中的跳绳，纷纷朝电车这边跑过来。白色的跳绳躺在草地上，活像是一条白色的蛇窜到了草丛中。他们跑过来，涌进电车，坐在那些豪华的座椅上。孩子们不用买票。特雷顿先生就是这趟电车的司机。他将手套塞到投币机的入口处，一边缓缓地开着车子往前走，一边朝孩子们打着招呼。

“嗨！”查理说，“带我们去哪里啊？”

“最后一趟了。”特雷顿先生盯着头顶上的电线，“这趟电车再也不开了。从明天开始就是公交车了。这些人给了我一点退休金让我退休。所以，今天所有乘客免费。小心点！”

他扳了一下黄铜做的把手，电车咆哮着划出一条绿色的弧线，冲向远方。车外的整个世界似乎都陷入到了一片宁静之中，只有这群孩子和特雷顿先生以及他的这辆神奇的电车流淌在无尽的河流中，流向远方。

“最后一趟了？”道格拉斯大吃一惊，“他们怎么可以这样？不开绿色代步车已经够糟糕的了，那么好的车子现在只能锁在车库里，想开一下都不可以。我的那双新鞋子也越来越旧了，跑起来也没有以前快了！我要是想四下里看看的话该怎么呢？他们……他们怎么能取消电车呢！为什么？”道格拉斯说：“不管你怎么看，公交车和有轨电车就是有天壤之别。它们发出的声音都不一样。公交车连轨道和电线都没有，也不会发出火花，不会溅起灰尘，颜色也不一样，也不会打铃，到站的时候也不会像电车一样放下一个脚踏板！”

“嗨，你说的都没错，”查理说，“每次脚踏板放下来的时候，我都要细细地观察一番。它们简直就像是手风琴上面的琴键一样。”

“是的。”道格拉斯答道。

他们来到那条线路的终点。银色的铁轨静静地躺在那里，十八年来再也没有使用过。这条银色的线路蜿蜒着指向远方崎岖不平的村庄。一九一〇年的时候，人们常常拎着一大篮子的东西，乘着电车去乡间野炊。那条电车轨道也没有毁掉，依然沉寂无声地躺在山岚之间，等待着岁月的洗礼和锈蚀。

“在这里可以拐弯。”查理说。

“那你就大错特错了！”特雷顿先生拉了一下紧急制动开关。“坐好了！”

电车开动了，慢慢地向前滑动，发出“嘣嘣”的声音，朝着城市的边缘驶过去。在街道上转了一个弯，然后猛地朝着山下开过去。驶过阳光斑驳的树荫，驶过氤氲着羊肚菌气息的大片草地。时不时还驶过溪水漫过的轨道，水花四溅。阳光透过树枝照在地面上，看上去像是绿油油的小草。车子发出“咯咯吱吱”的声音，驶过开着野生向日葵的车站。站内空无一人，地上散落着无数的彩色纸片。车子追随着林中的小溪，驶进夏日的乡村，道格拉斯一路上喃喃自语。

“为什么，从气味上讲也很不一样。我坐过芝加哥的公交车，那味道真是让人难以忍受。”

“电车太慢了，”特雷顿先生说，“有了公交车，你们上学就会更加方便。”

电车终于停了下来。特雷顿先生从头顶上拿下来一个硕大的野炊提篮。孩子们兴奋不已，叽叽喳喳地帮着他提着篮子来到小河边，将篮子里的东西一股脑儿全部倒在一个废弃了的露天舞台上，溅起一阵灰尘。

大家坐下来一边吃三明治，吃新鲜的草莓和橙子，一边听特雷顿先生给他们讲过去这二十年都发生了怎样的变化和不同。那个时候，乐队会在夜幕下演奏乐曲，尘土飞扬，歌声四起。乐队指挥舞动着手中的指挥棒，孩子们在草丛中追逐着萤火虫跑来跑去。木琴的乐声中，穿着长裙、将头发向后高高地挽起的女士和扎着领结的男士快乐地跳舞。眼下，四下里依然有人在走动，脚步轻盈欢悦。宁静的湖水一片湛蓝，鱼儿自由自在地游来游去，在阳光下反射着银色的光。远处传来摩托车的阵阵轰鸣。恍惚间，孩子们似乎也置身于过去的时光之中。再看特雷顿先生，他显得那么的年轻帅气，眼睛炯炯有神，像是一对电灯泡一般发出蓝色明亮的光。听着特雷顿先生的讲述，看着眼前阳光斜斜地照着树林，真是闲适安逸的一天啊。没有人在奔忙，没有人有任何的焦虑，空气中似乎有一只无形的金色缝衣针，在一针一针地缝补着肆意飘散的空气。一只蜜蜂飞进了一朵花儿，发出“嗡嗡”的声音。那辆电车静静地停在不远处，像是一架神秘的蒸汽笛风琴，在阳光的照射之下发出“嘶嘶”的声音。现在，电车就等着他们的光临。它散发出黄铜的味道，像是一枚熟透了的草莓。夏日的风让电车在他们的衣服上发酵出明亮的气味。

一只潜鸟在天空鸣叫着飞过，让人听了心惊。

特雷顿先生捋了捋手套。“好了，该回去了。要不然你们的爸爸妈妈还以为我把你们拐走了。”

电车静静地停在那里，一点灯光也没有，和冰激凌商店里面的情景一样。绿色的天鹅绒座椅上再次发出“窸窸窣窣”的声音，孩子重新登上了电车，他们背对着湖面一个挨着一个，静静地坐了下来。那座废弃的舞台就在他们的身后。如果你走过舞台上铺着的木质地板，它会发出音乐般的声响。

特雷顿先生的脚踩了一下踏板，车发出柔和“叮叮”声。他们往回开，绕开阳光找不到的、覆盖着落花的草地。电车穿过树林，朝着镇子驶去，红砖、沥青和树木似乎要把车身挤掉。终于，特雷顿先生将车子停了下来，孩子们一个个地跳了下来，回到了最开始上车时的街道上。

查理和道格拉斯最后下车。他们站在电车们边，看着那块伸出来的脚踏板，深深地吸了一口电车散发出的味道，眼睛盯着特雷顿先生塞在刹车处的那双手套。

道格拉斯用手抚摸着深绿色的地毯，再转眼看着天花板上的银色、黄铜色和酒红色。

“好啦，就这样吧，再见，特雷顿先生。”

“再见了，孩子们。”

“希望再见到你，特雷顿先生。”

“我也一样。”

车门关上的那一刻，他们隐隐约约听到一声叹息，车门口伸出来的挡板也缩了回去。暮色中，电车缓缓地开走了。太阳像是一枚柠檬，在天空中闪着金黄色的余晖。远远地看上去，车身散发的光芒遮盖了太阳的光芒。在不远处，车子拐了一个弯，消失了。

“校车！”查理朝着街边走去。“连迟到的机会都不给我们。它们直接开到家门口。这一辈子也不要迟到了。想一想那样的噩梦，道格，想一想吧。”

道格拉斯站在草坪上，脑子里思考着明天到底会怎么样。男人们会将热乎乎的焦油倒在这些银色的铁轨上，要不了多久，人们就会忘记有轨电车曾经从这条路径上驶过。但是他也知道，无论再过多少年，无论发生什么事情，要想让自己忘记这条轨道简直不可能。未来的某一个秋天，春天，或者是冬天的早晨，从睡梦中醒来，不需要起床走到窗口，只需要深深地躺在温暖的床上，耳畔依然会听到电车开过时发出的声音，愈远愈弱，最终消失。

清晨，街道两边直至街心矗立着一排一排的美国梧桐、榆树和枫树。它们都在静静地等待着这一天的开始。在这份笼罩着他家房子的宁静之中，他听到了再熟悉不过的声音。像是闹钟的嘀嗒声，又比如几十只铁桶一起滚过，或者是一只巨大的蜻蜓在凌晨的静谧中飞翔。像是旋转木马在转动，比如一场卷裹着闪电的暴风雨扯着蓝色的闪电，奔袭而来，又匆匆离开。是电车发车时和谐的铃声！那“嘶嘶”的声音像是冷饮店的饮水台发出的声响。他似乎又听到电车打开门，放下脚踏板的声音，于是再一次陷入梦乡，电车开走了，沿着那条早已被掩盖的轨道，开向某个谁也不知道的地方去了……

“晚饭之后一起玩‘踢罐子’游戏吧？”查理说。

“好的，”道格拉斯说，“一起‘踢罐子’。”

一次别离

约翰·赫夫今年十二岁。关于他这个人，三言两语就能说清楚。他比任何一个乔克托人或者切洛基人（译者注：乔克托人和切洛基人都是北美印第安部落）都更善于寻找新路，他比黑猩猩跳得都高，在水下他能憋气两分钟。可能他刚刚还在你的面前，转眼间已经潜到五十码开外的地方去了。你扔棒球给他，他总是将球打到苹果树丛里去，将到手的胜利毁于一旦。六英尺高的果园围栏根本拦不住他，低垂的柳条树枝被他拽得摇晃不停。他能拽下很多桃子，速度比谁都快。他一边跑一边笑，坐在哪里都是一副歪歪斜斜的样子。但是他心地善良，从来不去欺负别人。他有一头黝黑卷曲的头发，满嘴洁白如玉的牙齿。任何一首歌唱牛仔的歌曲，他都了然于胸。你若也想唱，他就毫不犹豫地教你。日升月落时分绽放的野花和野草，没有他不知道名字的。可以说，在二十世纪的伊利诺伊州，道格拉斯·斯波尔丁生活的这个小镇里，他就像是一位行走的神灵。

又是温暖而柔和的一天，约翰和道格拉斯一起走出小镇去徒步旅行。天空高远晴朗，犹如一块吹制的湛蓝色玻璃，小河清澈见底，河床上白色的石头清晰可见，水面如镜，映照着天空。这真是完美的一天，完美得像是蜡烛燃烧时的火苗。

道格拉斯一路走一路想着，在他看来，这完美，这圆融，以及青草被踩踏时散发出的如光速般立刻飘散开的清香……这美好的一切都将永远存在，永不改变。两个好朋友打着口哨，哨声婉转得犹如两只黄鹂鸟在歌唱。生活的一切都那么的无懈可击，事事皆可把握，一切都近在手边，随时可控。

这是如此晴好的一天，突然间，飘来一片乌云，遮住了太阳后，便再也没有离开。

约翰·赫夫喋喋不休地说了好几分钟的话。道格拉斯停在路上，视线看向他。

“约翰，麻烦你再说一遍。”

“你现在才开始听我讲话啊，道格。”

“你是说——你要离开这里？”

“火车票就在我的兜里。呜——呜——哐当——哐当！哐当——哐当——哐当——呜呜……”

他的声音渐渐地停止了。

约翰庄重地从自己的口袋里拿出一张黄绿相间的车票。两个人一起盯着车票看。

“今天晚上的车票！”道格拉斯说，“晚上我们不是说好了要玩‘交通灯游戏’吗？红灯、绿灯、停！怎么突然就要走！你一辈子都在格林镇生活，怎么可以说走就走呢！”

“都是我爸爸，”约翰说，“他在密尔沃基找了份工作。这件事也是今天才定下来……”

“天哪，下周还要搞施洗者野炊，还有盛大的劳动节大狂欢，然后就是万圣节——难道你爸爸就一点也等不及吗？不能过完节再走吗？”

约翰摇了摇头。

“太让人难过了！”道格拉斯说，“我要坐一会儿再走！”

于是，他们在山边的一棵老橡树底下坐下来，回望小镇。阳光投下巨大的影子，颤巍巍地笼罩着他们。待在树底下坐着，就像是待在洞穴里一样凉爽。在树荫之外的远处，小镇被炙烤在烈日之中，各家各户的窗户都敞开着。道格拉斯想要跑回到小镇里去，想要用整个小镇的重量和体积，将约翰紧紧地包围在当中，让他想走都走不了。

“但我们是好朋友啊。”道格拉斯无助地说。

“我们永远都是好朋友。”约翰说。

“你每一两周就回来玩一次吧，怎么样？”

“爸爸说每年大概能回来一两次，毕竟相距八十英里。”

“八十英里没多远！”道格拉斯大声说。

“不远，一点也不远。”约翰说。

“我奶奶家有电话。我给你打电话。也可能我们一起去看你。那可就最好了！”

约翰什么也没说，就那样静静地坐了好一会儿。

“好吧，”道格拉斯说，“我们再说说话吧。”

“说什么？”

“天哪，你就要走了，我们还不得有几万件事情要说！要把未来一个月，未来几个月不能在一起说的事情都先说了才行！螳螂、齐柏林飞艇、杂技演员、吞剑者！就像以前你讲的那样。蝗虫抽烟，吞云吐雾！”

“有趣是有趣，但是我不想讲蝗虫。”

“你以前不是经常这么讲吗！”

“是的。”约翰怔怔地盯着远处的镇子，“但是我不觉得现在还有那份心情。”

“约翰，怎么了？你看上去怪怪的。”

约翰闭上了眼睛，脸色变了。“道格，‘特尔之家’的楼上，你知道吗？”

“当然知道。”

“那里有很多圆形的小窗户，窗框上涂了各种颜色。它们是不是一直都存在？”

“是啊。”

“你确定？”

“那些老旧的窗户早就存在了。我们还没有出生就存在。怎么了？”

“那我以前怎么从来都没有注意到呢！”约翰说，“刚才我们穿过小镇的时候，我一抬头才看见那些窗户。道格，我这些年都做了些什么呀，怎么就一直没发现呢？”

“肯定是你忙别的事情去了。”

“是吗？”约翰转过身来看着道格拉斯，脸上的表情有些恐慌，“天哪，道格，怎么我觉得这些窗户看着让我心里怕怕的？我是说，其实也没什么好怕的，是不是？只是……”他不知所云地说：“只不过要是今天我依然没有看到这些窗户的话，我是不是也错过了好多其他的事情？那么关于那些我看到过的事情呢？是不是说待我离开之后还依然记得清楚呢？”

“只要你想记住就能记住。两年前的夏天我去露营的事情，到现在我都记得清清楚楚的。”

“不是吧，你也记不得了！你都告诉过我，说你在夜里醒来的时候都记不得你妈妈长什么样了。”

“才没有！”

“我自己家里有时候就发生过这样的事情，真是把我吓一跳。我只好跑到他们的房间里去，趁着他们熟睡的时候看一看他们的脸，好确认一下！但是当我回到自己的房间的时候，又忘记了他们的长相。天哪，道格，真是不可思议！”他紧紧地抱着自己的膝盖。“你一定要向我发誓，发誓你一定能记得我，记得我的长相，记得我的一切。你会发这个誓吗？”

“没问题。已经在我的脑子里录了一段电影了。晚上躺在床上，我只需要在脑子里开一盏灯，这电影就开始在墙上播放。清楚得很。到时候你就可以在电影里朝我挥手，跟我打招呼。”

“闭上眼睛，道格。现在你告诉我，我的眼睛是什么颜色？不准偷看。我的眼睛是什么颜色？”

道格拉斯额头上开始冒汗，眼皮紧张地转来转去。“见鬼，约翰，这不公平。”

“告诉我！”

“棕色！”

约翰扭过头去。“不对。”

“不对是什么意思？”

“你根本没有闭上眼睛！”约翰闭上自己的眼睛。

“转过来！”道格拉斯说，“睁开眼睛，让我看一下。”

“没用的，”约翰说，“你已经忘记了。跟我说的一模一样。”

“转过脸来！”道格拉斯抓住他的头发，把他慢慢地拽了过来。

“好了好了，道格。”约翰睁开眼睛。

“绿色。”道格拉斯吃了一惊，松开了手。“你的眼睛是绿色的……好吧，反正绿色和棕色也差不多。基本上都是淡褐色！”

“道格，不要对我撒谎。”

“好了好了，”道格拉斯低声说，“我记不得。”

他们就那么静静地坐在树下。远处有别的小孩子也跑到山上来了，大声尖叫着，朝他们打招呼。

他们两人一边沿着火车轨道往前跑，一边打开包在棕色包装纸里的午餐。一股浓郁的辣味烤火腿三明治的香气散发出来，三明治里还有深绿色泡菜和彩椒切丝。跑啊跑，跑啊跑，道格拉斯弯下腰，将耳朵贴在滚烫的铁轨上，似乎听到遥远的地方有火车在“隆隆”地驶过，骄阳之下，传过来的声音就像是摩斯密码。道格拉斯站起身来，吃了一惊。

"约翰！"

约翰还在往前跑，真是太可怕了。因为，人在跑，时间也在跑。你就得大声地喊叫，又得跑啊，追啊，直到跑不动了。突然，太阳落山了，哨声吹响，该是时候回家吃饭了。在你不经意之间，太阳已经走到了你的身后！要想一切变得慢下来的话，就得怔怔地睁着眼睛看，什么也不要做！这样的话，你的一天就能变成三天，是的，只需要发呆、注视就好了！

"约翰！"

想要追上他已经不可能了，只能玩个小把戏才行。

"约翰，甩掉他们，甩掉他们！"

道格拉斯和约翰大声喊叫着，同时加速，像风筝一样朝山下冲去。就让重力作用带着他们，跑过草地，跑过粮仓，直到身后追赶者的脚步声听不到了，他们才停下来。

约翰和道格拉斯爬上一个草垛子。草垛发出"噼噼啪啪"的声音，像是一堆篝火在他们的脚下燃烧。

"什么也不要做。"约翰说。

"我也正想这么说。"道格拉斯说。

他们静静地坐在草垛上，喘着气。

干草中似乎有只小虫子发出"嘀嗒嘀嗒"的声音。

他们两个人都听到了这个声音，但是都没有去管这声音到底是从哪里发出来的。道格拉斯挥舞了一下自己的手，那声音就在草垛的另一边响起来。他用双手抱着膝盖，那声音又从他膝盖之间发出来。他瞟了一眼手腕上的表：三点钟了。

道格拉斯悄悄地伸出右手去轻轻地拧了拧手表的把手，将时间往后挪了挪。

现在他们就有足够的时间来四下里看看，来和这个世界更亲密接触，来感受太阳的移动，看着它像一阵暴怒的狂风一样划过天空。

“几点了，道格？”

“两点半。”

约翰看着天空。

算了吧，道格拉斯心里想。

“看上去像是三点半，四点了。”约翰说，“我在童子军的时候学过估计时间。”

道格拉斯叹了一口气，默默地将手表上的时间往前调了调。

约翰静静地看着他，什么也没说。道格拉斯抬起头。约翰轻轻地在他的胳膊上打了一拳。

两个人顺着草垛溜了下来。突然驶过一辆火车，孩子们都跳了起来，一边朝着火车挥手一边高声地喊叫着。道格拉斯和约翰也是一样的兴奋。火车风驰电掣般地驶向远方，载着车上的两百多名乘客，消失在铁轨的尽头。火车带起的灰尘跟着火车往南翻滚，然后散落在蓝色的铁轨上，飘散在金色的夕阳中。

孩子们陆陆续续往回走。

“等我长到十七岁的时候，就到辛辛那提去当一名铁路消防员。”查理·伍德曼说。

“我的一个叔叔在纽约，”吉姆说，“我要到那里去，去当一名粉刷匠。”

道格没有再问其他人。火车已经鸣叫着在启动了，他看到在车厢里，有的人将脸紧紧地贴在车窗的玻璃上。他们一个一个都离开了，只留下空空的铁轨和夏日的天空。有一天，他也会搭上火车，去往一个连他自己也不知道的地方。

道格拉斯感觉在自己的脚下，整个大地都在颤抖。伙伴们的影子消失在草地上，消失在空气中。

他狠狠地吞了一口口水，猛地举起拳头，大声喊道，“谁最后到家，谁就是一头河马！”

大家蜂拥着往前跑去，笑声在空气中回荡。你看约翰·赫夫吧，他跑起来，脚简直就像是没有挨着地面。再看看道格拉斯，他跑的每一步都把地面踩得“咚咚”响。

晚上七点钟，晚饭已经吃完。男孩们一个个地又聚到了一起，在他们身后是大力关门时发出的声音，紧接着就是他们的父母责怪孩子们摔门太重的叱骂声。道格拉斯、汤姆、查理、约翰，以及十来个其他小孩子都聚到了一起。现在是玩捉迷藏和红绿灯游戏的时间了。

“就玩一个游戏，”约翰说，“然后我就得回家去。火车九点出发。谁来当红绿灯？”

“我当红绿灯。”道格拉斯说。

“你是第一个自愿当红绿灯的人。”汤姆说。

道格拉斯盯着约翰看了好一会儿。“开始跑！”他大声说。

孩子们四散开去，嘴里发出兴奋的喊叫声。约翰往后退着跑，然后转身向前慢慢地跑着。道格拉斯慢慢地数着数。他想让大家都跑得远一点，散得开一些，最好都分散到他的小小世界里去才好。终于，大家跑得够远了，几乎都看不到了。

“红绿灯！”

每个人停了下来。

道格拉斯悄悄地穿过草坪，朝约翰挪过去。约翰定定地站在那里，暮色中，他像是一只钢铁浇铸的鹿一般伫立着。

远处的孩子们都举起来手，做着鬼脸，明亮的眼睛像是松鼠一样滴溜溜转个不停。

只有约翰一个人站在那里，一动也不动，静悄悄的，一句话也没有。他大概是不想破坏了这个美妙的时刻吧。

道格拉斯绕着这个“红绿灯”看看，再绕着另一个“红绿灯”看看。“红绿灯”是不能动的，只能站在原地，也不能说话，只能看着前方，半张着嘴巴，微微笑。

几年以前他们去芝加哥，曾经一起参观过一个大的地方，里面陈列着好多大理石雕刻而成的人像，当时他就是那样默默地绕着看了好几遍。现在，约翰 · 赫夫就站在这里，膝盖和屁股部位的裤子上还留有青草汁液的痕迹，他的手指上有好几处伤痕，胳膊肘上还结着痂。他穿着一双普普通通的网球鞋。在鞋子的裹挟之下，他那双脚安分了下来。入夏以来他的嘴不知道吃了多少块杏仁派，不知道评论了多少次自己的生活和脚下的这片土地。他的眼睛不像是那些雕塑的眼睛，但一样充溢着熔化了的绿色黄金。微风中，他头上的黑发一会儿飘到这边，一会儿飘到那边。他的双手留下了全镇的痕迹——路上的污泥，树上的银色木屑，闻上去有大麻、葡萄藤和苹果的味道，还有陈年硬币和青蛙的气息。夕阳的余晖之中，他的耳朵看上去像是打了蜡的桃子一样，透着温暖明亮的光，不可见的，是他呼出来的那股带着薄荷味道的气息。

“约翰，”道格拉斯说，“不要像睫毛一样动来动去。我命令你在这里站三个小时，不准动一下！”

“道格……”约翰的嘴唇动了动。

“不许动！”道格拉斯说。

约翰转身看了看天空，脸上的笑容不见了踪影。

“我得走了。”他小声说。

“不许动，游戏还没有结束！”

“我得回家了。”约翰说。

这尊雕像动了起来，放下了双手，转过身看着道格拉斯。他们俩看着对方。别的孩子们也就放下了手。

“再玩一遍，”约翰说，“只是这一次我当‘信号灯’才行。跑！”

男孩子们四散开去。

“停！”

男孩子们都停下了脚步，冻在原地。道格拉斯也和他们一样。

“哪里都不许动！”约翰大声说，“连一根头发都不准动！”

他走过去，走到道格拉斯身边。

“兄弟，只能这样才行啊。”他说。

道格拉斯看着天空中忽明忽暗的暮色。

“木头人，你们每个人都不能动，要站三分钟才行。”约翰说。

道格拉斯感觉到约翰就在他的身边走动，就和刚才他在约翰身边走动一样。他的胳膊被轻轻地打了一下。

“再见了。”他说。

然后他听到一阵奔跑的脚步声。不用回头，他知道身后的那个人已经跑远了。

远处，传来火车汽笛的声音。

道格拉斯又站了足足一分钟，只等着那脚步声消失。只是，那声音久久没有停止。他还在跑，只是并没有跑远，道格拉斯心里想。那他为什么不停下来呢?

突然间，他意识到，那声音只是他自己心跳的声音而已。

停下来呀！他把手放在自己的胸口。别再跳了！我讨厌这个声音!

他只觉得自己穿过草坪，从其他木头人身边走过。至于这些人是不是重新获得了什么，他根本没有理会。看上去，他们完全没有动一下。他感到自己也仿佛只是膝盖以下在运动，身体的其他部位像石头般又冷又沉。

走上自己家门廊的台阶，他猛地回头看身后。草坪上空荡荡的，一个人也没有。

耳边传来几声步枪射击的声音，然后是“砰砰砰”的关纱门声。那是日落时分的鸣枪仪式，枪声沿着街道响起来。

雕塑是最好的东西，他想。它们是你唯一可以保留在自家草坪上的东西。别让它们移动，一旦你让它们动了，就从此后拿它们再也没有办法了。

突然，他挥出拳头，仿佛从身侧掏枪一般，拳头重重地砸在草坪上，砸向街道，砸入渐浓的暮色。他的脸因为充血，变得绯红发亮。

“约翰！”他大声说，“约翰，你这个家伙。你是我的敌人，你听到没有？你不是我的朋友！别再回来了，永远不要再回来了！快滚吧，听到没有！敌人，听到没有？就是你！我不和你做朋友了，你这个家伙，就这样了，你这个家伙！约翰，你听到了没有，约翰！”

就像是镇外一颗大灯的灯芯变短了一样，天色黯淡了许多。他站在门廊里，大口地喘着气，拳头还紧紧地攥在一起，直直地指着街道对面远处的那栋房子。他看着自己的拳头，拳头慢慢地溶解了，这个世界也一起溶解了。

他上了楼，黑暗中什么也看不清，即使是自己的拳头，只感觉到自己的脸庞。他一遍遍告诉自己：*我快疯了，我很生气，我恨他，我很生气，我恨他！*

约莫过了十分钟，他才慢慢地爬到楼梯的最顶端，四周里一片黑……

留在我身边

“汤姆，”道格拉斯说，“有一件事情，我希望你能向我发誓，好吗？”

“我发誓。是什么事情？”

“你是我的弟弟，未来某一天我可能会恨你。但是不管怎么样我们都要不离不弃，好不好？”

“你是说下一次你去远足的时候，让我跟你和其他大孩子一起去吗？”

“嗯，当然包括这个。我的意思是说，不要离开，不要被车子轧，也不要掉到悬崖下面去了。”

“应该不会。你觉得我是什么人啊？！”

“待到我们两个人都上了年纪——四十岁，或者四十五岁——到那个时候我们在西部有了自己的金矿，没事儿的时候坐着一起抽抽烟，满脸都是胡须。多好！”

“满脸都是胡须！天哪！”

“就是我说的那样，你要不离不弃地待在我身边。”

“你可以相信我。”汤姆说。

“我倒是不担心你，”道格拉斯说，“我担心的是上帝掌管这个世界的方式。”

汤姆想了想。

“上帝没什么错，”汤姆说，“他也在努力管理好这个世界。”

竞选风云

埃尔迈拉·布朗走出浴室，手指上涂着碘酒。为了切一块椰子蛋糕，她差点切掉了自己的手指。就在这个时候，一个邮递员走上了门廊的台阶，径直打开门走了进来，然后“砰”的一声将门关上了。这可把她吓了一跳。

“山姆！”她大声喊道。一边将涂了碘酒的手指在空中晃了晃，好让它赶快好起来。

“我还是不习惯自己的丈夫是一名邮递员。每次你直接开门进来的时候，都把我吓一跳。”

山姆站在那里挠着头，邮件袋已经空了一半。他回头看了看外边，似乎是看自己刚才进门的时候是不是将夏天的晨雾带进了门。

“今天怎么回来这么早啊？”她问。

“实在忍不住。”他含含糊糊地说。

“告诉我，怎么了？”她走过去，抬头看着他的脸。

“可能也没有什么大不了的，但是也可能是件大事情。刚才我给住在街上的克拉拉·古德沃特送了一些邮件……”

“克拉拉·古德沃特！”

“不要把头皮挠起来了。是几本书，约翰逊-史密斯公司出版的，出版地是威斯康星州的拉辛市。其中一本书的标题是……让我再看一下。”他皱了皱眉头，又放松了下来。“艾伯塔斯·马格努斯，对了，就这本。举世公认，历经检验，充满同情和自然情感的《埃及秘密》，或者是……”他把信举起来，希望能看清楚上面的文字。“《人与兽的黑白艺术》《揭秘古代哲学家的禁忌与神迹》！”

“你说这些是克拉拉·古德沃特的邮件？”

“我一边走一边翻看了前面几页，其实也没什么了不起。‘《生命的秘密》，作者是一位知名的学者、哲学家、化学家、博物学家、读心者、占星家、炼金术士、冶金大师、巫师、巫术诠释人。他拥有各种深奥的知识，能够解释各种艰深晦涩的现象和行为！’天哪！光是看一看这些用语我都快要晕倒了，且不管这书里面到底是什么意思。”

埃尔迈拉盯着自己的手指看着，似乎这手指根本就是别人的一样。

“克拉拉·古德沃特……”她喃喃地说道。

“我把邮件递给她的时候，她直愣愣地盯着我的眼睛，还对我说：‘我肯定能成为最厉害的女巫。很快就会拿到毕业证。要不了多久就可以开工。不管是四面八方的人群还是稀稀拉拉的个人，不管是年轻人还是老年人。’然后她笑了笑，把书放在鼻子上闻了闻，就进了屋。”

埃尔迈拉盯着自己手指上擦伤的伤口，舌头在嘴巴里舔了舔那颗松动了的牙齿。

听见外面的门“砰”的一声响，汤姆·斯波尔丁蹲在埃尔迈拉·布朗家院子里的草坪上，正抬着头看着天空。他从这家窜到那家，就想搞明白蚂蚁到底是怎么活动的。终于在一片土丘上发现了一个巨大的蚂蚁洞，蚂蚁正热火朝天地拖着半截蝗虫的身体和鸟儿遗漏的一丁点残渣往洞里拉。现在他还看见了别的事情：布朗太太正坐在门廊里的摇椅上，不停地摇来摇去，似乎她到现在才知道这个世界正在以每秒六十兆英里的速度向着太空坠落一样。布朗太太身后是布朗先生，似乎他根本就不知道这个世界坠落的速度，或许他压根儿也不想知道。

“汤姆！”布朗太太说，“我需要精神支持，需要上帝羔羊的圣血一样的东西。快过来吧！”

她说着就朝草坪的方向跑过来，踩碎了好多蚂蚁，也踩到了好几枝蒲公英，在花床上留下好几个脚印。

汤姆在那里又跪了好一会儿，他盯着布朗夫人的背影，研究着她的肩胛骨和脊柱，直到她消失在街角处。通过观察她的骨头，他知道这位女士是个有辩才、有故事，爱冒险的人。当然，这些品质本来一般是不和女性联系在一起。尽管布朗夫人的下巴上也隐隐有一些海盗才有的胡须绒毛。一转眼，他已经跟上了她的步伐。

“布朗夫人，你看上去好疯狂啊！”

“你根本不知道什么才是疯狂，小伙子！”

“小心！”汤姆叫道。

埃尔迈拉·布朗夫人绊到了一只直挺挺躺在草丛中的铁钩，摔倒了。

“布朗夫人！”

“看到没有？”布朗夫人坐在地上。

“克拉拉·古德沃特对我动了手脚！魔法！”

“魔法？”

“没关系，小伙子。你看到前面的台阶没有？你先上去，把那些看得见的细线都踢断。然后按一下门铃。记得按一下就赶紧把手指拿开。要不然的话就会被门铃上的汁液烧成炭渣！”

汤姆没敢去碰门铃。

“克拉拉·古德沃特！”布朗夫人用自己那根涂有碘酒的手指弹了一下门铃。

不远处的大房子里，传来一声清脆的门铃声，很快这声音就消失了。

汤姆竖起耳朵听。从更远的地方传来窸窸窣窣的声音，像是老鼠在跑动。客厅里闪过一个影子，可能是风吹动了窗帘。

“你好。”传来一声低沉的问候。

猛然间，古德沃特夫人出现在他们的面前。太突然了，就像是一枝薄荷，突然就出现在纱门的后边。

“汤姆、埃尔迈拉，你们好。有什么事情么？”

“不要催我！我听说你想做一个法术高超的女巫！”

古德沃特夫人微微一笑。“你的丈夫不仅是一名邮递员，还是一个卫道士啊。偷窥别人的邮件！”

“他才没有偷看你的邮件。”

“他从这一家走十分钟到下一家，一边看贺卡一边笑，他还试穿别人邮寄的鞋子。”

“不是他偷看，是你自己亲口告诉他你买的是什么。”

“只是开个玩笑而已。想当一个巫师！我说的，嘣！山姆开着车就逃跑了，像是我对他施了闪电魔法一样。我估计这个男人的脑子连一个褶皱也没有吧。”

“你昨天在别的地方也在谈论你的魔法——”

“你是指在三明治俱乐部……”

“我也只是恰好碰到而已。”

“是吗，女士，我们还以为昨天是你和你祖母固定见面的日子。”

“我什么时候都可以和祖母见面，只要有人喊我去我就去。”

“事实是，我在三明治俱乐部点了一个火腿泡菜三明治，还大声说‘学了这么多年，总算要拿到女巫证书了’这样一句话。”

“打电话的时候我也听你这么说了。”

“现代的发明创造是不是很了不起啊！”古德沃特夫人说。

“自从内战结束之后你一直都是‘忍冬花女士客厅’的负责人，这是不是说，多年来你一直在使用魔法控制大家，让大家为你投赞成票，选你当负责人啊？”

“你怀疑过这件事？”古德沃特夫人问。

“明天又是选举的日子，我想知道你是不是还想继续做负责人？——你不觉得羞愧吗？”

“对于你的第一个问题，答案是‘是’；对于你的第二个问题，答案是‘否’。你看一看，我把这些书都拿来了，准备送给我的小堂弟拉乌尔。他今年才十岁，正是想在帽子下面找兔子的年纪。我给他说，在帽子下面找到兔子的几率跟在某些人的脑子里找到思想的几率差不多一样。既然他那么做了，我打算把这些当作礼物送给他。”

“没想到你有这么多本《圣经》。”

“事实就是这样的。我喜欢拿女巫的事情开玩笑。其他女士听到我说起我的黑暗力量，都乐得不可开交。希望你到时候也在场。”

“明天我当然会去，我要用金十字架和我能驾驭的善力与你一战，” 埃尔迈拉说，“你现在就告诉我，你的房子里还有多少垃圾魔法？”

古德沃特夫人指了指室内的一张桌子。

“我一直在购买魔法草药。这些奇怪的味道拉乌尔闻到了会更高兴。这一小袋子东西，叫作希斯芸香，这是萨比斯根，那是伊本草药，这些是黑色硫黄，那边的一些叫作骨灰。”

“骨灰！”埃尔迈拉往后退了一步，踢到了汤姆的脚踝。汤姆大叫一声。

“这是苦艾和蕨叶，它们能让手枪冷却下来，能让你像梦中出现的蝙蝠一样自在地飞翔。这个在这本书的第二十四章有讲到。对于一个正在增长智力的男孩子来说，我觉得这些都很合适。看你们的表情，似乎你们不相信有拉乌尔这么个人。好吧，那我就把他在斯普林菲尔德的地址给你们看一看。”

“是的，不相信，” 埃尔迈拉说，“要是哪一天我给斯普林菲尔德写信去求证的的话，你肯定会坐上班车到邮政总局去将我写的信中途拦截下来，然后再以一个孩子的口吻给我回信。我知道你肯定会这么做。”

“布朗太太，你就直说吧，你希望当‘忍冬花女士客厅’的负责人，对不对？你想当负责人已经有十个年头了。你自己提名自己，为了得到一张选票绞尽了脑汁。你自己想一想吧。要是其他人同意的话，你早就获得压倒性票数了。但是，我从这里往山那边看过去，除了你给自己投的那一票，还有谁给你投票呢？我跟你说，明天中午我会提名你来做负责人，还会给你投票，怎么样？”

“那可太好了，”埃尔迈拉说，“去年投票的那一天我得了感冒，没办法挨家挨户地去催票。前年投票之前我摔折了腿。太奇怪了。”她黑着眼睛看了看纱门后边的那位女士。“不仅如此，上个月我一连六次割到了自己的手指头，擦伤自己的膝盖十几次，从自家的门廊上摔下来两次，摔下来两次！还打破了一块窗户玻璃，打碎了四个盘子，还在比克斯比商场打碎了一个价值四十九美元的花瓶。以后我不管是在家里也好，在城里也好，要是再打碎盘子，我就直接把账单寄给你，这钱得你来付才行。”

“真要是那样的话，等不到圣诞节我就是个穷鬼了。”古德沃特夫人说。她突然打开纱门走了出来，纱门在身后“砰”的一声关上了。“埃尔迈拉·布朗，你今年多少岁了？”

“我估计你早就在你的那本黑色本子上记录下来了。三十五岁！”

“哦，我一想到你这三十五年的生活……”古德沃特夫人抿了抿嘴唇，眨了眨眼睛，开始计算起来。“这大约是一万两千七百七十五天，每天按照三段来算的话，你大概经历了一万两千多次怪事，还有一万两千多起灾祸，一万两千多宗困难。真是丰富多彩的生活啊，埃尔迈拉·布朗，祝贺你！握个手吧。”

“走开！”埃尔迈拉赶快躲开。

“怎么了，女士，你也只算得上是伊利诺伊州格林镇里第二笨拙的女人。一坐下来你屁股下面的椅子就像手风琴一样‘咯咯吱吱’响，一站起来，你的脚准会踢到猫。就算是小步跑过草地，你可能也会绊到钩子摔一跤，你一直在走霉运。埃尔迈拉·爱丽丝·布朗，我说的这些，你承不承认？”

“不是我笨拙才招致这么多的灾难，还不都是因为你家离我家相距不足一英里？！要不然我怎么会不小心打翻一罐子的豆子，怎么会将湿漉漉的手指头伸进带电的匣子里去。”

“埃尔迈拉，就这么大的一个镇子，每天大家难免会和别人相距不足一英里。”

“那就是说你承认自己就在附近咯？”

“我承认我生在这里长在这里，这有什么错。就算是生在基诺莎或者锡安山又有什么错。埃尔迈拉，赶快去看一看牙医吧，问一问他能不能帮忙把你那些藏了毒蛇的舌头取出来。”

“啊！”埃尔迈拉叫道，“啊，哎呀！”

“你太过分了。我对巫术根本不感兴趣，只是想看一看能不能当作一门生意做一做而已。你听着！你现在已经从我眼前消失了。就在你站在我面前的时候，我施了一个咒语。我的面前已经没有你了。”

“不可能！”

“因为，”这个女巫承认道，“你再也不会出现在我的视线里了，女士。”

埃尔迈拉赶忙从口袋里拿出一面小镜子。“我就在这里！”她赶忙朝着镜子里看了又看，瞧了又瞧。

她高高地举着镜子，像是弹奏竖琴的人，正在拨弄其中的一根琴弦。她举起镜子，像是高高地举起一份最重要的证据。“我以前从来没有白头发的，怎么突然就有了白头发呢！”

站在她对面的女巫笑了，笑得那么迷人。“拔下来放到一个装了水的罐子里，第二天早上就会变成一条蚯蚓。哦，埃尔迈拉，瞧一瞧你自己吧，不是吗？自己笨手笨脚还总是抱怨别人！你读过莎士比亚吗？其中有这么一句舞台指引：慌慌张张，叽叽喳喳。说的就是你，埃尔迈拉。总是慌慌张张，叽叽喳喳个不停！赶快回家去吧，免得让我看到你头上的包，免得我预测你家半夜里漏煤气！嘘！”

她的手在空气中挥动了几下，似乎埃尔迈拉是一团雾霭似的。“天哪，这个夏天苍蝇可真多！”她说。

她进了屋，插上了门。

“你这是在给我划线吗，古德沃特夫人，”埃尔迈拉抱着胳膊问，“给你最后一次机会作决定。明天的负责人竞选你最好退出，要么就要和我面对面竞争。我不介意和你来一场公平的竞赛。我会带着汤姆一起去。他是个天真的好孩子。天真和诚意一定能赢得竞选。”

“我觉得我不怎么天真，布朗夫人，”那个小男孩说，“我妈妈说我——”

“闭嘴，汤姆，好就是好！你到时候就是我的左膀右臂，小伙子。”

“好的，夫人。”汤姆说。

“既然如此，”埃尔迈拉说，“我一定要活过这个晚上。这位女士肯定会用蜡烛制作我的人偶傀儡——然后用锈迹斑斑的针扎这些人偶的心脏，刺穿它们的灵魂。明天早上你要是发现我躺在床上，瑟瑟发抖，没有了人形的话，你就知道谁会从中受益了。那样的话，古德沃特夫人就可以一直当负责人，直到她一百九十五岁为止。”

“是吗，女士，”古德沃特夫人说，“我已经三百零五岁了。以前大家称呼我的时候都用‘您’。”她用手指指了一下街道的对面。“阿布拉卡达布拉——竺米提——赞姆（咒语）！怎么样？”

埃尔迈拉连忙从门廊里跑下来。

“明天等着瞧！”她大声喊道。

“我等着！”古德沃特夫人说。

汤姆跟在埃尔迈拉的身后。他耸了耸肩，一脚将路边的一群蚂蚁踢飞。

埃尔迈拉一边跑一边大声地叫喊着。

“布朗先生！”汤姆说。

一辆正在往后倒的汽车压到了埃尔迈拉右脚的大拇指。

埃尔迈拉·布朗夫人的脚趾整夜疼，疼得她睡不着觉。索性她早早就起了床，到厨房里吃了点冷鸡肉，又列了个单子，上面清清楚楚写满了自己遭受的各种痛苦。第一项是过去一年的疾病。三次感冒，四次消化不良，一次突发胃胀气，一次关节炎，一次腰疼，她怀疑可能是痛风，还得了好几次支气管炎导致的咳嗽，一次始发性哮喘。手臂上还长了好几次疹子，还有一次耳朵半规管溃疡，痛得她好几天走路都是摇摇晃晃，像是一只喝醉了酒的飞蛾。还有背疼、头疼、恶心等病症。为了买药治病，总共花了她九十八美元七十八美分。

第二项是过去十二个月里她家里打碎毁掉的各种物件。包括两盏灯，六个花瓶，十个盘子，一个大汤碗，两扇窗户，一把椅子，一个沙发靠垫，六个玻璃杯，还有一个树枝状水晶吊灯。这些东西价值十二美元十美分。

第三项就得是刚刚过去的这个晚上的疼痛了。车子轧过她的脚趾，疼得要命。肚子也不舒服，背部僵硬弯不下腰，两腿酸痛站立不稳。两只眼睛肿得像是两团燃烧的棉花，舌头尝什么都觉得像是沾满灰尘的抹布，耳朵里面嗡嗡作响，像是在耳朵上挂了个铃铛。这个怎么算？她好好想了想，最后决定再上床躺一会儿。

这种个人伤害至少也得赔一万美元。

“这种事情还是不要上法院算了！”她说，声音一点也不低。

“嗯？”她丈夫醒了。

她躺在床上。“我可不想死。”

“你说什么呀？”他问。

“我不想死！”她盯着天花板说。

“这是我经常说的话。”她的丈夫说着翻了个身，打起了呼噜。

早上，埃尔迈拉·布朗夫人早早就起了床，出门来到镇上的图书馆，又去了药店，一圈之后又回到家里。然后她就开始忙着将各种化学物质混合在一起，一直忙到中午时分，她的丈夫已经送完了所有的邮件回到家。

“午饭在冰箱里。” 埃尔迈拉一边调制一碗绿油油的稀饭状的东西一边说。

“天哪，那是什么啊？”丈夫问她，“看上去像是奶昔在阳光下放了四十年，像是长了一层绿霉。”

“以魔法对抗魔法。”

“你打算把这喝了？”

“要等到我去竞选‘忍冬花女士客厅’的负责人之前再喝。”

萨缪尔·布朗闻了闻那一碗混合物。“听我的话。先完成这些步骤再喝也不迟。汤里面都有些什么东西啊？”

“来自天使翅膀上的雪花，好吧，其实就是薄荷脑，用来给地狱之火降温。我从图书馆借来的这本书上就是这么说的。刚刚摘下来的葡萄榨的汁，书上说这种榨汁能使你在看到黑暗的影子的时候保持脑子清醒。还有红色的食用大黄、塔塔粉、白糖、蛋白、泉水以及三叶草叶柄里饱含地球的巨大能量。哦，真要我说的话，一整天都说不完。这是配方单，正义对抗邪恶，白色对抗黑色。我可不能失败！”

“哦，你肯定能赢，好啦，”她丈夫说，“你怎么知道呢？”

“善念。我会带着汤姆以提升自己的魅力。”

“可怜的孩子啊，他是那么的天真。”她的丈夫说。

“汤姆会没事儿的。” 埃尔迈拉说着端着那一碗混合物，藏在一个装桂格燕麦片的盒子里，还在上面盖了一个盖子。然后她出门去了，甚至都没有挂到裙子或者刮破那双花了九十八美分的长筒袜。

意识到了这情况，她自鸣得意地往汤姆家跑去。汤姆穿着一件白色的夏季礼服正在家里等着她的到来。穿这件衣服也是遵照她的指示。

“唷！”汤姆说，“那盒子里装了什么呀？”

“命运。”埃尔迈拉说。

“但愿如此。”汤姆说，走在她前面大概两步远的地方。

“忍冬花女士客厅”里坐满了女士，大家一起照着镜子，各自整饬着裙子，询问着是否有什么不妥之处。

下午一点整，埃尔迈拉·布朗夫人走上台阶，身边还有个穿着白色衣服的小男孩。他捏着鼻子，半眯着眼睛，这样使他对自己到底要往哪里走也不甚明了。布朗夫人看了看人群，然后端着那个盒子，打开盒子的盖子，深深地闻了闻。又把盖子盖上，并没有急着喝。她朝着大厅走去，她的身边响起一阵塔夫绸摩挲的声音，所有的女士都在她的身后窃窃私语。

她在大厅后排找了个位置和汤姆坐下。汤姆看上去痛苦极了。本来半睁着的眼睛是为了看一看这些参加活动的其他女士，现在他索性将眼睛彻底闭上。坐在那里，埃尔迈拉从盒子里拿出自己调制的那份饮剂，慢慢地将它喝了下去。

一点半了，负责人古德沃特夫人敲了一下桌上的小锤子，除了还有一二十个实在忍不住没有闭嘴，其他的女士们都停止了谈论。

“女士们，”她大声地说。她的面前是一片夏日丝绸和蕾丝的海洋，偶尔也有几顶或灰或白的帽子点缀其中，“又到了选举的时间了。但是在正式开始之前，我相信埃尔迈拉·布朗夫人，我们镇了不起的笔迹学家——”

大厅里一阵哄笑声。

“笔迹学家是什么啊？”埃尔迈拉和汤姆用胳膊戳了戳对方。

“我也不知道。”汤姆愤愤地说。他依然闭着眼睛，就感觉到黑暗中有人用手肘戳了他。

“——的妻子，正如我所说，我们这位了不起的笔迹专家，就是美国邮政的萨缪尔·布朗（大家笑得更厉害了）。”古德沃特夫人继续讲，“布朗夫人有几句话要说。布朗夫人？”

埃尔迈拉站起身来的时候，她的椅子“啪”的一声往后倒了下去，发出的声响，像是放在山里用来捕捉黑熊的架子突然合拢了一样。她猛地往前跳了一下，鞋底磕在地面上，发出一阵响，让人以为她的两只鞋跟要掉了似的。“我有好多话要说，”她大声说道，一只手里拿着那个装燕麦片的空盒子外加一本《圣经》，另一只手一把将汤姆拽了起来，推到自己面前。这一下子又撞到好几位身边的女士，招来一阵埋怨：“嗨，你在干吗呀，小心点不行吗？”她推着汤姆跌跌撞撞来到前面的舞台上，一不小心又撞翻了桌子上的一个装满了水的杯子。看到这一切，她不满地瞟了一眼古德沃特夫人，任由她拿自己的那块小手绢擦拭着倒在桌子上的水。隐隐带着一丝胜利的神情，埃尔迈拉将一个装春药的玻璃杯举得高高的，还故意向古德沃特夫人晃了晃，然后小声说：“你知道这里面是什么吗？我刚刚已经喝下去了，夫人。我已经被魅力包裹，刀枪不入，水火不侵。”

女士们讨论得更加热烈了，谁也没有听她在讲什么。

古德沃特夫人点了点头，举起双手，大家安静了下来。

埃尔迈拉紧紧地握着汤姆的手。汤姆依然紧闭着眼睛，免不得肌肉不停地抽搐着。“女士们，”埃尔迈拉说，“我真同情你们，我知道在过去的十年里你们经历了些什么。我也知道为什么你们都选古德沃特夫人当负责人。毕竟你们也要养育孩子，要照顾丈夫，还经常被账追着跑。谁也不愿意自己家的牛奶动不动就变质，谁也不愿意自己烤制的面包涨得像车轮子那么大。谁也不愿意染上腮腺炎、水痘、百日咳，一连几周不得好。谁也不愿意自己的丈夫发生车祸，不愿意他在镇子外边被高压电击倒。现在，所有的这一切都将结束。你们都可以得到解脱。你们的胃不会动不动就灼热，背不会动不动就疼痛不已。因为我发誓要铲除这个女巫对大家的控制！”

大家面面相觑，想知道女巫在哪里。

“女巫就是现在的负责人！”埃尔迈拉大声说。

“我！”古德沃特夫人朝大家招了招手。

“今天，”埃尔迈拉激动地喘着粗气，伸出一只手撑在桌子上，一边保持身体的平衡，“我到图书馆查阅了资料，找到了反击的办法。获得了如何反抗别人对你的控制的，如何驱赶女巫的良方。我还找到了解决大家问题的好方法。我能感觉到体内力量正在增长。

用到的都是最厉害的草药和化学物品。其中有……”她停了停嘴上的话，晃了晃手上的配方单。眨了眨眼睛，她接着说：“其中包括塔塔粉、白色的水柳菊、月光下发酵的牛奶，还有……”她停下来想了想。闭上眼睛，有一个细小的声音传来。这声音从她的体内传出来，一直传到她的嘴角，再从嘴唇边溜出来。她闭着眼睛站了好一会儿，希望能感受到体内的那份力量。

“布朗夫人，你感觉怎么样？” 古德沃特夫人问。

“我很好！”布朗夫人缓缓地说，“我还加了一些胡萝卜粉末，加了一些欧芹根，切得很细很细，还有杜松子……”

她再次停下来，似乎刚才那个声音还没有停止，她放眼看了看大家的脸。整个屋子开始晃动，先是从左往右，然后再从右往左。

“迷迭香的根、毛茛花……”她的声音很低沉。她松开汤姆的手。汤姆睁开一只眼睛看着她。

“海域香叶、旱金莲花瓣……”她补充道。

“我看你最好坐下来。” 古德沃特夫人说。

她旁边的的一位女士站起身来打开了一扇窗户。

“还有晒干了的槟榔，薰衣草种子，山楂种子。”布朗夫人说着说着又停了下来。“好了，现在开始投票，给我一张票。”

“还不急，埃尔迈拉。” 古德沃特夫人说。

“是的，就是现在。”埃尔迈拉颤抖着深深地吸了一口气。“记住啊，女士们，不要再害怕，做你们想做的事情，给我投票吧，然后……”整个屋子又开始摇晃，这一次是上下摇晃。“诚实管理。依然想选古德沃特夫人的人请说一声‘哎’。”

“哎。”整个屋子都传来这个声音。

“想选埃尔迈拉·布朗夫人的？”埃尔迈拉的声音有些模糊。

她咽了咽口水。

“哎。”她说。

太让她吃惊了，她站在讲台上。

整个屋子里一片安静。就在这份安静之中，埃尔迈拉·布朗夫人发出了“哇哇”的声音。她的一只手抓着自己的喉咙，转过身黯然地看着古德沃特夫人。古德沃特夫人正悠闲地从自己的手袋里拿出一个用蜡烛捏成的小人偶，人偶上插满了锈迹斑斑的图钉。

“汤姆，”埃尔迈拉说，“你带我到这个女人的家里去。”

“好的，夫人。”

他们赶忙出发，路上一点也不敢停歇。埃尔迈拉跑在前面，穿过人群，沿走廊跑了下去……到了一楼，再往左拐。

“算了吧，埃尔迈拉，好了，好了！”古德沃特夫人喊道。

埃尔迈拉又往左一拐，就消失了。

传来一阵响声，像是一块煤炭掉进了水沟里。

“埃尔迈拉！”

女士们赶忙跑过来，像是篮球队的女队员一样你推我攘。

只有古德沃特夫人一个人直直地坐在那里没有动。

她看见汤姆正盯着楼梯井，小男孩的双手紧紧地攥着楼梯的栏杆。

“四十级台阶！”他嘟囔着说，“离地面还有四十级台阶！”

接下来的几个月甚至几年里，当再谈及埃尔迈拉·布朗是如何像个醉汉一样与楼梯发生接触，她的身体是如何滑过每一级台阶最后落到地面上的时候，人们会说她在坠落的那一会儿整个人完全处于无意识状态，这也使得她的骨骼能够和台阶进行摩擦，而不至于直接弹射出去。她掉到了地面上，眼睛一张一闭的，感觉好多了。在下落的那一会儿，体内那些让她痛苦不堪的东西也随着一起离她而去了。事实就是，她浑身上下擦伤得很严重，看上去像文了很多刺青一样。幸运的是，她没有摔断手腕，也没有扭伤脚踝。接下来的三天，她的脑袋看上去可笑极了，眼珠子只能在眼眶里转啊转，想转头看东西完全不可能。最紧要的是，正当各位女士歇斯底里地大喊大叫的时候，古德沃特夫人也来到了楼梯下面的地面上，她将埃尔迈拉的脑袋扶起来枕在自己膝盖上，留下了眼泪。

“埃尔迈拉，我发誓，埃尔迈拉，我发誓，只要你不死，你听我说，埃尔迈拉，你听着！从今以后，我只使用对你有益的魔法。不会再有黑暗的东西，只有白色无害的魔法。你未来再也不会撞到铁狗，再也不会绊到路基，再也不会切到手指，再也不会从楼梯上摔下来！天堂福境永伴你左右，埃尔迈拉，天堂福境永伴你左右，我发誓！只要你活着就好！看吧，我把插在人偶上的图钉都拔掉了！埃尔迈拉，说句话！说句话坐起来！我们上楼再来一次投票。负责人，我发誓，‘忍冬花女士客厅’的负责人就是你，我现在口头表决，是不是，女士们？”

每位女士都大声地喊出自己的答案，她们都太大声了，以至于需要相互搀扶着才能站得稳。汤姆依然站在楼梯上，心里想这下可死定了。

正当他往下走的时候，遇到各位女士重新往楼上走来。看样子她们像是遭遇了一次非同凡响的爆炸一样。

“让开让开，小伙子！”

首先上来的是古德沃特夫人，她一会儿哭，一会儿笑。紧接着是埃尔迈拉·布朗夫人，也是相同的表情。

紧接着是其他一百二十三位女士，她们都是“忍冬花女士客厅”的成员。看大家的样子，真不知道她们是刚刚参加完一场葬礼，还是准备去参加一场舞会。

他看着她们从自己身边走过，摇了摇头。

“不需要我了吧？”他问。

“完全不需要了。”

他赶忙踮起脚尖，要在她们想念他之前逃离这个地方。下楼的时候，他一刻也不敢松开楼梯边的扶手。

仿若魔法

“真是何苦呢，”汤姆说，“整件事情就是这样。女士们像是发了狂一样。每个人都站在旁边吸着鼻子。埃尔迈拉·布朗坐在楼梯旁边的地面上。哪里也没有折断，我怀疑她的骨头是果冻做成的。那个女巫抱着她的肩膀啜泣着。突然她们又一起上楼，一边笑，一边哭。你想想吧。反正我是迫不及待地逃走了。”

汤姆解开穿在自己身上的衬衫，拉开系在脖子上的领带。

“你刚才说，魔法？”道格拉斯问。

“毫无疑问，绝对是魔法。”

“你也信这个？”

“也信也不信。”

“这个小镇有好多故事！”道格拉斯注视着远方的地平线。天空中层云密布，呈现出各种古老神仙和勇士的形象。

“你刚才还提到咒语、蜡制人偶、铁针和长生不老药？”

“也不是什么长生不老药，但要是想作呕的话，倒是还蛮有效。

咯！哗啦！”

汤姆按着自己的肚子，舌头伸出嘴巴。

“女巫们……”道格拉斯说。他的眼睛充满了神秘。

上校的窗户

终于有一天，你会听到风吹苹果落地的声音。苹果一个个从树上掉下来。起先是这里掉一个，那里掉一个，然后就是一下子掉下来四个，一下子掉下来九个，一下子掉下来二十个。最后苹果像是暴雨一样，从苹果树上倾泻而下。苹果落地的声音像是马儿的四只蹄子踩踏在柔软、黑暗的草丛中。而你，却是那最后一个仍旧倔强地留在树枝上的苹果。你在等待这微风将你慢慢吹拂，吹断你和这个天空唯一的联结，让你也掉落，掉落。还未落到地面，你却早已经忘记了自己曾经依附的那颗果树，早已经忘记了曾经和你并肩长在树枝上的那些苹果，忘记了那个炎热的夏天，忘记了树下的那无垠的绿草。你将坠入无尽的黑暗之中……

“不！”

弗利雷上校迅速睁开眼睛，直直地坐在轮椅上。他抬起自己那只冰凉的手想要找到电话。还在这里！碰到了，他的心一阵狂喜。

“这可不好玩。”他对着空荡荡的房间说。

最后，他用颤抖着的手指举起了电话听筒，拨通了长途接线员的电话，并给了接线员小姐一个号码。然后就是等待。从卧室的门口，似乎在任何一个瞬间，都有可能涌进来一大群人来——儿子女儿，孙子孙女，医生护士——他们都有可能马上出现，抢走他最后一件能使用得了的贵重物品。好多天了，哦，是好多年了。那时候他的心脏还能像是一把匕首一样刺激着他的胸腔和肋骨，他听到过楼下的马路上男孩子们的声音……他们叫什么名字来着？查尔斯、查理、查克，对了。还有道格拉斯！还有汤姆！他还能记得！他们在楼下喊着他的名字，可是迎接他们的只是那扇紧锁的大门。孩子们只好离开了。“你不能兴奋。”医生说。谢绝一切拜访，谢绝一切拜访，谢绝一切拜访。看到孩子们在街道上玩耍，他向他们挥手。孩子们也向他挥手。“上校，上校！”现在，他只能一个人呆坐着，他的心脏就像是一只冰凉的蟾蜍，时不时在他的胸腔里微弱地跳动。

“弗利雷上校，”接线员说，“你要的电话接通了。墨西哥城，埃里克森三八九九号。”

遥远却无比清晰的声音在耳边响起来。

“布埃诺。”

“豪尔赫！”老人喊道。

“弗利雷先生！又是你吗？那可得花不少钱。”

“花钱就花钱吧。我知道要怎么做吧。”

“是的。是窗户吗？”

“窗户，豪尔赫，谢谢。”

“稍等一下。”对方说。

几千英里之外，在南方的那片土地上的一栋建筑中的某间办公室里，传来有人离开电话的脚步声。老人身子前倾，将电话听筒紧紧地贴在自己的耳朵边上，等待着对方说话声重新响起。这时，传来推开窗户的声音。

啊，老人叹了一口气。

墨西哥城的正午，阳光热烈地炙烤着大地，外边的声音通过电话听筒传了过来。他能看见豪尔赫站在窗口，将手上的听筒伸向明亮的窗外。

“先生……”

“继续，继续，让我再听听。”

他听到马儿蹄铁践踏街道上发出的声音，听到汽车刹车时发出的吱嘎声，听到小商贩卖紫红色香蕉和橙子的叫卖声。

弗利雷上校的脚也跟着一起在轮椅的脚踏板上微微地颤动起来，想象着走路的模样。他双眼紧闭，鼻子里发出一连串急促的“嗤嗤”的声音，似乎是在一边闻着阳光下那些挂在铁钩子上鲜肉的味道，一边驱赶着葡萄干大小的苍蝇，鼻息之间还有晨雨沾湿了的石头街巷散发出的气味。恍惚间，太阳又照在他那胡子拉碴的面颊上，他又回到二十五岁。走啊走，看啊看，一路上笑容满面，活着多么美好啊。生龙活虎的日子，尝尽人间美食美酒。

有人轻轻地敲了敲门。他赶忙把电话听筒藏在自己的袍子里。

护士走了进来。“你好啊，”她说，“感觉还好吧？”

“还好。”老人机械地答道。他已经不怎么看得清楚了。只是门上的那一点声响让他意识到自己身在遥远的异乡别处。他等待着自己的脑子和思绪赶快回来——赶快回来回答问题，要表现得尽如人意才好，要有礼貌才好。

“我来检查一下你的脉搏。”

“现在不用查！”老人说。

“你没打算去哪里吧，对不对？”她笑着问。

他怔怔地看着护士。他已经有十几年没出门了。

“把手腕给我。”

她的手指既有力又准确，像是一把卡钳，寻找着他微弱的脉搏。

“你怎么这么兴奋啊？”她催问道。

“没什么。”

她目光一闪，看到了空荡荡的电话座机。就在这个时候，听筒里传来一声汽车鸣笛声。这声音来自几千里之外。

她从他的袍子里拿出听筒，举到他的面前。

“你怎么能这样对待你自己？你发誓不会这么做。首先，这就是在伤害你自己，你知道吗？这么兴奋，说那么多话。男孩子们上到楼上来又蹦又跳——”

“他们只是静静地坐着听，”上校说，“我给他们讲好多他们从来未曾听说过的事情。我告诉他们和水牛野牛相关的事情。很值得这么做。我不在乎。我只是在发烧而已，没有什么严重的事。如果这样都能要了人的命的话，那又有什么关系呢。发烧来得快去得快。把电话给我吧。如果孩子们上楼来规规矩矩地坐着也不行的话，至少也要让我出去和人聊聊天吧。”

“对不起，上校。你的孙子们会知道的。上周我阻止他把电话拆掉拿走，现在看来，还真的让他拆掉算了。”

“这是我的家，我的电话。我付钱请你来照顾我！”他说。

“你花钱雇我照顾你，让你越来越好，而不是让你这么兴奋。”她推着他穿过房间。“到床上去吧，年轻人！”

躺在床上，他回头看着电话，一直盯着电话。

“我去一下商店马上就回来，”她说。“为了确保你不会再使用电话，我只好将你的轮椅藏到客厅里去。”

说着，她把那个空轮椅推出了卧室。在楼梯口那里，他听到她用分机拨了拨电话。

她是拨到墨西哥城去吗？他心里想。她不敢！

前门被关上了。

他不禁想起上周。当他一个人在家的时候，那一个个越洋跨洲的电话，悄悄地拨出去，像是麻醉剂一样，穿过峡谷和雨林，穿过开着蓝花的大草原，跨过重重湖水和高山，聊啊聊啊。电话打到布宜诺斯艾利斯，打到利马，打到波多黎各……

他从冰冷的床上坐起来。明天电话就会被拆掉了！唉，自己真是个贪婪的傻瓜！他颤颤巍巍地将象牙一样惨白的腿从床上拉出来，这是多么干瘪的一双腿啊。这哪里是他的腿啊。是不是哪天晚上趁他熟睡的时候，有人将他的腿拆走了，扔到炉子里烧掉了，然后还给他装上这样一双腿。这些年来，他整个人都被摧毁了，手没用了，胳膊没用了，腿也没用了，剩下的只是一些替代品，是一些毫无用处的组装货。现在，他们又想毁掉他最容易受损的东西——记忆。他们甚至想要掐断那些连接陈年旧事的线路。

他颤颤巍巍地穿过房间，抓起电话，身子倚在地板上。接通了长途电话接线员，他的心在胸腔里“咚咚”地跳个不停。快点吧，快点吧。一袭黑雾笼上他的眼睛。

“快接，快接！”

他等待着。

“布埃诺？”

“豪尔赫，刚才挂断了。”

“你不能再打了，先生。”遥远地方的那个人这么说。

“你的护士给我打了电话。她说你病得很厉害。我得挂电话了。”

“不，豪尔赫！求你了！”老人企求道。

“最后一次，你听我说。明天他们就会把电话拆掉了。我以后再也不能给你打电话了。”

豪尔赫什么也没有说。

老人继续说。“豪尔赫，出于对上帝的爱！出于我们的友谊。出于对以往那些美好日子的回忆！你不知道这意味着什么。我们俩年龄相仿，但是你还依然行动自如。我动不了已经十年了。”

他连电话都拿不起了，只好将电话听筒放下，胸口传来一阵阵剧痛。

“豪尔赫！你还在听吗？”

“这是最后一次？”豪尔赫问。

“我发誓！”

几千里之外，电话又被放到桌子上。依然是脚步声，停顿了一会儿，最后，窗户被推开。

“听吧。”老人轻声对自己说。

他的耳朵里传来成千上万的人们在阳光下熙来攘往的声音，依稀之中，他听到有人在演奏木琴——哦，多么的美好啊，载歌载舞。

紧闭着双眼，老人举起双手，似乎想要为那座古老的大教堂拍几张照片。那个时候，他身强体壮，血气方刚，依旧能感觉到脚下那滚烫的人行道。

他多想说：“你依然在那里，是吧？这个城市的人们都早早地开始午睡，商店关了门，有个小男孩嘴里喊着‘彩票，彩票’，他在售卖国家彩票！你们都还在那里！那些人，那座城。真不敢相信我曾经是你们当中的一员。当你总是离井别乡漂泊在外的时候，故乡就会变成一种幻境。无论是纽约也好，芝加哥也好，任何地方，连同那里的人们，慢慢地变得无法把握，不太确定起来。我身在伊利诺伊州某个静静的湖边的一个小城镇里，也一样变得无法把握，不太确定。我们相互都变得不确定，难把握，是因为我们相隔遥远，无法看到彼此。能听一听那里的声音也很好啊，知道墨西哥城还依然在那里，那里的人们依然生生不息……”

他坐在地上，将电话的听筒紧紧地帖在自己的耳朵上。

最后、最珍贵、最不确定的声音响起来了——一辆绿色的有轨电车沿着街角开过来——车上坐满了棕色皮肤的漂亮人儿，大家喊着叫着，声音里面满是胜利的喜悦。他们跳起来，三三两两地消失在街角。只剩下市场上卖烤玉米饼的摊位上传来“滋滋”的声音，或者还有从那间铜匠铺传来的经久不息的敲打声。这些声音静静地颤抖着，传到两千英里之外……

老人坐在地板上。时间在流逝。

悄悄地，前门被打开了。有人蹑手蹑脚，步伐迟疑地走了进来，然后试探着上了楼。他们在小声说话。

“我们不该来这里！”

“他给我打了电话，我告诉你。他太需要和人交流了。我们要鼓励他。”

“他病得很厉害！”

“是的。但是他告诉我说，待到护士不在的时候就可以来。我们只待一小会儿就走。打个招呼吧……”

通往卧室的门大开着。三个男孩子看到了坐在地上的那位老人。

“弗利雷上校？”道格拉斯细声叫道。

周围一片寂静，这一下子让他们刚要说出口的话又吞了回去。

他们踮着脚尖凑近。

道格拉斯弯下腰从老人的手上摘下电话。老人的手指早已经冰凉。道格拉斯将电话靠在自己的耳朵边，细细地听着。在安静之中，他的耳边传来远方陌生的声音。那是最后的声音。

两千英里以外，有人关上了窗户。

昨天与死去的人们

“嘣！”汤姆说，“嘣，嘣，嘣。”

市政厅前面有一个广场，广场上摆放着一尊大炮。据说这尊大炮在美国内战期间派上过用场。汤姆坐在大炮上，道格拉斯站在大炮前面，然后捂着胸口，倒在草地上。他没有马上站起来，而是就那么躺着，脑子里却转个不停。

“看样子你是随时准备抓起那支旧铅笔。”汤姆说。

“让我想一想！”道格拉斯一边说，眼睛还盯着大炮。他翻了个身，仰面看着天空和天空下面的大树。

“汤姆，我被击中了。”

“什么？”

“昨天魔术师程连苏死了。也就是在昨天，美国内战也在这个地方结束了。昨天，林肯先生、李将军、格兰特将军也都死了。跟他们一起死去的还有好多好多的士兵。他们有的面朝着南方，有的面朝着北方，倒下去了，再也没有站起来。昨天下午，在弗利雷上校的房子里一大群水牛和野牛，总共加起来简直有伊利诺伊州格林镇这么大的一群野水牛，跌下了悬崖，掉到一个谁也不知道的地方。昨天，烽烟尘土落尽。可是，我一点也不觉得开心。太不可思议了，汤姆，太不可思议了！我们的生命中再也没有这些士兵了，再也没有李将军、格兰特将军，再也没有忠诚的亚伯。要是没有程连苏魔术师我们该怎么办呢？真是连做梦都没有想到，这些人会这么早就离我们而去，汤姆。但是，事情居然就发生了。他们都死了！”

汤姆跨在大炮上，低头看着自己的哥哥，听着他的声音慢慢地停止。

“你有没有将写字板带在身边？”

道格拉斯摇了摇头。

“赶快去拿，要在忘记之前把这些话都记下来。不到半天时间，这么多人都被你给干掉了，真是太罕见了。”

道格拉斯坐起来，然后站起身。他慢慢地穿过市政厅门前的草坪，一边走一边舔着下嘴唇。

“嘣，”汤姆小声地说，“嘣，嘣！”

他提高嗓门喊道：

“道格，你穿过草地的时候，我一连射中你三次。道格，听见没有？嗨，道格！好吧，放过你算了。”他躺在大炮上，眯起一只眼睛，顺着锈迹斑斑的炮筒，看着前方。“嘣！”他瞄准那个逐渐远去的身影小声说：“嘣！”

道格与蒲公英酒

“接着！”

“二十九！”

“接着！”

“三十！”

“接着！”

“三十一！”

杆子往下压，锡制的盖子就紧紧地盖住了瓶口，瓶子反射着浅黄色的光泽。爷爷将最后一个瓶子递给道格拉斯。

“这是今年夏天的第二次大丰收。六月份的已经在架子上了。这是七月份的。现在这些是八月份的，放在最上边。”

道格拉斯举起一瓶依旧温暖的蒲公英佳酿，却没有马上将瓶子放在架子上。放眼望去，密密麻麻的瓶子静静地躺在架子上。虽然每个瓶子上都标上了号码，但是看上去依然没什么大的区别。每一瓶都那么的明亮，每个瓶子都普普通通，每一瓶都装得满满的。

今天我真正地感受到自己活在这个世界上，他心里想。为什么这一瓶不比其他的那些更明亮呢？

有一天，约翰·赫夫从这个世界的边缘跌落，离开了。为什么那一瓶也不比其他的更黯淡呢？

夏日的狗儿轻轻盈盈地跳跃着跑向远方，像是风儿梳理过的麦浪，它们都去了哪里了？去了哪里了？那辆有着闪电气息的绿色代步车和电车去哪里了？这些佳酿会不会记住这一切？不会的！至少看上去不会吧。

不记得在哪里有那么一本书，书上说，每个人的话，一旦说出口，每个人唱的歌，一旦歌声飞起，就会永远存留。这些话语和歌声将会在太空中永存。要是一个人能去到足够远的地方，能够去到半人马座那么远的地方，他就能听到乔治·华盛顿睡梦中的呓语，能听到凯撒感觉到背后有刀刺来时的惊呼。无数的声音在那里飘荡。那么光线会怎么样呢？

任何东西，一旦入了你的眼睛，就再也不会消逝，就是不会再消逝。它们还在某个地方存在着。寻遍这个世界，也许它们就藏在蜂巢中那一个个小匣子里。光线被满身花粉的蜜蜂藏在那一滴滴甜甜的蜂蜜中。也许在正午时分翩翩起舞的蜻蜓那成千上万颗宝石般的复眼中，珍藏着任何一年中这个世界五彩缤纷的景象。或许，滴上一滴这瓶中的蒲公英佳酿，在显微镜下，整个世界七月四日绽放的烟火就会像维苏威火山一样重新出现。他相信一定是这样。

但是，拿起标有弗利雷上校摔倒在地上，落在六英尺高的地面上那一天制作的蒲公英酒，道格拉斯根本看不到一丝丝的黑暗的影子，更不要提野水牛溅起的漫天尘土，或者是夏诺伊市的那个枪筒里溅出的哪怕是一丁点儿硫黄燃烧时的火星……

“八月份的放在最上边。”道格拉斯说，“是的。事情就是这样。不会再有机器，不会再有朋友，最后一次的收获也少得可怜。”

“呸，呸。你这话听上去怎么像是葬礼上的悼词啊，”爷爷说，“好像不是在说话而是在诅咒。我才懒得拿肥皂给你洗嘴巴。蒲公英酒越少越珍贵。给，抿一小口。味道怎么样？”

“我快要喷火了！哦！”

“好了，上去吧。绕着整个街区跑一圈，翻五个跟斗，做六个俯卧撑，爬两棵树。你要当乐队的首席乐手，不要像丧主一样闷闷不乐。快去吧！”

道格拉斯一边跑一边盘算着：做四个俯卧撑，爬一棵树，再翻两个跟斗就可以了！

恨不相逢年少时

八月份的第一天，比尔·弗雷斯特刚一坐到汽车上就大声嚷嚷，说自己就要开车到城里去，要去买一些冰激凌，再买一些别的东西，他还问有没有人愿意和他一起进城去？五分钟时间不到，抛去了不快，情绪又高涨起来的道格拉斯已经离开了沉闷的人行道，行驶在被阵阵苏打水浸润的空气中了。除了苏打水的味道，空气中还飘荡着杂货店特有的香草的清新。现在他和比尔·弗雷斯特已经坐在冷饮店里雪白的椅子上了。当冷饮店的伙计说“传统酸橙香草味冰激凌……”的时候，他们要求那个小伙子再重复一遍那个名字。

“没错，就要这个！”比尔·弗雷斯特说。

“是的，先生！”道格拉斯说。

然后就是等待，他们俩无聊地转动着屁股下的旋转座椅。银质的龙头，明晃晃的镜子，挂在天花板上静止不动的吊扇，狭小窗户玻璃上的一抹绿荫，绕着线圈的扶椅。这一切也都跟着一起转动起来。当看到一张面孔，准确地说是海伦·卢米斯小姐的面孔的时候，他们停了下来。海伦·卢米斯小姐已经九十五岁了。现在，她的手上握着小勺子，嘴里抿着冰激凌。

“年轻人，”她对比尔·弗雷斯特说，“你真是一个有品位，又有想象力的人，你的意志力也超过了十个男人之和。要不然的话，你也不敢避开菜单上一般人时常所选择的口味。直截了当，毫无含糊地选择这么罕见口味的冰激凌，酸橙香草味冰激凌。”

他庄重地向她鞠了鞠躬。

“过来到我这里来坐，你们两个都过来，”她说，“让我们说道说道这一款奇怪的冰激凌吧。似乎我们三个都喜欢这个口味。别紧张，我会买单的。”

他们笑着将自己的东西搬到她的那张桌子上，然后坐下。

“看样子你是斯波尔丁家的孩子，”她对小男孩说，“跟你爷爷的脑门儿长得一个模样。我看你，你是威廉·弗雷斯特（译者注：比尔是英语人名威廉在口语中的昵称），给《纪事报》写文章，你的那个专栏挺不错。关于你的事情我知道的可不少，就不一一说了。”

“我知道你是谁，”比尔·弗雷斯特说，“你是海伦·卢米斯。”他迟疑了一下，接着说：“我曾经爱过你。”他说。

“这真是开始谈话的正确方式啊。”她轻轻舀着自己的冰激凌。“这样的话，还需要下次再见面聊一聊才好。算了吧——你也不需要告诉我你是在什么时候什么地方，以及怎么爱上我的。这些话等下次见面再说不迟。和你们说话，我都没有胃口了该怎么办！哦，我得回家去了。既然你是个记者，明天下午三点到四点之间来我家里喝下午茶吧。以前这里是个商栈，关于这个城市的历史，我可以给你讲个大概。弗雷斯特先生，到时候我们的好奇心也能有些嚼头。你让我想起了一个男士。那是七十年前的事情了，是的，七十年前的事情。”

她坐在他们的对面。他们像是在和一只灰白而僵硬的飞蛾在谈话。声音从遥远而古老的的灰白色中间传过来，包裹在陈年的花朵和干枯的蝴蝶之中。

“好了，”她站起身来，“你明天会来吗？”

“我肯定会来的。”比尔·弗雷斯特答道。

她走了。到城里去办事去了。看着她离去的背影，小男孩和年轻人慢慢地吃完了各自的冰激凌。

第二天的整个上午，威廉·弗雷斯特都在为写专栏整理当地报纸上的相关新闻。午饭过后，他又花了一些时间整理资料。然后去镇子外边的小河边钓了一会儿鱼。只钓到了几条小鱼。他想都没有多想，便开开心心地将钓到的鱼放回河里，至少他自己没有意识到将这些鱼儿放生是需要绞尽脑汁思考的问题。下午三点钟的时候，他已经开车来到了城里的某条街道。打着方向盘将车子开上一条环形的车道，然后停在一个长满常春藤的门口，他饶有兴趣地打量着眼前的一切。在这栋不久前刚刚粉刷一新的维多利亚风格的三层楼面前，他很明显地意识到，自己的这辆汽车看上去和自己的烟斗一样——破破烂烂，陈旧不堪，早已不堪重负。远远地，他影影绰绰地看见前边花园的门打开了，听到一声耳语般招呼声，就只见卢米斯小姐站在门口。她孤零零地站在那里，是那么的遥远，恍若隔世。茶已沏好，杯口泛着柔和的微光，等待着他的到来。

“让女士这样等我，是我平生第一次。”他说着话，迈步走了进去。“这也是，”他坦白道，“我第一次与人约好了时间能准时赶到。”

“为什么会这样呢？”她问道，身体往柳条椅的靠背上挪了挪。

“我也不知道为什么。”他说。

“哦。”她开始斟茶，“问你个问题。你觉得这个世界怎么样？”

“我知道的不多。”

“正如人们所说，你这种态度是智慧的起点。一个人十七岁的时候，觉得自己无所不知。但是要是到了二十七岁的时候还觉得自己无所不知的话，那么这个人依然还是只有十七岁。”

“看样子这些年你学到了不少知识啊。”

“老年人就是有这样的特权，让人觉得他们无所不知。但事实上，那只是一种故作姿态，是一种伪装而已。这与人和人之间的惺惺作态和刻意伪装没什么两样。年老的人在一起的时候就会相互挤眉弄眼，脸上还一团笑容，询问对方觉得自己的面具、做作以及故作镇定到底表现得怎么样。人生不就是一场戏吗？我演得不好吗？”

两个人都轻声地笑了。他身体向后躺在椅背上，好让自己嘴里的笑声能够更加自然一些。这是他最近几个月以来第一次这么随心地大笑了。笑罢，她双手捧着茶杯，眼睛盯着杯子中的茶水。“你知道吗，很幸运能这么晚才认识你。我可不想在我二十一岁的时候就认识你。那个时候的我真是愚不可及啊。”

“漂亮的女孩子在二十一岁的时候规矩都多得很。”

“你觉得我漂亮？”

他满是深情地点了点头。

“你怎么知道谁美谁不美？”她问，“看见恶龙吃了一只天鹅，仅凭龙嘴巴上的几根羽毛怎么能判断？事情就是这个样子——人的身体就是这条恶龙，满是鳞片和褶皱。于是，恶龙吃掉了白天鹅。我能够感觉到她，但是已经好多年没看到她了，甚至都已经不记得她长什么样了。她还依然活着，住在心里很安全。天鹅的本尊连一根羽毛都没有变。你知道吗，春天或者秋天的某个清晨，早早醒来，脑子转个不停。我会穿过田野去树林中摘野草莓！或者去湖里面游泳，或者整个晚上跳舞跳个不停，直到拂晓才停止。突然间发现自己已经被这只恶龙所包围，已经被它毁掉，禁不住要大发雷霆。我就是一个被困在业已坍塌的高塔中的公主，无路可逃，只能等着她的白马王子来拯救她出去。”

“你应该去写书。”

“亲爱的孩子，我写了。对于一个年老色衰的老女人来说，还有什么值得写呢？我是个疯狂的人，三十岁的时候整天头上还挂满了亮晶晶的饰片。唯一一个让我心动、愿意付诸关心的男人也不再等我。他和别人结婚了。尽管自责，我依然告诉自己，既然没能把握住已经攥在手里最该把握的结婚对象，那也只能说是自己命该如此。于是我开始到处旅游。没过多久。我的行李箱上就像落上了一层白雪一样贴满了各地的旅游贴纸。我一个人去了巴黎，一个人去了维也纳，一个人去了伦敦。当然，更多的时候是我一个住在伊利诺伊州的格林镇这个地方。从本质上讲，我在这里也是孑然一身。哦，那样自然你就有大把的时间去思考人生，去提升自己的举手投足，去塑造自己的言谈举止。有的时候我在想，是不是可以做人不要那么较真，或者降低一下身段去找个伴儿，这样的话，接下来三十年里到了周末也不至于形单影只。”

两个人默默地喝茶。

“哦，突然有点自我怜悯起来，”她笑盈盈地说，“你呢，现在。三十一岁了，怎么还没有结婚？”

“这么说吧，”他说，“像你这样举手投足、喝茶聊天的女人可遇不可求啊。”

“天哪，”她严肃地说，“你该不会期待年轻姑娘像我这样谈话吧？那得等很久才行。第一，她们太年轻了。第二，男人们在寻找女人的头脑这件事情上都是匆匆忙忙，敷衍了事。你肯定碰到过好多稍微有些脑子的女人吧，只可惜她们都将脑子隐藏得太成功了，以至于你根本就没有发现。你需要到处打探，才可能捕捉到一只不怎么起眼的昆虫。得要翻看好多牌子才可能如愿。”

他们两个人都笑了起来。

“那我真有可能变成一个小心谨慎的老单身汉。”他说。

“别，别，可千万别这样。那样一点都不好。其实今天下午你就不该来我这里。这条大街只会通往埃及的金字塔。金字塔雄伟壮观，但是可不能与木乃伊为伴。你想去哪里？你这一辈子到底准备做什么呢？”

“我想去伊斯坦布尔、塞得港、内罗毕、布达佩斯看看，想写一本书，想抽好多好多的香烟，想从一处悬崖跳下去，然后落到一半的时候又能被一棵树接住。我还想在漆黑的夜里朝着黑咕隆咚的巷子开上几枪。我想和某个漂亮的女人相爱。”

“听上去都不错。”

“你第一个想去的地方是哪里？我能送你到那里去。只需要一句咒语就可以了。说来听听。伦敦？开罗？在开罗，你的脸会像光线一样明亮。我们去开罗吧。放轻松。给你的烟斗里再装点烟丝，身子靠着椅背。”

他将身子往后靠了靠，点燃了烟斗，脸上微微地含着笑。他轻松地听着。她就要开始讲述。“开罗……”她说。

在绚丽的珠宝、密密麻麻的街巷和拂面的埃及沙漠热风中，时间过得飞快。金黄色的太阳照耀着大地，浑浊的尼罗河奔腾着流向远方的三角洲。几个年轻力壮、身体敏捷的年轻人已经爬上了金字塔的塔顶。他们站在那里笑着向他打招呼，催促他沿着有阴凉的一边赶快爬上来。他奋力地往上爬着，她在他的身边，伸手帮他攀上了最后几级台阶。欢笑着，他们又返回了地面，迈着大步朝斯芬克斯狮身人面像走去。夜晚，在当地人家的一间小屋里，他们听到了榔头敲打黄铜或者是白银制品时发出的叮叮当当的声音，还有人在弹奏某种弦乐，那乐声又渐渐地消失在远方……

威廉·弗雷斯特睁开眼睛。海伦·卢米斯小姐结束了这一段探险，他们又回到了家中。相互看着对方，感觉彼此是那么的熟悉，状态是那么的完美。花园里，银质的茶器已经冰凉，饼干在夕阳的照射下已经变硬了。他叹了一口气，伸了伸懒腰，又叹了一口气。

“我这一辈子还从来没有这么舒服过。”

“我也是。”

“这么晚了。我一个小时之前就该走了。”

“你也知道我很享受这每一分钟。但是，在我这样一个年老的女人这里，你又能看到什么呢……”

他躺在椅子里，半睁着眼睛看着她。他虽然半眯着眼睛，但目光聚焦在她的身上。他歪着脑袋，就那么躺着。

“你在做什么？”她问道，语气有些不舒服。他没有作声，依然那样看着她。

“你要是做对了，”他喃喃自语道，“可以改变，可以体谅……”他自顾自地想着：*你可以抹去一切，重新设置时间的要素，回到许多年前去*。

突然，他开始行动。

“怎么了？”她问道。

可惜一切都过去了。他睁开眼睛想要抓住。这是一个错误。真应该回到过去，享受那样的闲适，抹去一切。他轻轻地半睁着眼睛。

“有那么一会儿，”他说，“我看到了。”

“看到了什么？”

“当然是那只天鹅。”他心里想着。他的嘴肯定是做出了口型，只是没有说出这句话而已。

她直直地坐在椅子里，双手僵硬地放在膝盖上。她看着他，看到他是那么的无助。两个人的眼睛里都满含着泪水。

“抱歉，”他说，“非常抱歉。”

“别这么说。”她就那么直挺挺地坐着，没有抬手去擦眼泪，双手紧紧地攥在一起，依然放在膝盖上。“你还是走吧。当然，明天你可以再来。现在请你离开，什么也不要再说了。”

他沿着花园中的小路离开了，头都不敢回一下。留下她一个人孤零零地坐在树荫下的桌子边。

接下来的四天、八天、十二天。他一再地被邀请去喝下午茶，去共进晚餐，去共进午餐。他们在午后的绿色中聊啊聊，聊艺术，聊文学，聊人生，聊社会，聊政治。他们一起吃冰激凌，一起分享乳鸽肉，一起品尝美酒。

“我才不管别人怎么讲，”她说，“大家总得要说话，不是吗？”

他不安地转过身。

“我知道。一个女人就算是已经九十五岁了，也难逃闲言碎语。”

“但是我真的忍不住要来看你。”

“哦，不要这样说。”她流着眼泪说道，但很快就又平复了情绪。她静静地说：“你也知道你不应该这样做。你也知道你不在乎别人怎么想，是吗？只要我们两个人知道就好了。”

“我不在乎。”他说。

“那么——”她再次坐下来，“让我们来玩我们的游戏吧。这次去哪里呢？巴黎？我想应该是巴黎。”

“巴黎。”他微微地点了点头。

“现在，”她开始了，“是一八八五年，我们从纽约港出发。这些是我们的行李，这是船票。远方是海平面。我们行驶在大海上。就快到马赛了……”

再一转眼，她站在塞纳河上的一座大桥上，看着桥下清澈的河水。突然，他出现在她的身边。再一转瞬，他在她的身边，低头看着夏天随波而逝。她滑石般白皙的手上端着一杯开胃酒，他就在她身边，沉迷在这快速的变换之中。他朝她弯着腰和她碰杯。他的脸庞出现在凡尔赛宫中的镜子中，出现在斯德哥尔摩的宴会上。他们一起数着威尼斯运河上的理发店的招牌。以前她独自一人游历过的地方，独自一人做过的事情，现在他们一起徜徉其中。

八月中旬的一个傍晚，他们相伴而坐，注视着对方的眼睛。

“你有没有意识到，”他说，“我这二十天每天都来和你见面？”

“不可能！”

“我感觉到无比的满足。”

“是的，但是那么多的年轻姑娘……”

“你有的她们都没有——善良、聪慧、机智。”

“废话。人老了自然会善良，会有一些脑子。年轻的时候残忍一点、愚蠢一点才更加的迷人。”她停了停，深吸了一口气。“现在，我得推敲一下你说过的一句话。还记得我们第一次见面的那个下午吗？在冰激凌商店，你曾经说过你有一点爱我，你还记得吗？你故意这么冷落我，后来就再也没有提过。现在，我想让你将这件不愉快的事情讲清楚。”

他似乎有些手足无措。“真是让人尴尬。”他抗议道。

“说清楚！”

“好多年以前，我见到过你的照片。”

“我从来都不准人给我拍照。”

“那是一张很有些年头的照片，是你二十岁的照片。”

“哦，是那一张。真是个笑话。每次我参加慈善活动或者是晚会，他们都将那张照片重新冲洗一遍印在报纸上。城里的每个人都忍不住笑了，我自己也觉得很好笑。”

“这些报纸真是太残忍了。”

“不，我告诉他们，如果想要使用我的照片的话，那就用一八五三年那一年拍摄的照片。让大家以这种方式记住我吧。快把盖子放下，天哪，倒茶的时候不要拿着盖子。”

“我跟你说。”他盯着叠在一起的双手，停顿了一会儿。到现在为止他还能清晰地记得那张照片。坐在花园里，他有大把的时间来细细回味照片上的海伦·卢米斯。那时的她是那么的年轻，为了拍照还特意摆好了姿势。照片中只有她一个人，是那么的惊艳。他想象着她那张安静中稍带羞涩，笑意盈盈的脸。那是一张春天的面庞，那是一张夏天的面庞。从她的脸上你能够感受到三叶草温暖的呼吸。石榴花在她的嘴唇上绽放，她的眼睛犹如正午的天空一般炽烈。抚摸她的脸就像是在十二月的清晨打开窗户，将手伸出窗外去感受悄悄降临的皑皑白雪。初雪已至，无声无息，积雪将整个世界装扮，感觉是那样的凛冽和清新。这所有的一切——呼吸时的温暖、杏花般的温柔……那一刻被摄影永远地定格，即便是时钟掀起的飓风也无法吹掉她的一分或一秒。那皑皑的初雪和那冷冽的清新，永远不会消逝，傲视着无数个炎炎夏日。

这就是那张照片，通过那张照片他认识了她。脑海中又一次想起那张让他刻骨铭心的照片，他继续和她说着话。“我第一次看到那张照片的时候——那是一张简单直接的照片，照片上你的发型很简单——可是我不知道那是好多年以前拍摄的照片。照片旁边的文字介绍说海伦·卢米斯参加了当天晚上的市政厅举办的舞会。我将照片撕下来，整天带在身上。我也打算参加那个舞会。后来，到了下午，有人看见我在看你的照片，就告诉了我你的真实情况。如此漂亮的照片是很多年以前拍摄的，报纸上为什么这总是使用这张照片呢？他们告诉我说我不应该带着这张照片去市政厅的舞会上找你。"

他们在花园里又坐了很久。他看了她的脸。她的目光停留在花园尽头的围墙和爬满了粉红色玫瑰花的大树上，说不清她到底在想些什么。从她的脸上也看不出任何端倪。她的椅子轻轻地摇着，过了好一会儿她才温柔地说："要不要再喝点茶？给你倒一点。"

于是他们依然坐着，抿着茶。过了一会儿，她伸出手拍了拍他的手臂。

"谢谢你。"

"为什么？"

"谢谢你想要到舞会上去找我，谢谢你把我的照片撕下来带在身上，谢谢你为我做的一切。非常感谢。"

他们漫步走在花园的小路上。

"现在，"她说，"轮到我了。你还记不记得我说过七十年前曾经有一个年轻的男人让我一见倾心？哦，他其实已经去世五十多年了。他年轻的时候，真是一个英气逼人的帅小伙。喜欢骑着快马在草原上狂奔，一骑就是好几天。夏天的晚上他骑着马跑过这个镇子的每一座山。他的面容是那么的健康和狂野，总是晒太阳让他的皮肤愈发的黝黑。他的手上总是会有一些小伤口，抽起烟来就像是一根烟囱一样，走起路来快得恨不得要飞起来。他也没有固定的工作，想不干了就辞职。终于有一天他骑着马离我而去了。就是因为我比他更加的疯狂，我也不愿意稳定下来。就这样。我从来没有想到过会有一天看到他活着出现在我的面前。但是你活得好好的，你清理烟斗的姿势跟他的动作一模一样。你真是又笨拙又文雅，这两样在你身上结合。你的一举一动我都能猜想到。但是当你如我所想做了那些事情的时候，又不禁让我大吃一惊。复活这种说法对我来说含混不清，不足为信，但是前些天我在想，要是我在大街上冲着你喊‘罗伯特，罗伯特’，威廉·弗雷斯特会不会回头呢？”

“那我可不知道。”他说。

“我也不知道。所以生活才如此激动人心啊。”

八月即将结束。第一缕凉风缓缓地吹着，穿过镇子。一切都那么的柔和，每一棵树都第一次呈现出渐变的绯红色。群山的颜色越发朦胧，金黄色的麦浪像狮子一样在麦田里滚过。每一天都是那么的熟悉，重复地像是书法家在一遍又一遍不厌其烦地练习着，想把字母“*l*”、字母“*w*”、字母“*m*”写得更加漂亮一样。日复一日，那些线条像是小溪一样和谐。

八月上旬的一个傍晚，威廉·弗雷斯特走进花园里，看到海伦·卢米斯正伏在桌子上在小心翼翼地写信。

她把笔和墨水推到一边。

“我在给你写信。”她说。

“噢，我来了，免得你麻烦。”

“不，这是一份很特殊的信。看一看吧。”她给他看了看那个已经封了口，压得平平整整的蓝色信封。“如果哪一天你收到这封信，说明我已经死了。”

“不要这么说，好吗？”

“坐下来，你听我说。”

他坐了下来。

“亲爱的威廉，”她坐在遮阳伞下面对他说，“再过不了几天我就要死了。不。”她抬起手。“你什么也不要说。我一点也不害怕。当你活到我这个年纪，你也一样不会害怕了。我这一辈子最不喜欢的就是龙虾了，主要是我从来没有尝试过。在我八十岁生日那天我尝试了一番。直到现在，我依然不敢说我喜欢那东西，但是对于这种食物的味道，我已经不再陌生，也不再害怕了。死对我来说也像是一只大龙虾，我和它也能够和平相处。”她活动了一下自己的双手。“不再说这个了。重要是我再也见不到你了，再也不能一起喝下午茶。我想一个即将步入死亡之门的女人和一个结束了夜生活的女人一样，也需要一些隐私。”

“你无法预知死亡。”他忍不住说道。

“过去五十年里，我一直盯着市政厅屋顶上的那座古老的时钟看，威廉。要是那钟有了一些毛病，我能准确定预测它在几点钟会停止转动。他们能感觉到机械在变慢，也能感觉到最近重量的变化。哦，别这样看着我——别这样。”

“我情不自禁。”他说。

“我们在一起的时候很开心，对不对？这太特别了。我们每天一起聊天，就像是那个老掉牙的说法‘心心相印’。”她将那个蓝色的信封翻过来拿在手里。“虽然身体往往会拒绝这样的想法，但是我知道，真正的相爱是心灵的相爱。身体是身体，身体只想被满足，只想着夜晚的来临，它是属于夜晚的。但是心灵是什么呢？它和身体不一样，心灵是太阳的产物，威廉，它必须忍受无尽的清醒和明白。你能放弃身体的平衡吗？可怜兮兮而且自私自利的夜晚，如何对抗整个一生的阳光和智慧呢？我不知道。我只知道在这里，你的思想和我的思想在一起，过去的这些下午是我的记忆里从来没有过的。还有好多没来得及聊，那就等下一次见面再聊吧。”

“我们似乎没有太多的时间了。”

“是的，也许还有下一次。时间很奇妙，生活比时间更奇妙。钟齿相扣，轮子旋转，人和人总不能在合适的时候相见，要么太早，要么太晚。时间刚刚好才最重要。也许上天就是要惩罚我曾经的愚蠢。不管怎么样，希望下一轮开始的时候，两个轮子能够节奏如一。你一定要找个好姑娘，你们要结婚，要幸福地生活下去。但是我请求你答应我一件事。”

“任何事情我都愿意。”

“我只希望你答应我不要活得太老，威廉。如果一切如愿的话，我希望你活到五十岁就够了。可能要费一点周章。我这么说是因为谁也不知道下一个海伦·卢米斯会在什么时候降生。想着都让人害怕，不是吗？要是你活得太久的话，比如说活到一九九九年。有一天当你走过中央大街突然看到我站在那里。而我只有二十一岁，一切不又要失去平衡吗？无论多么的美好，我都很怀疑我们还能像过去一样度过午后时光。你觉得呢？一杯又一杯的下午茶和一块又一块的饼干对于友谊而言是足够了。所以说二十年之后，你可以死于肺炎。我也不知道他们会让你在另一边徘徊多久。也许很快他们就会送你回来。但是我还是要做好万全准备，威廉，我真的要这样做。一切都准备好，一切都能保持平衡，你知道将会发生什么吗？”

“你告诉我。”

“一九八五年或者一九九〇年的某一个下午，有一个名叫汤姆·史密斯或者约翰·格林，或者其他什么名字的年轻人将会走在城市的大街上。他会在一个杂货店的门口停下脚步，然后点了一个冷饮，准确地说，要了一个冰激凌。一个年龄相仿的姑娘正好坐在那里，听到他点的冰激凌的名字，有些事情就会发生。我也不知道会是什么事情，以及具体会怎么发生，也不太确定为什么会这样。当然，那个年轻男子也不知道。仅仅是因为这个口味的冰激凌他们两人都喜欢，他们便开始交谈。最后，他们知道了彼此的姓名，然后一起离开了杂货店。”

她看着他，满脸的笑容。

“这样该多完美啊，请原谅我吧。我这样的老人总希望能有一个完美的结局。真不该离开你。好了，聊点别的事情吧。该说点什么呢？这个世界上还有哪里没去吗？你有没有去过斯德哥尔摩？”

“去过了，一个很不错的地方。

“格拉斯哥呢？去过了？什么时候？”

“伊利诺伊州的格林镇呢？”他说，“这里。我们都没有认认真真地游览一下自己居住的这个地方。”

她像他一样将身子向后靠了靠，然后说：“我来告诉你这个城市以前是什么样的。那个时候我才十九岁，生活在这个城市里。那是很久很久以前……”

那是冬天的某个晚上，她在一个池塘的冰面上轻盈地滑着冰，身影在冰面上滑过，并悄悄地和她对话。那是夏天的某个晚上，空气里脸颊上像是有火在燃烧，这火又像是烧在她的心里。萤火虫的光线在她的眼睛里闪动。那是十月的某个晚上，树叶沙沙作响。她站在那里唱着歌，手里拿着一块从厨房的钩子上掰下来的太妃糖。她在河边的青苔上奔跑着，在春天的时候去铺着花岗岩的游泳池里游泳，游在在柔和温暖的深水中。那是一年中的七月四日，焰火在空中绽放，每家每户都在放烟花。一会儿是红色的烟花，一会儿是蓝色的烟火，一会儿是白色的烟火。当最后一束白色的烟火映照在人们的脸上的是时候，她也和人群一起欢呼雀跃。

“你能看到这些吗？”海伦·卢米斯问，“我做的那些事情你能看到吗？我和他们在一起你能看到吗？”

“可以，”威廉·弗雷斯特闭着眼睛答道，“我看到你了。”

“然后，”她说，“然后……”

午后的光线逐渐黯淡下去了，在明暗交汇之中，她的声音依然没有停止。她的声音在花园里回荡，消逝在遥远的地方，任何一个从花园外边经过的人都能听见她那飞蛾一般，逐渐低沉的声音……

两天过后，威廉·弗雷斯特坐在自己房间的桌子边。邮递员给他送来了一封信。道格拉斯将信拿到楼上交给了比尔。看样子，他知道信的内容是什么样。

威廉·弗雷斯特认出了那个蓝色的信封，但是却没有打开它。他只是把信装进自己的衬衣口袋。他看了一会儿小男孩，然后对他说："走吧道格，我请客。"

他们走着来到镇上，一路上两个人都没怎么说话。道格拉斯也保持着沉默，他觉得不说话很有必要。虽然秋意已经持续了好几天，真正的秋天却依然没有到来。夏天带着高温再次归来，晒得云朵不见了踪影，只留下铁青的天空。他们转身进了那家杂货店，坐在大理石的喷泉旁边。威廉·弗雷斯特拿出那封信放在自己的面前，依然没有将信打开。

他扭头往外看着黄色的阳光。阳光照在水泥地面和绿色的遮阳布上，照亮了街道对面橱窗上的那些金色的文字。他看了看墙上的日历，一九二八年八月二十七日。又低头看了看腕表，他感觉自己的心跳得那么的缓慢。表盘上的第二根指针走动得是那么那么的慢。日子像是被冻住了，太阳像是被钉在了天空上，一动也不动，根本没有西沉的迹象。头顶上，电扇扇出温暖的风，发出低沉的叹息声。几个女人从店门口经过，消失了。他的视线落在远处高高的市政大厅屋顶的大钟上。打开信，他读了起来。

他坐在转椅上慢慢地转动着身体，静静地把那封信逐字逐词地读了一遍又一遍。最终他大声地重复着这句话。

"一份酸橙香草冰激凌，"他说，"一份酸橙香草冰激凌。"

幸福的结局

道格拉斯、汤姆和查理气喘吁吁地走在了无树荫的大街上。

“汤姆，你现在诚实地告诉我。”

“诚实地告诉你什么？”

“所有幸福的结局，最后都怎么了？”

“他们一起去看周六的日间音乐会。”

“那是当然。但是生命呢？”

“道格，我只知道晚上上床睡觉让我感觉特别好。这就是每天的幸福结局。第二天早上再起床可能又会碰到不好的事情。但我总是提醒自己，晚上又会躺在床上，又可以舒舒服服地躺着，如此一来，一切就没什么大不了的了。”

“我是说弗雷斯特先生和卢米斯小姐。”

“我们也无能为力，她已经去世了。”

“这个我知道！你有没有发现我们忽略了某个人？”

“你是说在他的心目中，她一直是照片中的那个人，和他年龄相仿，而事实却是，她早已经垂垂老矣？没什么，我觉得棒极了。”

“棒极了，天哪！”

“过去几天，弗雷斯特先生断断续续地给我讲了一些他们的事情。最终我把听到的信息放在一起——天哪，我恨不得大声喊叫起来。也不知道为什么。就算这样也于事无补。要是真的能改变的话，我们还有什么可谈？什么也没有！而且，我这个人爱哭鼻子。大哭一场之后我会觉得像是又到了一天的早上，一切又可以重新开始。”

“我现在全知道了。”

“你只是不愿意承认你自己爱哭而已。大哭一场，一切就好了。然后就是你的幸福结局。又可以回到过去，可以和大家走在一起。这就是所说的‘上帝无所不知’！弗雷斯特先生要是再回想过去的话，唯一的办法就是好好地大哭一场，然后环顾四周，即便是下午五点钟，对他来说却又是一个明媚的早晨。”

“对我而言就没有什么不是幸福的结局。”

“美美地睡一觉，或者大喊大叫十分钟，再或者给我一品脱的巧克力冰激凌，最好是这三者加在一起，对我来说就是上好的良药，道格。你就听一听汤姆·斯波尔丁医学博士的建议吧。”

“闭嘴吧，你们两个。”查理说，“快到了！”

他们拐了一个弯。

严冬时节谁都想要一点夏日的温暖，却只能在火炉边，或者是夜里，在冰封的池塘上滑雪的时候，经过燃起的篝火旁，才能稍稍获得一点那种感受。现在依然是夏天，他们却总想着要寻找一点冬天的记忆，哪怕是一丁儿点也好。

拐过那个弯，他们马上感受到了一阵阵持续不断的细雨，从那一大片红砖的房子上直喷而下。他们似乎读懂了其中所蕴含的讯息，那就是他们赶到这里所要寻找的东西。

夏季里的制冰室。

炎炎夏日里来到一座制冰室！他们一边念叨一边大笑，跑来跑去想要看清楚那个巨大洞穴的内部。大概有五十磅，不止五十磅，有一百、两百磅的大冰块，像冰川，像冰山一样矗立着。一月里落在大地上的雪花，早就被人们忘记了。其实它们依然在氨气的拥抱中安睡，时而不时，有晶莹的水珠滴落。

“感受一下吧，”查理·伍德曼感叹道，“真是让人别无所求啊！”

在这个烈日炎炎的日子里，他们一遍遍地感受着冬天的气息。鼻子里是湿漉漉的木质工作台散发的味道。持续喷涌的水雾在空气中形成一道道彩虹，制冰机在头顶上“隆隆”作响。

嘴里嚼着冰，冰块粘住了手指，他们只好用手帕将冰包裹起来，隔着布舔着。

“这些雨滴，这些水雾，”汤姆小声说，“白雪女王。还记得这个故事吗？以前谁也不相信有白雪女王的存在，现在该信了吧。要是说这就是她的藏身之地，也没什么可吃惊的，谁让大家都不相信真有她这么一个人啊。”

他们仰着头看着水汽，像是一根根长长的带子在空中飞舞翻腾降落。

“不，”查理说，“你知道谁住在这里吗？只有一个人。就是那个让你生出鸡皮疙瘩的那个人，好让你记得他这个人。”查理的声音降得很低。“他就是‘孤独者’。”

“孤独者？”

“他在这里出生，在这里长大，就住在这里！所有的冬天，汤姆，所有的寒冷，道格。除了这里他还能去哪里呢？就是他让我们在最炎热难忍的晚上打冷战。不觉得是他的气味吗？你们肯定也是只知道的。孤独者……孤独者……”

白色水雾和气体在黑暗中盘旋。汤姆尖叫起来。

“没事儿，道格。”查理咧着嘴笑了，“我刚只是把一小块冰塞到他的脖子里去了，别害怕。”

夏夜的峡谷

市政厅大楼上的大钟敲了七下，钟声传得很远，渐渐地消逝了。

夏日的傍晚，余热尚存，上伊利诺伊州这个面积不大的小镇，由于隔着一条河、一片树林、一爿草地和一汪湖水，所有的一切都变得遥远起来。人行道依然滚烫。商店都开始打烊，街道渐渐变得昏暗起来。天空中有两轮月亮，一轮是漆黑庄严的市政厅大楼上的那座高高矗立的大钟，像是一个只有四个面的月亮，映照着四个方向，另一个是天上的月亮，皎洁得犹如洁白的兰花，从东边的黑暗中升了起来。

杂货店里天花板上的电扇“呼呼”地转个不停。洛可可式的门廊上，影影绰绰能看见有人坐在那里乘凉。点燃了的雪茄，忽明忽暗闪着粉红色的微光。纱门在风的吹拂下，发出“吱吱嘎嘎”的抱怨声。道格拉斯奔跑在铺着紫色地砖的街道上，他的身后还有好几个小男孩和小狗在跟着他跑。

“你好，拉维妮娅小姐！”

男孩子们从身边跑过。拉维妮娅·尼布斯一个人坐在那里，静静地朝他们挥了挥手。她白皙的手里还捧着一杯柠檬汁。杯子碰到嘴唇，她轻轻地抿了一小口，似乎是在等人。

“我来了，拉维妮娅。”

她转过身，弗朗辛就站在她身边，一身上下都穿着雪白颜色的衣服。弗朗辛站在门廊的台阶下面，一股百日菊和木槿花的清香从她身上散发出来。

拉维妮娅将半杯柠檬茶放在门廊里，起身锁好前门，说道：“今天晚上很适合看电影啊。”

她们一起沿着街道往前走。

“你们两个姑娘去哪里呢？”弗恩小姐和罗伯塔小姐坐在街道对面自家的门廊里问道。

“去伊力特剧院看查理·卓别林的电影！”拉维妮娅隔着大海般的夜色答道。

“这样的夜晚不会有人抓我们吧，”弗恩小姐悲伤地说，“那个孤独者专门杀女性。我们还是锁好门，再放一把枪才好。”

“哦，真是胡说八道！”拉维妮娅听到两位老妇人“砰”的一声关上了门，还上了锁。她继续往前走，热乎乎的夜风吹拂着灼热的地面，真像是行走在一块刚刚出炉的硬面包皮上。热浪在裙子下翻滚，沿着双腿四处乱窜，给人一种被偷偷侵犯的感觉。只是这种感觉并不让人难堪。

“拉维妮娅，你不信有什么‘孤独者’吧？”

“有些女人就喜欢嚼舌头。”

“被害的机会对每个女人都是一模一样，海蒂·麦克多丽丝两个月前被杀了，罗伯塔·费里是上个月，现在伊丽莎白·拉姆西尔也失踪了……”

“海蒂·麦克多丽丝是个没脑子的人，肯定是被哪个旅行的男人拐走了，我敢打赌。”

“那其他人呢？都是被掐死的，听说死后舌头还在嘴巴外边伸着。”

她们来到峡谷边上。这条峡谷将整个镇子切成两半。她们的身后的房子里灯火通明，乐声四起，在她们的面前是幽深潮湿的峡谷，星星点点的萤火虫在黑暗中飞舞。

“要不晚上还是别去看电影了吧，”弗朗辛说，“说不定那个‘孤独者’就跟在我们后边，他会杀了我们的。我不喜欢这个峡谷。你再想一想，好吗？”

拉维妮娅看了看。这峡谷真像是一台永动机一样，无论日夜，不停地奔流着。各种动物、植物和昆虫发出的声音交织在一起在其中涌动。峡谷闻上去像是一座巨大的温室，伴随着岩石和流沙，充斥着神秘而古老的气息。这座黑黝黝的永动机不停地运转，发出“嗡嗡”的声音，萤火虫忽明忽暗，像是巨大的电流喷溅出的火花。

“到时候会好晚才回来，我才不想一个人穿过这个古老的峡谷。到时候你一个人走下那些台阶，走过石桥。可能‘孤独者’就在那里。”

“胡说！”拉维妮娅·尼布斯说。

“到时候一个人走在路上的是你而不是我。你听着自己鞋子摩擦地面发出的声音，一个人往家走。拉维妮娅，你一个人住不觉得孤独吗？”

“人老了就不觉得孤独了。”拉维妮娅指着那条树枝掩映下通往黑暗的小路说，“我们抄近路吧。”

“我好害怕！”

“时间这么早，就算有‘孤独者’也不会在此时出现。”拉维妮娅拉着弗朗辛的胳膊，牵着她走下那条崎岖不平的小路，走进蝗虫满地、蛙鸣四起、蚊声嗡嗡的寂静之中。她们走过热浪滚滚的草丛，刺果的荆条在她们裸露的踝关节处留下热辣辣的感觉。

“我们跑吧！”弗朗辛说。

“别跑！”

拐了一个弯，她们前边有什么东西。

在低声叹息的夜色中，在树木丛生的草地上，躺着伊丽莎白·拉姆西尔！她像是躺在草地上享受着漫天的繁星和柔和的晚风一样。她的两只手放在身体的两侧，看上去活像是充满艺术感的两支船桨。

弗朗辛尖叫起来。

“不要叫！”拉维妮娅伸出双手抓住弗朗辛，她吓得开始啜泣和哽咽。“别叫，别叫！”

那个女人躺在那里，像是漂浮在水面上，脸色苍白，眼睛睁得大大的，像是两块打火石。她的舌头伸出在嘴巴的外边。

“她死了！”弗朗辛说，“哦，她死了！她死了！”

数不尽的温暖树荫包围着拉维妮娅，蝗虫和青蛙在歇斯底里地鸣叫。

“我们得报警。” 最终，她说。

“拉着我。拉维妮娅，抱着我。我好冷，哦，我这辈子从来没有这么冷过。”

拉维妮娅抱着弗朗辛。草地上传来“窸窸窣窣”的脚步声，警察们急匆匆地赶过来了，手电筒的灯光四下里照着，人声鼎沸。快到晚上八点半了。

“感觉好像是在十二月份，我需要穿件外套。”弗朗辛闭着眼睛，靠在拉维妮娅身上。

警察说：“我看你们可以走了，女士们。明天抽空来一下警察局，我们有几个问题要问你们。”

拉维妮娅和弗朗辛走了，离开了那些警察和草地上那具掩盖着白色布单的尸体。

拉维妮娅觉得自己的心在“扑通扑通”跳个不停，她也觉得自己浑身上下一阵冰凉，像是身在寒冷的一月份。她的身上突然覆盖上了一层雪花，月光下她本就白皙的手指变得更加的苍白。即便是这样，她依然没有忘记和不停啜泣的弗朗辛说着话。

有一个声音从远处传来：“你们需要保护吗，女士们？”

“不，我们能行。”拉维妮娅冲着那边答道，一边继续往前走。她们走过那条狭长而无声喧嚣的峡谷。峡谷中尽是各种窃窃私语和滴滴答答。在她们的身后，这个狭小的世界变得尤其的促狭。

“我以前从来没有见过死人。”弗朗辛说。

拉维妮娅看了看自己的手表。手表似乎远在几千里之外的地方，自己的手腕好像怎么也没办法凑到眼前。“现在才八点半。我们去叫上海伦，一起去看电影。”

“看电影！”弗朗辛大声叫道。

“我们需要看一场电影。这样的话能让我们忘记那些不该记住的东西。要是我们现在就回家去，那么那些记忆就将无法忘记。我们去看电影，就像是什么也没有发生一样。”

“拉维妮娅，你是认真的吗？”

“我从来没有这么认真过。现在我们需要欢笑，需要忘记。”

“但是伊丽莎白还在那里——她是你的朋友，也是我的朋友——”

“我们就不聊她，我们只能管好我们自己。走吧。”

黑暗中她们走出了峡谷，踩在石头铺就的路上。突然，她们发现有个人像是柱子一样直愣愣地挡在面前。这个人没有看她们，却盯着远处峡谷中晃动的灯光和人影，认真地听着，似乎是想要辨别清楚警察们在说什么。是道格拉斯·斯波尔丁。

他站在那里，像是一朵白色的蘑菇，眼睛直勾勾地盯着峡谷深处，双手叉着腰。

“赶快回家去！”弗朗辛大声对他说。

他没有理睬。

“说你呢！”弗朗辛厉声说，“赶快回家去，不要待在这个地方，听到没有？回家去！回家去！”

道格拉斯仰着头看着她们，似乎她们根本不存在一样。他的嘴微微动了动，哼了一声，然后一溜烟地跑开了。他跑过远处的那座小土丘，消失在黑暗中。

弗朗辛啜泣着、啜泣着，又哭了起来。一边哭哭啼啼，一边同拉维妮娅往前走。

“你们来了，我还以为你们不来了呢！”海伦·格利尔站起来用脚在门廊的台阶上跺了几下。“迟到了一个小时，发生了什么事情吗？”

“我们——”弗朗辛说。

拉维妮娅重重地拉了拉她的胳膊。“也是突发状况，有人在峡谷里发现了伊丽莎白·拉姆西尔。”

“死了？她是——死了吗？”

拉维妮娅点了点头。海伦吃了一惊，一只手捂着自己的嗓子。“谁发现的？”

拉维妮娅紧紧地握着弗朗辛的手腕。“不知道。”

三个女孩子站在夏日的黑夜之中，默默地一句话也没有说。

“我真想赶紧进屋去，把所有的门都闩上。”终于海伦说话了。

后来她只是进屋去拿了件外套。虽然夏天的余热尚未散尽，这突如其来的寒冬，也让她感到了寒意。在她离开的那一会儿，弗朗辛生气地问：“为什么不告诉她？”

“何必让她不开心呢？”拉维妮娅说。

“明天，明天有足够的时间，到时候再告诉她也不迟。”

三个女孩子一起沿着街道走在浓密的树荫下，一路走着，就听见旁边的房子“啪啪”地插上门闩的声音。峡谷里发生了事情，这消息传播得真快。这家传到那家，这个门廊传到那个门廊，更何况还有电话呢。当她们走过的时候，分明能感觉到有人隔着窗帘往外看，盯着她们的行踪，耳边还有门栓发出“咔嗒”声。多么奇怪啊！以前这个时候，到处是吃着冰棒和香草冰激凌的孩子，到处是手臂上涂着驱蚊剂的气味，小孩子们跑来跑去做着游戏，突然间这一切都不见了。都被隔在窗户玻璃后边，挡在木门的后边了。拉扯孩子们进屋时掉在地上的冰棒和香草草莓冰激凌慢慢地化掉了。人们都吓得躲在上了锁的门背后，再热也无所谓了。棒球和球棍散落在了无人迹的草坪上。跳房子游戏所需要画在地面上的房子还没有完成，只在炙热的人行道上留下白色的粉笔印记。到处一片狼藉，似乎是就在刚刚那一会儿，有人预测到寒流马上就要降临一样。

“这样的夜晚我们还在外面走，真是太疯狂了。”海伦说。

“‘孤独者’不可能一次杀死三个人，”拉维妮娅说，“几个人在一起害怕什么。而且，相距上一起案件，时间这么近。好像每隔一个月才会再次发生吧。”

突然有一个影子横在她们面前。一个黑影从树后边跳了出来。像是被人狠狠地打了一下一样，三个女孩子都大声地尖叫起来。只是她们的叫声各不相同而已。

“吓到你们了！”一个声音传来，跳出来一个男人。他走到光线里，笑着看着这几位女士。靠在一棵树旁，看着她们惊恐的模样，他禁不住又笑了起来。

“嗨，我就是‘孤独者’！”弗兰克·狄龙说。

“弗兰克·狄龙！”

“弗兰克！”

“弗兰克，”拉维妮娅说，“你要是再玩这种小孩子才玩的游戏的话，小心有人拿枪打爆你的脑袋！”

“开个玩笑而已！”

弗朗辛歇斯底里地哭了起来。

弗兰克·狄龙也不再笑了。“哎，对不起。”

“一边去！”拉维妮娅说。

“难道你没听说有人在峡谷里发现了伊丽莎白·拉姆西尔吗？她已经死了。这个时候你居然跑过来吓唬女人。再也不要和我们说话了！”

“噢，我——”

她们往前走，他跟在后边。

“站着不许动，孤独者先生，你去吓唬你自己吧。要不你去瞧一瞧伊丽莎白·拉姆西尔的脸，看是不是真的很好笑。晚安！”拉维妮娅带着两外两个女人沿着街道边的林荫道走了，头顶上是漫天的星星。弗朗辛用手绢捂着脸。

“弗朗辛，那只是个玩笑。”海伦转过身对着拉维妮娅，“她怎么哭得这么厉害啊？”

“等待会儿到了城里我再告诉你。不管怎么样，我们都要去看场电影！够了。赶快走吧，准备好钱，就快到了！”

杂货店的木质电扇慵懒地转着，将山金车花和滋补苏打水的味道吹得满街道都能闻到。

“我要来一个五分镍币的薄荷味求斯糖（译者注：一种耐嚼糖果，是一类以明胶为主要胶体，可含酸的加香型半软糖，在咀嚼过程中释放出令人愉快的香气）。”拉维妮娅对店主说。后者神情低落，面色苍白，看上去和她们在人烟稀少的大街上看到的面孔差不多。“看电影的时候嚼一嚼。”拉维妮娅一边说，一边看着店主拿一把银白的小铲子舀了求斯糖在秤上称。

“你们看上去真漂亮啊，女士们。你下午来买巧克力苏打水的时候看上去真潇洒，拉维妮娅小姐，你走了之后，有人在打听你。”

“是吗？”

“那个坐在桌子边的男人——一直到你走出去了还在盯着看。他对我说：‘哎，那是谁啊？’我说那是拉维妮娅，是我们这个镇子上最漂亮的女孩子。他说：‘她真的很漂亮啊。’又问：‘她住在哪里呀？’”说到这里那个店主犹豫地停住了。

“你没有吧！”弗朗辛问，“你没有把她的地址给那个男人吧？是不是？”

“我想应该没有吧。我说‘哦，住在公园大街，你知道的，就在峡谷那边。’只是顺口一说而已。但是现在，今天晚上，他们都在探查那具尸体。我也是刚听说这个事情。天哪，我到底做了什么啊！”他把糖果递给她，感觉多了好多。

“你这个笨蛋！”弗朗辛叫道，眼泪又噙满了她的眼眶。

“对不起。不过，也没什么吧。”

拉维妮娅站在那里，其他三个人都盯着她。她倒不觉得有什么了不起的，只是淡淡的兴奋导致她的嗓子有些干痛。她机械地付了钱。

“这些糖就送给你们吧，不收钱了。”店主说着低头翻动着报纸。

“好了，我知道现在该做什么了！”海伦跑出杂货店，“我要叫一辆出租车把我们都送回家去。我才不希望你成为被猎取的对象，那个男人肯定不是什么好东西。你自己想一想。你希望自己是下一个死在峡谷里的人吗？”

“只是个男人而已。”拉维妮娅说着微微转过身看着这个镇子。

“这么说的话，弗兰克·狄龙也是男人，指不定他就是那个‘孤独者’。”

她们发现弗朗辛没有跟着出来，当意识到的时候，她们转过身，看到她已经走了过来。“我让那个店主给我描述了一下那个男人的模样。想让他告诉我那人长什么样。是一个陌生人，”她说，“穿着黑色的西装。有点瘦，有点苍白。”

“你们都想得太多了，”拉维妮娅说，“就算是有出租车我也不坐。如果我是下一个受害者，那也是没办法的事。生活中一点让人兴奋的事情都没有，对于一个三十三岁的女人而言，有这样的事情就想着如何享受吧。真是够愚蠢的，我一点都不漂亮。”

“哦，拉维妮娅，你真的很漂亮，现在伊丽莎白没了，你就是这个镇子里最可爱的女人——”弗朗辛停了停。“你总是拒绝和男人接触，要是你放松一点的话，早就结婚成家了！”

“别再哭哭啼啼的了，弗朗辛！这里是电影院，我花了四十一美分为的是看查理·卓别林的电影。你们两个要是想要坐出租车就去坐好了。我一个人看完了再回去。”

“拉维妮娅，你疯了吗？我们不会让你这样——”

她们一起进了电影院。

第一场放映结束了，接着是幕间休息时间，昏暗的电影院里观众并不多。三个女士坐在前排靠中间的位置，甚至都能闻得到黄铜把手上长年累月涂抹的增光剂的味道。电影院的经理拨开破旧的天鹅绒帘布走到前台，像是要通知什么事情。

“警察要求我们早点关门，好让大家早点回家。所以幕间休息时间缩短，接下来马上开始播放下一场。整场演出在十一点钟之前结束，我建议大家散场后直接回家，不要在街道上逗留。”

“这是在说我们，拉维妮娅！”弗朗辛小声说。

灯光暗了下来，银幕上又有了生气。

“拉维妮娅，”海伦小声说，“怎么了？”

“我们进来的时候，有一个穿着黑色西装的男人也穿过街道走了进来。他顺着走廊下来，就坐在我们后边，隔了两排。”

“哦，海伦！”

“就在我们的后边？”

她们三个人一个接一个回头往后看。

只看见一张脸，在银幕光线的照射下，那张脸煞是惨白。其实好像电影院里每个男人的脸都悬在半空中一样。

“我去叫经理！”海伦就要往过道里走。

“停掉电影，打开灯！”

“海伦，回来！”拉维妮娅一边喊一边站起身来。

她们赶紧放下喝干了的苏打水玻璃瓶，每个人的上嘴唇上都还粘着香草味求斯糖。当她们的舌头重新舔到的时候，都忍不住笑了。

“你看一看，够傻吧？”拉维妮娅说，“大惊小怪的，多不好意思啊。”

“不好意思。”海伦低声说。

钟声敲响，已经十一点半了。她们早已经从黑糊糊的电影院里出来，蜂拥而出的男男女女早已四散开，各自奔着家的方向而去。她们三人一边走一边笑话着海伦。海伦自己也觉得自己很可笑。

“海伦，当你冲到走廊上大声喊‘开灯！’的时候，我以为我已经死了！那个可怜的男人！”

“原来他从威斯康星州的拉辛市来，是经理的兄弟！”

“我道过歉了。”海伦说。抬眼看见对面杂货店的大风扇还在不停地转着，吹动着热乎乎的风，将香草、山莓、薄荷以及来苏消毒水的味道吹拂起来混合在一起。

“不要再停下来买苏打水了，警察已经警告过——”

“哦，警察在胡说八道，”拉维妮娅笑着说，“我什么也不怕。不知道那个‘孤独者’到底在多远的地方。这几周他都不会出现。到时候警察肯定能抓住他，等着瞧吧。你们觉得电影怎么样？”

“打烊了，女士们。”杂货店老板熄灭了电灯，冰凉的白色瓷砖地面一下子变得安静起来。

外边的街道一尘不染，一辆汽车都没有，也没有卡车驶过，更没有行人。有家小杂货店的灯依然亮着，透过窗户可以看见店内摆放着机具塑料制成的人体模特，有的正举着粉红色的手，手上还戴着蓝白相间的钻石手链，有的正炫耀着穿在大腿上的橙色丝袜。模特儿的蓝色玻璃眼睛盯着这三位女士走在空荡荡的街道上留下的背影。她们的影子在窗户前一晃一晃地走过，像是从黑漆漆的河底看水面的花儿一样。

“你猜要是我们现在大声喊叫会怎么样？”

“谁会怎么样？”

“那些模特儿，还有窗户里面的人。”

“哦，弗朗辛。”

“好吧……”

窗户背后有成千上万的人，他们一动不动，大气也不敢出，躲在家里，窗户外面的街道上只有这三位女士。当经过一排排商店的时候，她们的鞋后跟踩在热烘烘的人行道上，发出的声音像是枪声一样，响了一路。

当她们路过，有一盏红色的霓虹灯发出微弱的光，闪动了好几下，熄灭了。

滚烫的白色街面，长长的不见尽头，向前延伸。街道两旁长满了景观树，风儿吹过树梢，枝条左右摇晃。三位女士走在大街上，显得那么渺小。要是从远处市政厅大楼的房顶看过来，她们像极了三根柔弱的蓟草。

“我们先送你回去，弗朗辛。”

“不，我要送你回去。”

“别傻了。你家在电力公园那边，要是你送我回去再回家的话，就要一个人独自穿过那个峡谷。我猜要是有一片树叶落在你身上都能把你吓死吧。”

弗朗辛说："我可以在你家里过夜。你这么漂亮！"

于是她们继续往前走，晃动的影子像是三片微不足道的衣服落在草坪和混凝土地面上。拉维妮娅看着身边掠过的黑漆漆的树丛，耳朵里听见两位朋友嘴里的喃喃自语，心里只想笑。夜晚的时间流逝得更快了，虽然只是在慢慢走，却感觉是在奔跑。一切都加速了，一切都像是正在融化的积雪一样。

"我们来唱歌吧。"拉维妮娅说。

她们便唱了起来："照耀吧，照耀吧，丰收的月亮……"

她们甜甜地、轻声地唱着歌。三个人手拉着手，头也不回地往前走。她们感觉到脚下的人行道慢慢地降温了，依然往前走，往前走。

"你们听！"拉维妮娅说。

她们认真地听着夏夜的声音。蟋蟀在鸣唱，市政厅的大钟敲响了，已经十一点四十五分了。

"听呀！"

拉维妮娅侧耳倾听。谁家门廊上的秋千发出"吱吱嘎嘎"的声音。是特尔先生，他坐在秋千上抽着这天的最后一根雪茄，什么话也没有说，也没有和谁打招呼。她们看见一团粉红色的火光在忽前忽后地摇晃着。

光线哪里都有。矮房子里的灯光，大房子里的灯光，黄色的光，绿色的飓风，蜡烛发出的光，电灯发出的光，火把发出的光。一切都被锁进了黄铜或者生铁或者钢铁做成的盒子中。拉维妮娅心里这么想着。一切都被锁起来了，都被包起来了，一切都在阴影之中。她的脑海中呈现出家家户户房子里的情景。月光照耀之下，人们躺在床上相拥而眠。房间里传出呼吸的声音，静谧而安全。我们却还在这里，拉维妮娅心里想，我们还依然跋涉在热烘烘的人行道上。头顶上，路灯孤零零地照射着街道，在地面上投下摇曳不定的疏影。

“你到家了，弗朗辛。晚安。”

“拉维妮娅、海伦，就在我家里过夜吧，太晚了。都已经半夜了。你们可以睡在客厅。我给你们煮点热咖啡——会很有意思的！”弗朗辛拉着她们俩，将她们拉到自己身边。

“不了，谢谢。”拉维妮娅说。

弗朗辛急得哭了起来。

“哦，怎么又哭了，弗朗辛？”拉维妮娅说。

“我不想你死，”弗朗辛啜泣着说，眼泪顺着她的脸颊流下来，“你这么好，这么善良。我不想让你死。求你了，求你了。”

“弗朗辛，真不知道你怎么会这么想。我发誓一到家就给你打电话。”

“哦，真的吗？”

“到时候告诉你我已经安全到家了，好吧。明天中午我们还要一起去电力公园野餐。到时候我会带上自己制作的火腿三明治，怎么样？你就知道，我会长命百岁的！”

“给我打电话，到家就打？”

“我发过誓了，对不对？”

“晚安，晚安！”跑上台阶，弗朗辛打开门再次向她们说再见，然后赶忙将门上的插销插好。

“现在，”拉维妮娅对海伦说，“我送你回家去。”

市政大厅上的钟声再次响起，这次是整点报时。钟声在空荡荡的镇子上空回响，这个镇子从来未曾如此空旷过。钟声飘过空荡荡的街道，飘过空荡荡的停车场，飘过空荡荡的草地，消失在远方。

“九，十，十一，十二。”拉维妮娅挽着海伦的胳膊数着钟声，“你觉不觉得这很有趣？”她问道。

“什么意思？”

“我们走在人行道上，走在树底下，而别人都紧闭着房门，都躺在床上睡着了。我打赌，可能现在我们俩是附近几千英里范围内唯一还在外面走路的人吧。”

黝黑深邃的峡谷，释放出温暖的气息，一步步逼近。

没过多一会儿，她们就来到了海伦家门口。两个姑娘抬起头盯着对方，就这样对视了好一会儿。白天刚刚修剪下来的青草发出的气息萦绕在她们身边。月亮已经西斜，乌云开始涌现在天幕上。“我邀请你留下来，拉维妮娅，你是否还是会拒绝？”

“我要走了。”

“有的时候——”

“有的时候怎么了？”

“有的时候人就是想死。你这一个晚上都怪怪的。”

“我只是不害怕而已，”拉维妮娅说，“而且也很好奇，我想。我会用脑子思考。从逻辑上说，‘孤独者’应该不在附近。不是还有警察和大家嘛。”

“警察早就回家去了，他们恨不得拿被子遮住自己的耳朵。”

“可不可以这样说，我是在享受生活，虽然危险重重，但是也还算安全。真要是有什么不安全的事情会发生在我的身上的话，我肯定会留下来。”

“也许在你的心里，也有不再活下去的打算吧。”

“你和弗朗辛才这么想吧。我看真是这样的！”

“我很内疚。待会儿估计你走进谷底，走上那座桥的时候，我会给自己泡上一杯热可可。”

“为我干杯吧。晚安。”

拉维妮娅·尼布斯沿着午夜的街道走远了，她在午夜的静寂之中一路往前走。身旁房子的窗户都是黑漆漆的，远处传来狗叫声。*五分钟之内*，她想，*我就能安全到家了，再过五分钟，我就给愚蠢的弗朗辛打电话。我会——*

突然，她听到一个男人的声音。

有个男人在远处的树林里唱歌。

“哦，给我六月的夜晚，给我月光和美丽的你……”

她加快了步伐。

歌声依然持续不断：“在我的怀抱里，你是那么迷人……”

在街道的那一头，昏暗的月光下，一个男人缓步走过来。

我应该跑过去敲响任何一家的房门，拉维妮娅暗暗地想，*如果有必要就这么做。*

“哦，给我六月的夜晚。”那个男人唱道。他的手里还拿着一根长长的棒球棍。“给我月光和美丽的你。哦，这是谁啊！怎么这个时候你还在外边，尼布斯小姐！”

“肯尼迪长官！”

当然是他就好了。“我一定要送你回家去！”

“谢谢了，我自己可以。”

“但是，你家在峡谷的对面……”

是的，她心里想，傻子才不会和任何男人一起穿过峡谷，哪怕是警察也不行。谁知道真正的“孤独者”是谁呢？

“不用了，”她说，“我马上就到家了。”

“那我就在这里站着，”他说，“如果需要帮助，就大声地喊我。这个地方声音传得远。我到时候再跑过去。”

“谢谢你。”

她继续往前走。他一个人站在路灯下，哼着歌。

终于到了，她心里想。

到了峡谷。

她站在陡峭的小山坡边上，前边就是下山通往峡谷的一百一十三级台阶，然后通过那座桥，再走七十码，上一个小山坡，就到了公园大街。这一路上只有一盏路灯。从现在开始，只需要三分钟，她心里想着，我就能把钥匙插进自家的门锁里。短短的一百八十秒之内能发生什么呢。

她抬脚走上那些覆盖着青苔的台阶，朝着峡谷里走去。

“一，二，三，四，五，六，七，八，九，十……”她小声地数着脚下的台阶。

她觉得自己在跑，其实也算不上跑。

“十五，十六，十七，十八，十九，二十。”她吸了一口气。

“已经走了五分之一了！”她对自己说。

幽深的峡谷，黑漆漆！整个世界都在身后走远了，所有安全无恙的人都躺在床上，紧锁着房门。镇子、杂货店、剧院、灯光、起都已经远去。只有黑黝黝的峡谷依然存在，生机勃勃，近在她的眼前。

“什么也没有发生，不是吗？谁也没有，不是吗？二十四，二十五。还记得童年的时候讲过的那些鬼故事吗？”

她听到自己的鞋底摩擦地面发出的声音。

“那个故事是说一个魔鬼来到你的家，而你就在楼上睡觉。现在他就要上楼来，已经踏上了第一级台阶，已经上到第二级台阶，已经上到第四级台阶，已经上到第五级台阶！哦，那个时候，大家一听到这个故事总是又是笑又是尖叫！现在，那个可怖的魔鬼已经上到第十二级台阶，就要打开你的房门，就站在你的床边上。‘抓住你了！’”

她大叫一声。这个叫声她自己以前都从来没有听到过。这一辈子，她从来没有如此大声地尖叫过。她停下脚步，定定地站在那里，双手紧紧地抓着路边的扶手。她的心怦怦直跳，这心跳的声音响彻了整个峡谷。

“在那儿，在那儿！”她尖叫着对自己说，“在最下面一级台阶那里。有一个男人，就在灯光下站着！不，他已经走了！他就在那里等着！”

她屏住呼吸聆听着。一片寂静。

桥上空无一人。

她想，没有什么能让她心动。没有什么。笨蛋！这是我给自己讲的故事而已！真是可笑。我该怎么做？

她的心渐渐平静下来。

要不要喊那个警察——他有没有听到我的尖叫？她侧耳细听。没有什么。没有什么。

我还是自己走吧。管那个可笑的故事呢！

她又开始数着脚下的步子。

“三十五，三十六，小心一点，可别摔跤了。哦，我真是个傻瓜。三十七，三十八，三十九，四十，再走两步就是四十二级——快走一半了。”

她再次停了下来。等一等，她对自己说。

再走一步。传来一声回响。她又走了一步。

又是一声回声。再走一步，马上就听到摩擦的声音。

“有人跟在我的后边。”她小声地对峡谷说，对隐藏在草丛中的蟋蟀和青蛙说，对黑漆漆的小河说。“有人跟在我的后边走在台阶上。我不敢转身看。”

再走一步，又是一声回响。

“我每走一步，他们也走一步。”

一步一回响。

她弱弱地对着峡谷问道：“肯尼迪长官，是你吗？”

蟋蟀停止了鸣叫。

蟋蟀都在聆听。黑夜听见了她的询问。转瞬间，笼罩在夜色之中远处的草地和近处的树木都似乎开始挪动。树叶、灌木丛、星星以及绿草失去了它们原有的晃动，都静静地倾听着拉维妮娅·尼布斯的心跳声。也许在几千英里之外的某个空荡荡的火车站的候车室里，有一个孤独的旅行者，正在一盏昏暗而裸露的电灯下读着报纸。他抬起头，听了听，然后想着："这是什么声音？"她顿了顿："肯定是指啄木鸟正在啄一根空树干。"但是，那其实是拉维妮娅·尼布斯，可以肯定地说，那其实是拉维妮娅·尼布斯的心跳声。

寂静。夏夜的寂静绵延数千英里，像是白浪翻天的大海笼罩着整个大地。

快点，再快点！她沿着台阶往下走。快跑！

她听到音乐声。音乐在这样的时刻响起，真是疯了，真是可笑。她听到有一曲壮丽的音乐在她的心里回荡。她在恐惧和痛苦中，一边奔跑一边听着这支乐曲。在她脑海中的某一个地方，一首取之于别处的乐曲配合着一场隐秘的戏剧正在激昂地上演。乐声激昂，冲击着她。越来越高亢，越来越快。像是直接从上面坠落下来，像是短距离的赛跑正在进行。向下，向下，她飞快地朝着谷底冲去。

只剩一点点路了，她祈祷。一百零八，一百零九，一百一十级！到底了！现在，跑！跑过这座桥！

她告诉自己的双腿、双臂、身体以及心中的恐惧到底该怎么做才对。在这个白色和可怕的时刻，她告诉自己全身的每一部分，要怎样才能尽快跑过这呜咽的小河，要怎么样才能尽快跑过这座摇摇晃晃却坚强挺立的木桥。疯狂的脚步声，紧紧地跟随在她的身后。她脑海中的音乐声尖利刺耳，喋喋不休。

他跟上来了，不要回头，不要回头。要是看见他你就会被吓得魂飞魄散，就再也挪不动脚步了。只管跑就行了，快跑！

她跑过了木桥。

哦，天哪，天哪，求求你让我跑上这座小山！已经在上山的路上了，已经在两座小山之间了。哦，天哪，太黑了，一切都那么的遥远。就算我现在喊叫也于事无补了，还是不叫了。已经到了小路的最上头，已经到大街上了。哦，天哪，让我安全到家吧。安全到家之后，我再也不会一个人出门了。我真是个傻瓜，不承认不行，我真是个傻瓜。以前我不知道恐惧是什么。以后再让我走这条路回家，没有弗朗辛或者海伦跟我一起，我绝对不会再这么做了！终于到了大街上。穿过大街！

她穿过大街冲上人行道。

哦，天哪，到了门廊！我的家！哦，天哪，让我有时间进去锁上门，那样我就安全了！

就在那里——哪里有时间注意到——她为什么没有马上注意到，没有时间，没有时间——但是反正就在那里，一闪而过——在门廊的扶手上，半杯剩下的柠檬汁是她很久以前放在那里的，一年前，半个傍晚的时间都不到！那半杯柠檬汁静静地、不动声色地立在扶手上……而且……

她听见自己的脚笨拙地踩在门槛上，耳朵听着，手在胡乱地找寻着钥匙，然后用钥匙探寻着钥匙孔。她听到自己的心跳声。她听到自己的内心正在大声地尖叫。

钥匙捅进了钥匙孔。

打开门，快点，快点！门开了。

现在，进门了。快关门！她“砰”的一声关上门！

门被锁上了，插上了插销。

音乐声停止了。她静静地听着自己的心跳，那个声音慢慢地消失，重归于宁静。

家啊！哦，天哪，到家了就安全了！安全，安全，到家里就安全了！她跌倒在门上。安全了，安全了。听吧。什么声音都没有。安全了，安全了，哦，谢天谢地，安全到家。以后晚上我再也不出门了。就待在家里。我以后再也不会去峡谷那边了。安全了，哦，安全了，到家就安全了。真是太好了，真是太好了，安全真好！她在家里安安全全地锁好门。等待着。

从窗户往外看。

她往外看了看。

为什么，一个人都没有！一个人都没有。根本没有人跟在我后边。根本没有人跟在我后边跑。她深深地吸了一口气，简直要嘲笑自己一番才好。这才合理。要是一个男人跟在我后边的话，他早就抓住我了！我这个人又跑不快……门廊里和院子里也没有人。我真是可笑。我那一路的奔跑简直就是无中生有。峡谷里和别的地方一样安全。是一样的，和家里一样。家真是个幸福温暖的好地方，没有哪里能和家相比。

她伸手去摸电灯的开关，却停下了。

“谁？”她问道，“谁啊？谁啊？”

在她身后的客厅里，有个男人清了清嗓子。

『孤独者』

“太可惜了，他们把一切都毁了！”

“别太难过，查理。”

“好吧，那我们现在还能说什么呢？要是‘孤独者’根本就不存在的话，再谈论他还有什么意义？谁还会怕呢？”

“搞不懂你，查理，”汤姆说，“我就要再去一趟‘夏日的制冰厂’，坐在那房子里，假装他还活着，让我浑身上下来个透心凉。”

“那是自欺欺人。”

“哪里凉快就去哪里，查理。”

道格拉斯没有理会汤姆和查理的谈话。他盯着拉维妮娅·尼布斯的房子，一个人喃喃自语地说着话。

“我昨天晚上也去了峡谷。我看到了。我什么都看到了。在回家的路上，我绕到这边来，看到门廊扶手上放着一个装有半杯柠檬汁的玻璃杯。我也很想喝，很想喝。我去了峡谷，我来了这里，这每件事情我都身在其中。”

现在轮到汤姆和查理无视道格拉斯了。

“在这件事情上，”汤姆说，“我不相信‘孤独者’已经死了。”

“今天早上救护车开到这里的时候，你难道没看见那个男人被抬上了担架吗？”

“看到了。”汤姆说。

“好了，那就是‘孤独者’。笨蛋！不信你自己读一读报纸就知道了！十多年的逃亡之后，最后他倒在拉维妮娅·尼布斯这个老姑娘顺手抄起的缝纫剪刀之下。我希望她当时只要管好她自己的事情就好了。”

“你的意思是她躺在那里，让他掐住她的气管？”

“不，但是至少她可以飞奔出来，跑到大街上大声地喊‘孤独者！孤独者！’只要她喊得足够久，就能给他一个机会逃跑。昨天晚上，这个镇子里总有一些人十二点了还没有睡觉吧。”

“让我再说最后一遍，查理。我认为‘孤独者’没有死。我看到了他的脸，你也看到了他的脸，道格看到了他的脸，是不是，道格？”

“什么？是的，我也那么想。是的。”

“每个人都看到了他的脸。回答我这个问题：对你而言，他像是‘孤独者’吗？”

“我……”道格拉斯想说什么却又没说出口。

太阳被云遮住了几秒钟。

“天哪……”查理最终说道。

汤姆微笑着等待接下来的内容。

“那根本不像是‘孤独者’，”查理倒抽了口气，“看上去只是个男人而已。”

“对了，是的，先生，简直就是再普通不过的一个人而已，就算是一只苍蝇也不能拔掉自己的翅膀吧，就算是苍蝇也不能，查理！那人如果是‘孤独者’的话，至少应该看上去像是‘孤独者’才对，是不是？然而，他看上去更像是那个每天晚上在伊力特剧院门口卖糖果的小摊贩。”

“不管你怎么看他，他就是个从别的地方流浪到这里的流浪汉。以为别人的房子是空置不用的就钻进去，然后他就被拉维妮娅·尼布斯杀死了。”

“是的！”

“等一下，其实我们谁也不知道‘孤独者’到底应该长什么样。又没有照片。所有看到过他的人都死了。”

“你、我还有道格拉斯都知道他长什么样子。应该是个高个子才对，是不是？”

“应该是吧……”

“应该很苍白，是不是？”

“苍白，是的。”

“瘦骨嶙峋的，长着长长的黑头发，对不对？”

“这不是我经常描述的吗？”

“就应该是你说的那样。”

“好吧，”汤姆对此嗤之以鼻，“那么，你也看到了，几个小时以前，那个家伙被人从拉维妮娅·尼布斯小姐的房间里抬出来。

那他是谁呢？”

“个子矮小，满脸通红，长得还有点胖，脑袋上也没有什么头发，就算有也没有几根。汤姆，你说得对！快点儿！把大家都叫上！你把刚才告诉我的再告诉他们一遍！‘孤独者’没有死。今天晚上他还会在什么地方躲着。”

“好的。”汤姆说着，又停了下来，突然陷入了沉思。

“汤姆，真有你的，你好有脑子啊。我们谁也没能保住这件事情，唯独你做到了。那件事情发生的时候，整个夏天就变坏了。是你及时地补救了这一切。八月份也不算有什么彻底的损失。你们好，小孩子们！”

查理离开了，一边走还一边挥舞着胳膊，嘴里还大声嚷嚷着。

汤姆站在拉维妮娅·尼布斯家房子外边的人行道上，一脸的苍白。

“天哪！”他小声地说，“我现在该去做点什么呢？”

他转过身看着道格拉斯。

“我说，道格，我现在该去做点什么呢？”

道格拉斯还在盯着那栋房子看，嘴巴里还不停地喃喃自语。

“昨天晚上，我在那里，我在峡谷里。我看到伊丽莎白·拉姆西尔。回家的时候他一路跟到这里。我看到扶手上有半杯柠檬汁。我本想喝掉，我想……我本来是可以将它喝掉的……”

最亲爱的老奶奶

她的手上要么是拿着扫帚，要么是拿着簸箕，要么是拿着抹布，再要么就是拿着搅拌勺。早上的时候，你看见她忙着切馅饼皮，嘴里还哼着小曲。中午的时候你看见她翻动烤箱里的馅饼。傍晚太阳落山，她已经将所有烤好并晾凉了的馅饼端到屋子里去了。摆放陶瓷杯子的时候，她活像是个瑞士摇铃的人。从大厅里走过，她像是一台吸尘器一样，一边走，一边将所有东西放置到该放的地方。窗户上的每一扇玻璃她都不忘擦一擦，直到它们在太阳下亮堂堂。每天，她都到花园里去两趟，手里拿着花铲，忙忙碌碌的。花儿在她悉心的侍弄下，热烈地绽放着。她睡得很安稳，整个夜晚也不会翻几次身。躺在床上休息的时候，简直就像是旁边放着的洁白的手套一样放松。清早时分，她又会将一只瘦削精干的手，戴好手套。只要是清醒的时候，她像抚摸照片一样轻轻地抚摸每一个家人，为大家整理衣冠，让大家抖擞精神。

但是，现在……

“奶奶，”每个人都在喊，“太奶奶。”

像是在做一道算术题，终于到了该给出结果的时候了。她喂饱了火鸡、家禽、小鸡仔，也让一家大小衣食无忧。她打扫了天花板、墙壁，也让行动不便的人干干净净，让小孩子清清爽爽。铺地毯，修自行车，修闹钟，通炉膛，她样样在行。给伤口涂碘酒这样的事情她做过不下一千次。她的一双手经常保持着忙碌，轻轻地摸摸这个，拿拿那个，扔一下棒球，摆一下球棍，往黑土里播下种子，往饺子皮中包进馅料，调制蔬菜肉羹，帮小孩子盖好被子。拉上窗帘，掐灭蜡烛，关掉开关，终于——变老了。回望过去，那些曾经开始，并最终完成的千千万万件纷繁琐事，现在终于到了停手并总结的时候了。最后一个小数点已经落下，最后的那个零也慢慢地写完。现在，手里依然握着粉笔，在伸手去拿黑板擦之前，她坐回到生命的静默之中，静静地等待。

“来，让我看看，”太奶奶说，“让我看看……”

诸事和顺，再也没有什么要做了。再将整栋房子游历一番，一切都周而复始，了然于心。终于走到了楼梯口，不需要再做什么特别的宣告，爬上三层楼，她来到了自己的房间。躺在那里，像是大雪覆盖之下的一片化石的痕迹，她躺在床上，等待着死神的降临。

声音再次响起：

“奶奶！太奶奶！”

关于她的消息从楼梯上跌落，掉在地面上，溅起涟漪，在全家人之中传播。这消息冲出门窗，传到了长满了榆树的大街上，一直传到那绿色的峡谷所在之处。

“现在，就这里！”全家人都围在床边。“就让我这么躺着。”她小声说。

任何显微镜都无法识别她的疼痛，那是一种温和却日益逼近的困倦和疲惫，慢慢地侵蚀着她瘦削的身体。困啊，越来越困啊，困到无法再睁开眼睛。

对于她的孩子以及孩子的孩子们而言——如此简单的举动，世界上最舒服的事情，怎么就会带来如此令人恐惧的结局。关于这一点他们无法理解。

“太奶奶，你知不知道——你这么做跟撕毁契约没有什么两样。没有你这栋房子可是要垮了。你至少要提前一年通知我们才好啊。”

太奶奶睁开一只眼睛。这位九十高龄的老人平静地注视着身边的这些抚慰自己的人，像是一个栖居在空房子的穹顶里的鬼魂，暮气沉沉，灰尘满身。“汤姆……？”

那个小男孩被大人推到床边，听着她断断续续的唇语。

“汤姆，”她昏昏沉沉地说，声音是那么的遥远，“在南方的大海边，每个人都知道，生命中总有那么一天，他们要和所有的朋友握手告别，然后驾船驶向远方。他们每个人都这么做，坦然地接受这一切的到来——只是时间早晚的问题。今天也一样。你们去观看周末的午间剧场表演，直到晚上九点了还不愿回来，于是我就让你爸爸去接你。汤姆，每当到了那个时候，在同一座山顶，同一个牛仔就开始射杀同一群印第安人。一到这个时候，你最好站起身来合上椅子，头也不回地朝门口走去。不要后悔，更不要退回到走廊上。所以，我要走了，要趁着我还依然开心，依然享受生活的时候。”

道格拉斯也被叫到了床边。

“奶奶，明年春天的时候由谁负责修理屋顶啊？”

从很久很久以前开始，每年四月份的时候，当你听到啄木鸟在“咚咚”地敲打着房顶，往往都是太奶奶爬到屋顶上去，高高地站在空中，一边唱着歌，一边“叮叮当当”地钉着钉子。

“道格拉斯，”她小声说，“一定要让那个真心乐意去钉屋顶木条的人做这件事。”

“等到明年四月份的时候，你就问：‘谁想上去修理屋顶啊？’看谁脸上的表情像是被立刻点燃了一样，充满了明亮快乐的光芒，就让谁去做，道格拉斯。站在高高的屋顶上，你能看到整个镇子向远方延伸，似乎整个国家就在眼前，而整个国家也向着更远的地方延伸到地球的边缘，奔腾的河流与清晨的湖面在你眼前闪闪发亮。在你的脚下，鸟儿在树上歌唱，和煦的风儿将你拥抱。这种种的美景足以让人在春天的早晨太阳刚刚升起的时候就爬上屋顶的风向标。那是多么神气的时刻啊，要是哪怕还有一半的机会……”

她的声音低到听不清了，只看见她的嘴唇在颤抖。

道格拉斯“呜呜”地哭了。

她又一次抬高声调。“你怎么哭了？”

“因为，”他答道，“明天你就不会再在这里了。”

她伸手拿过一面小镜子递给小男孩。从镜子里他看到了她和自己的脸，然后将目光停在她的脸上。“明天早上我还是会在七点钟起床，到时候我倒要看一看谁在说我坏话。到时我要带着查理·伍德曼去教堂，还要去电力公园野餐，还要去游泳，打着赤脚在树林里奔跑，还要嚼几块薄荷味的口香糖……道格拉斯，道格拉斯，真丢人啊！你把指甲割破了，是不是？”

“是的。”

“当你的身体每七八年大变一次样子的时候，也没见你大喊大叫。旧的细胞死了，新的又长出了，这样你的手指就变得更长了，你的心脏也变大了。对此你毫不在意，是不是？”

“不在意。”

“那么，想一想吧孩子。谁要是把自己剪下来的指甲收藏起来，那他可真是够傻的了。你见过有哪条蛇会把它自己蜕下来的皮收集起来吗？这就是你如何一点点长到今天这么大。这个床上的只是那些剪下来的指甲和蛇蜕而已。猛吹一口气我就会像雪花一样飘落。重要的不是现在躺在床上的我，而是那个坐在床沿上回望过往的我，是那个在楼下烧菜做饭的我，是坐在车库的汽车里的我，是那个在图书馆里阅读的我。一切的新事物，都算在内。今天我不是垂垂将死，任何一个有家人在身边的人都永远不会死去。我还会在你们的生活中存在很长一段时间。此后的一千年里，整个镇子都将是我的后辈。他们在橡胶树的树荫里吃着酸酸的苹果。任何人要是想要问我什么大问题，这就是我的答案！好了，该休息了！”

最后，所有家庭成员站在房子里，像是站台上送别的人们，静静地等待那一刻的来临。

“啊，”太奶奶说，“既然你们都站在我的床边上，那我就不谦虚了。下个星期要记得照看花园里的花草，要清理一下衣柜，要给孩子们买些新衣服。我以前都是顺便帮大家做了这些事，以后该是伯特做的就让伯特做，该是利奥或者汤姆或者道格拉斯做的事情，就各自做好分内的事情就好了。”

“好的，奶奶。”

“明天不要在这里开什么万圣节晚会。我不想听到谁说一些关于我的甜言蜜语。该说的活着的时候都已经自豪地讲过了。好吃的东西我都吃过了，能跳的舞我都跳过了。现在只剩下这最后一块果馅饼我还没有尝过，只剩下这最后一支曲子我还没有哼唱过。我不觉得害怕。只是非常好奇。死神不会在我的嘴里塞一块面包将我噎死，所以你们尽管放心。现在，你们都去吧，我好安心地睡觉……”

房门轻轻地关上了。

“这下好多了。”现在房间里就剩下她一个人。躺在温暖蓬松的羊毛芯尼龙面的被子里，身下的床单、被罩是那么的舒服。各种明亮的颜色组合在一起，像是旧时马戏团拉起的彩色条幅。躺在被窝里，她恍惚间又回到八十多年前的那些早晨，自己是那么的娇小而隐秘，清早醒来，尽量让自己那嫩弱的小胳膊小腿舒舒服服地裹在被子里。

很久很久以前，她心里想，*我做了一个梦。多么享受啊，直到有人将我叫醒。那天我来到了这个世界。现在？让我想一想*……她的思绪回到了以前。*我在哪里？*她在想。九十年……如何才能重新拾起那早已逝去这么多年的梦境呢？她伸出一只瘦削手。那里……是的，就是那里。她笑了。她将自己的头深深地埋在松软而温暖的枕头里。这样感觉好多了。现在，对了，她看到它正在脑海中静静地成形，如此的安宁，像是大海拂过一望无垠的重生港湾。现在，

就让那场旧梦重新将她捧起，离开这雪花般的松软，离开这一方鲜少被惦记的睡榻。

楼下，她在想，他们有的在擦拭着银器，有的在找东西，有的在倒垃圾。生活正在他们的房子里继续，她听得清清楚楚。

“一切如常。”太奶奶小声说。那场旧梦带着她飞升。

大海将她带回了港湾。

萤火虫之瓶

“有鬼！”汤姆大声喊道。

“不是鬼，”一个声音回答道，“是我。”

散发着苹果味道的黑黢黢的卧室里洒进来一片可怖的光。一个一品脱大小的玻璃罐，里面装满了什么忽闪忽闪的东西，瓶子像是悬挂在半空中，发出苍白的光。

道格拉斯的眼睛里满是黯淡和严肃。他的脸和手上皮肤的颜色很深，在黑暗中几乎无法识别，再裹上件睡衣，看上去活像是个鬼魂。

“天哪！”汤姆惊叹道，“二三十只萤火虫！”

“嘘，小声点，不要叫！”

“你抓这个干吗？”

“晚上我们打着手电筒在被窝里看书的时候经常被抓住，对不对？但是谁也不会怀疑一个用过的瓶子里装着的萤火虫。大人们只会觉得这顶多是一个夜间博物馆而已。”

“道格，你真是个天才！”

但是道格没有答话。他庄重地将这一罐子忽明忽暗的信号灯放在床头柜上，拿出那个写字板和铅笔，写下大段大段的话。萤火虫发出的光亮起，熄灭，再亮起，再熄灭，他的眼睛盯着写字板上那十几张映着惨绿色微光的纸，定定地坐着，一动也不动，持续了一二十分钟，擦了写，写了擦，他要把自己关于这个季节的所有想法和心思统统写下来。汤姆凑过来看，却被这瓶子里四处跳跃的昆虫吸引了。他实在太困了，沉沉地睡着了，再次醒来，他发现道格拉斯还在奋笔疾书。他已经写到最后一页纸，总结也快完成了。

很多东西都不可靠，因为……

……比如说机器，终归会散架，会生锈烂掉，或者可能根本就无法完工……或者只能扔在车库了……

……比如说网球鞋，怎么跑也只能这么快，只能这么快，再快些就会被地球拉回来……

……比如说有轨电车。就算车身很大，但总会开到轨道的尽头……

很多人都不可靠，因为……

……有的人离开了

……不认识的人死了

……你熟悉得不得了的人死了

……朋友死了

……就如书上所描述的那样，人会杀人

……自己的父母也会辞世

所以……

他深深地吸了几口气，再慢慢地将空气吐出，又憋住一口气，然后让空气从紧咬的牙齿缝里泄出。

所以。最后的内容，他所写的每一句话都加上了下划线。

所以如果有轨电车、代步车、好朋友、最好的朋友都会离开一段时间或者永远地离开，或者变得锈迹斑斑，腐朽烂掉；如果人会被人杀死；如果像太奶奶这样应该长命百岁的人都会死去……如果这一切都是真的……那么……我，道格拉斯·斯波尔丁，在某一天……也肯定会……

可能是被他这一连串的冷峻思考所折磨，那些萤火虫都耗尽了精力，悄悄地熄灭了光芒。

再也写不了了，道格拉斯心里想。我以后也不会再写了，再也不写了，今晚上也不写了。

他扶了扶撑着脑袋酣然入眠的汤姆，拉着弟弟的胳膊，让他躺到床上去。

道格拉斯拿起那个玻璃罐。罐子里暗下来的那些小灯笼又开始发出冷冷的光，似乎是他的手掌给予了它们力量一样。他从本来要写下总结陈词的地方拿起这个罐子。还有最后的话语等着他来写完，但是他没有继续，而是走到窗户跟前，推开了纱窗。他打开缠在罐子口上的绳子，倾斜着瓶子，让萤火虫一只只飞走。萤火虫犹如一道道惨白的流光，飞向那漆黑的夜空。它们重新拾起了飞翔的勇气，飞走了。

道格拉斯看着眼前的这一切。它们像是这个已经逝去的世界遗落的一丝苍白的忽明忽暗的残余，也像是他手掌上的希望留下的淡淡的余温，离开了他的脸颊、他的身体以及这个空间，飞向无尽的黑暗之中。它们飞走了，只剩下空荡荡的玻璃罐在他的手上。可是这罐子哪里能懂得他为什么要这么做呢？他把罐子放进被窝里，伴着他一起入眠……

女巫

她坐在玻璃盒子里，一夜又一夜过去，她的身体在夏日的炙烤之下慢慢地熔化，在冬日的妖风吹拂下又变得僵硬。她静静地等待，嘴角向上弯起，露出深不可测的笑容。她蜡制的鼻子高高地隆起，粉红色满是皱纹的手永远地保持在那张古老纸牌的某个固定位置。塔罗牌中的女巫，多么诱人的名字啊。塔罗牌中的女巫。只需要往那个银色的孔中塞一个硬币，这个机器就会转动起来，杠杆开始击打，轮子转个不停，下方偏后的位置还会发出“咕噜咕噜”的声响。如果是转到她这里，那个女巫就会闪闪发光，像针一样照射着你，让你无法直视她。她那只无情的左手落下来按动塔罗牌上的那些神秘的骷髅头、恶魔、倒挂的人、隐士、红衣大主教和小丑。她的头低下来像是要揭秘你的无尽痛苦和血光之灾，你的希望和健康，你每天早晨的重生和每天晚上你的再次消亡。然后，她会在其中的某一张纸牌的背面歪歪扭扭地画出一些符号。这张纸牌露出来，通过一个斜槽掉在你的手掌上。于是这个女巫，眼睛还带着尚存的神秘之光，又一次恢复到了以前的那个模样。像是被冰冻了一样，站在那里几周、几个月或者几年里，一动也不动，直到下一个硬币投进了那个孔槽，她才会重新从无尽的沉寂中复活过来。现在，她像上了蜡一样死气沉沉，遭受着这两个小男孩的欺凌。

道格拉斯用手指按了按那块玻璃。

“她在那里。”

“是个上了蜡的傀儡，”汤姆说，“你让我看这个干什么？”

“总是喜欢问为什么！”道格拉斯嚷道，“因为，这就是为什么！”

因为……游乐场里的灯暗了下来……因为……

总有一天你会发现自己还活着。爆发！冲击！点亮！闪耀！

开心吧！笑啊，跳啊，大声地喊叫啊。

但是，没过多久，太阳就要下山了。八月的正午时分下雪了，却没有人察觉到。

上个周六的日间演出上有一个牛仔摔下了马，死在烫得发白的银幕上。道格拉斯吓得哭了起来。好多年以来他见识过不计其数牛仔惨死的情景，有的被射杀，有的被吊死，有的被烧死，有的被宰掉。但是现在，这个男人有些不一样……

他再也不能走路，再也不能讲话，再也不会欢笑，再也不会哭泣，他什么也做不了了，道格拉斯心里想着。现在他的身体慢慢变冷。道格拉斯的牙齿磕得“咯咯”作响，他的心脏在胸腔里“怦怦”地剧烈跳动。闭上眼睛，任凭惊厥的感觉冲击着他。

他只想离开身边的这些男孩子，他们没有人想到死亡，只是在一个劲儿地笑着那个人，冲着他大声嚷嚷，好像他没有死一样。道格拉斯和那个已经死了的人被放在同一条船上拖走了，其他的那些人依然留在身后的明亮的沙滩上。他们在那里叫啊，跳啊，开心得不可名状，谁也没有意识到那个已经死了的男人和道格拉斯早已经走了，走了，到黑暗之中去了。流着眼泪，道格拉斯跑进那个浑身散发着柠檬气味的男人的房间。那个男人的喉咙里像是被消防水枪至少冲洗过三遍了。

等一等吧，等他缓过劲儿来，他心里想着：我认识的人这个夏天都死了！弗利雷上校死了！我以前却不知道，为什么？太奶奶也死了。这是真真切切地发生了。不仅如此，还有……他停了停。我！不，他们不能杀死我！“可以啊。”有一个声音说，“可以的，任何时候只要他们想的话就能那么做，不管你怎么踢呀，喊呀，他们只需要将一只大手放在你身上，你就得乖乖的……”“我不想死！”道格拉斯大声喊道。“你别无选择，”那个声音又说，“你将别无选择……”

剧院外边的阳光火辣辣地炙烤着那些虚幻的街道和建筑，人们在路上慢步前行，似乎是背负着明亮却沉重的熊熊大火。现在他只想马上就回家，回去在写字板上写完那剩下的几句话：总有一天，我，道格拉斯·斯波尔丁也难逃一死……

他足足花了十分钟才鼓起勇气穿过街道。他的心跳慢了下来，游乐场就在那里，在里面看到了那个奇怪的蜡白的女巫。她的身上总是落了一层厚厚的灰尘，手指总是指着“命运和复仇”所在的位置，一辆汽车开了过去，耀眼的灯光照亮了游乐场，各种影子随着灯光跳动，看上去像是那个蜡白的女人正在朝着他点头，招呼他进去一般。

在女巫的召唤之下，他走了进去，五分钟之后又活着跑了出来。现在，他一定要告诉汤姆……

“她看上去像是活了过来，”汤姆说，“她是活的，我指给你看。”

他往孔里塞了一个一美分的硬币。机器没有一点反应。

道格拉斯冲着游乐场里面喊着布莱克先生，他是这里的老板。现在他正坐在一个高高的放苏打汽水的大木箱上，他对着瓶子喝了一大口饮料，瓶子里那黄棕色的液体只剩下不到三分之一。

“嗨，那个女巫有问题！”布莱克先生半闭着眼睛推诿道，他的呼吸听上去又尖利又沉重。“弹珠台有问题，万花筒有问题，一美分尝试的电刑有问题。”他踢了一下柜子。“嗨，这玩意！赶快活过来！”那个女巫一动也不动，“每个月修这个机器花的钱比她挣得都多。”布莱克先生将手伸到柜子后边，在女巫的脸上挂了一个“机器故障”的牌子。“不仅仅是这个机器有问题。我、你、这个镇子、这个国家、整个世界都有问题！”他朝那个女巫挥了挥拳头。“简直是一堆垃圾，你听到了没有，简直是一堆垃圾！”他走开了，跳上那个木箱子的时候分明感觉到围兜里沉甸甸的硬币，那下垂的围裙好像是他的大肚子，感觉到有些痛苦和吃力。

“她怎么能——哦，她怎么就坏了呢？”道格拉斯难过地说。

“她太老了，”汤姆说，“爷爷说他小的时候这个女巫就在这里了。所以总有一天她会坏掉，而且……”

“快写吧，”道格拉斯小声说，“哦，求求你了，写了让汤姆看一看。”

他又悄悄地往投币孔里塞了一个硬币。“求你了……”

两个男孩子紧紧地贴在玻璃上，他们呼出的热气在外壳上留下一层水雾。

突然，机器里面发出了“呜呜”声，开始启动了。

慢慢地，女巫仰起了头，看着这两个小男孩。她的眼睛里似乎有什么东西让他们一下子冻住了似的。她的手开始在塔罗牌上前前后后地画着什么，停一下，再继续，然后又后退。她低下头，一只手停了下来，伴随着一阵剧烈的摇动，现在只有一只手还在写。同样是写一下，停一会儿，然后接着写，最后是一阵突发的剧烈抖动，机器的玻璃都发出叮叮咣咣的声音。女巫的脸低垂下来，几乎要缩成一团，显现出机械般的痛苦的表情。紧接着这台机器松了一口气，齿轮一转，一张小小的塔罗牌从机器里吐了出来，落在道格拉斯捧着的手掌上。

“她活了！她又开始运行了！”

“牌上面说了什么，道格？”

“和上周写给我的一模一样！你听……”

道格拉斯读道：

飘荡的鬼魂！

人类都是傻瓜，居然期待死亡！

当死亡的钟声响起

跳舞和歌唱有什么益处？

纵使在酒池中游泳
又有什么用？
踮起脚尖，
一起来唱飘荡的鬼魂！
什么时候会刮起大风会大海汹涌？
飘荡的鬼魂！

“就说了这些内容？”汤姆问。

“最下边还有一些信息：‘预测：长命百岁，生生不息。’”

“这还差不多！来给我画一张？”

汤姆塞了一个硬币进去。待到女巫再打一个斗的时候，一张塔罗牌落在他的手上。

“最后一张的背后往往都有个女巫。”汤姆镇静地说。

他们飞奔出去，那个老板喘着粗气，一只手里攥着四十五个铜币，另一只手里攥着三十六个铜币。

游乐场外昏暗的灯光下，道格拉斯和汤姆有了恐怖的发现。

塔罗牌居然是空白的，什么信息都没有。

“怎么可能！”

“不要太激动，道格。只是一张普普通通的旧卡片而已，我们也只是损失了一美分。”

“不只是一张普普通通的旧卡片，也不仅仅是一美分的问题，这关乎生命和死亡。”在飞蚊翻飞的路灯下面，道格拉斯的脸上浮起一层寒意。他盯着那张卡片翻来覆去地仔细研究，还一边摩挲着，希望能发现可能的文字。

“她没有墨水了。”

“她绝对不可能没有墨水！”

他回头看了看布莱克先生。他现在已经喝完了那瓶饮料，嘴里还在骂骂咧咧地说着什么。住在游乐场里，真是太幸运了，他居然没有意识到。求你了，他心里想着，游乐场可千万不能倒闭了。那么多朋友都不见了，现实世界中有人被杀了，已经够倒霉了。那就求求你，千万让这个游乐场长长久久地保留下去吧，求求你了……

现在道格拉斯知道为什么这个游乐场对他有如此稳定的吸引力，以至于到今天晚上还让他欲罢不能。游乐场里的世界井然有序，一切都可以预知，一切都确定无疑，经久不变。亮闪闪的硬币入口，玻璃窗后边，一位蜡制的男英雄为了拯救一个蜡制的女主角，用匕首永远地杀死了一只大猩猩。裸露的灯泡之下，昏暗的“启斯东警察”电影镜头的照片一遍又一遍地出现。在这些照片之中，警察永远处于撞上或者即将撞上火车、卡车或者是汽车的危急关头。他们被撞下码头却永远不会被淹死，因为他们冲上去反而撞得火车、卡车或者汽车落下了某个废弃的码头。世界之中还有世界的存在。一美分一次的“万花筒”让你摇动手柄，一遍一遍地重复那些古老的仪式和典礼。在那里，如果你愿意的话，就能够看到莱特兄弟驾着“小鹰号”飞机驭风而去；泰迪·罗斯福向你展示着他那一口洁白的牙齿；旧金山拔地而起却又付之一炬，终于还是要被重建。这一切都可以呈现在你的眼前，只要你那汗津津的硬币能够满足那台机器就好。

道格拉斯环顾着夜幕笼罩下的这座小镇。现在什么事情也不会发生，至少从现在开始的一分钟之内什么事情都不会发生。就在这里，在一天即将结束的夜晚时分，你又能投进去几个硬币，又有几张塔罗牌能掉到你的手上，又有几张牌上面写的内容能说得清是什么含义呢？在这个人满为患的世界上，你尽可以付出你的时间、金钱和祈祷，但是又有多少能获得哪怕是一丁点的回应？

但是在游乐场里，“你敢吗？”这个项目却能让你驾驭闪电。你只需要拉开那个镀铬的手柄，电流就会发出“嘶嘶”的声音，穿过你震颤的手指。打一拳沙袋，就知道如果万不得已，你朝这个世界挥出的一拳到底有多重。在这里你可以和一个机器人握手，直到使出全部的力量，然后一排亮着的灯泡就会纷纷熄灭，以此来证明你最大的握力究竟几何。

在游乐场里，你这也可以玩一玩，那也可以试一试，凡是行动，皆能有所回应。你和和气气地前来，一下子就像是走进了一个从来未曾光临的教堂。

现在呢？现在呢？

那个女巫动了，却不能发出任何声音，可能再过不了多久她就会在自己的水晶棺材中死去。他看了看无所事事的布莱克先生，顿时对这个包含了重重世界的地方，甚至对他自己原有的世界失去了兴趣。总有一天，那些运转良好的机器也会因为疏于照料而生锈，“启斯东警察”会突然卡在即将掉进湖里的紧要当口，一半身子入了水，一半却卡在火车里；莱特兄弟再也不能驾着风筝飞机离开地面……

“汤姆，”道格拉斯说，“我们要到图书馆去，把这一切都弄明白。”

兄弟俩沿着街道往前走。一边走还一边轮流地研究着那张空白的塔罗牌。

坐在图书馆里，面前书桌上放着带有盖子的绿色台灯。他们坐在雕刻有石狮子的座位外边，皱着眉头，一只脚倚在石狮子上不停地晃动。

“布莱克那个老家伙，总是对着她嚷个不停，还吓唬她说要将她杀死。”

“谁也杀不死一个从来没有活过的东西，道格。”

“他对待那个女巫的方式好像她是活着的，就像她曾经是活着的一样。对她大喊大叫，可能这就是她最终放弃的原因吧。也有可能她根本没有放弃，可能她是想要用这种方式告诉我们她危在旦夕。至于看不见的墨水，可能是柠檬汁！这可能是她不想让布莱克先生知道的信息，要是我们继续待在游乐场的话，肯定会被他看见。你拿好了！我去找些火柴。”

“那她为什么要写给我们呢，道格？”

“拿好卡片，给！”道格拉斯划了一根火柴，然后将牌放在上面。“哦！我的手指上可没有文字，道格，你最好把火柴拿远点。”

“在那里！”道格拉斯叫道。上面的确是有些东西，一些模糊的印记，像是蜘蛛爬过的痕迹，已经开始慢慢组成某个形状。难以置信的弯曲构成的字母似的形状，在火柴光的照射下，呈现出黑黑的颜色……一个单词，两个单词，三个……

“卡片烧着了！”

汤姆大声叫起来，赶紧将卡片扔掉了。

“快把火踩灭！”

当他们跳起来想在石狮子的脊梁上将纸牌的火熄灭的时候，那张纸牌早已经烧成灰烬了。

“道格！这下就再也不知道那上面写的是什么了！”

道格拉斯将那一团温暖的灰烬捧在手里。“别动，让我看看。我记得那些词。”

那团灰烬在他手指的翻动下彻底碎了。

“你还记得去年春天看过的查理·蔡司的喜剧吗？那个法国人就快要淹死了，一直在用法语呼救，可是查理·蔡司根本听不懂法语，不知道他在说什么。救命，救命！直到有人告诉了他那是什么意思之后，查理·蔡司才跳到水里去将那个法国男人救了起来。哦，至于这张牌，我看过了，我记得。救命！”

“那她为什么要用法语写呢？”

“那样的话布莱克先生才读不懂啊，笨蛋！”

“道格，我觉得那只是牌掉出来的时候恰好沾到了一些墨迹而已……”汤姆看着道格拉斯的脸，住了嘴。“好吧，别生气。就算是救命的意思好吧。我记得还有别的单词……”

“嗯，塔罗，是这个意思。汤姆，我现在明白了！嗯。塔罗是真有其人，生活在很久以前，能算命。我在百科全书上看到过对她的介绍。整个欧洲人都到这里来拜访她。哦，你自己弄明白了没有？

想一想，汤姆，想一想！”

汤姆坐在石狮子的脊背上，看着街道的尽头，游乐场里的灯光忽闪忽闪地眨着眼。

“这也不是真正的塔罗夫人啊？”

“玻璃罩子里面，在那些红蓝相间、半硬半软的石蜡下面，肯定是她！可能是以前有人嫉妒她，恨她，就将熔化了的蜡油浇到他的身上，使她被禁锢到里面永远出不来了。她从一个坏蛋手里转手到另一个坏蛋的手里，最后辗转到了这里。几个世纪以后，她流落到了伊利诺伊州的格林镇——在这里只能每次挣一美分，而不像是在欧洲的时候，每次都能挣到好多钱。”

“坏蛋？布莱克先生？”

“名字里有黑这个词（译者注：布莱克这个姓名的发音和英语单词‘黑’的发音一样），穿着黑色的衬衫，黑色的裤子，打着黑色的领带。电影里的坏蛋也总是穿着黑色的衣服，对不对？”

“那她去年怎么没有求救，前几年也没有求救呢？”

“谁知道呢？可能过去一百年里，每天晚上她都在用柠檬汁往塔罗牌上写字，传递信息，只是没有人像我们一样思考过这个问题，也没有人正好用火柴点燃了这张塔罗牌，发现了这个重要信息。幸运的是，我正好知道那上面的法语单词是‘救命’的意思。”

“好吧，她说了‘救命’！那现在该怎么办？”

“当然是去救她啦。”

“就在布莱克先生的鼻子底下将她偷走？我们自己装成女巫的模样，在头上浇上蜡，然后在那个玻璃匣子里站上几千年？”

“汤姆，这里就是图书馆。我们可以用咒语和各种魔法药物来战胜布莱克先生啊。”

“能战胜布莱克先生的魔法药物只有一种，”汤姆说，“我猜每天傍晚，他挣够硬币，就会……”汤姆从自己的口袋里拿出几个硬币。“这个估计派得上用场。道格，你去读几本书。我回去再把‘启斯东警察’电影再看个十五遍，反正我再怎么看也不觉得厌烦。等会儿你再到游乐场里来找我，可能那些古老的魔法药物就能助我们一臂之力。”

“汤姆，我希望你能搞明白我们在做什么。”

“道格，你不是就想拯救那位夫人吗？”

道格拉斯旋风般的跑了，一头钻进了图书馆。

看到图书馆的门重重地关上了，汤姆从石狮子的背上跳下来，消失在夜色之中。台阶上，那些塔罗牌的灰烬在风中吹散了，飘得到处都是。

游乐场里黑漆漆一团，弹子球游戏机上落满了灰尘，立在昏暗不明的光线中。偷窥秀游戏机和泰迪·罗斯福游戏机相隔不远，莱特兄弟憨憨地笑着，手里摇动着飞机的螺旋桨。女巫依然在那个盒子里坐着，瞪着蜡白的眼睛。突然间，她的一只眼睛闪了一下光。手电筒的灯光透过窗户照了进来。一个庞大的身躯猛地一下靠在锁闭的大门上，就听见钥匙开门的声音。这人打开了门，并没有顺手关上。然后就听见粗重的呼吸声。

“是我，老姑娘。”布莱克先生说着摇了摇她。

门外的大街上，道格拉斯眼睛还在盯着书本看，然后他发现汤姆正躲在离门不远的地方。

“嘘！”汤姆说，“看十五遍‘启斯东警察’电影起作用了。布莱克先生听到我将一大把硬币投进游戏机里面，眼睛都直了。他赶忙打开机器，把硬币拿出来，还把我赶了出来。现在再对他使用魔法药物肯定管用。”

道格拉斯悄悄地走上前，踮着脚往游乐场里面看。模糊之中，只看见两个大猩猩的影子。其中一只一动也不动地站着，一只手搂着那个蜡制的女主角，另一只满脸惊恐地站在游乐场中央，身体还在不停地颤抖。

“哦，汤姆，”道格拉斯小声说，“你真是个天才。他已经感受到了魔法药物的威力了，对不对？”

“再说一遍。你发现了什么啊？”

道格拉斯指了指自己手上的书，小声地说：“嗯，塔罗，正如我所说的那样，能够在富人的客厅里预测生死和命运，但是她却犯了一个错误。她当着拿破仑的面预测了他的战败和死亡！以至于……”

透过满布灰尘的窗户，道格拉斯看到那模糊的人影坐进了玻璃盒子的时候，他说话的声音变得更小了。

“救命，”道格拉斯喃喃自语道，“年迈的拿破仑只是参观了杜莎夫人的蜡像作品，然后让人将塔罗女巫扔进了滚烫的熔蜡之中，而现在……现在……”

“小心点，道格，布莱克先生在里面！他的手上可拿着棒球棍哩！”

他说的没错。像是受到了诅咒的报复一样，游乐场里布莱克先生的影子突然倾斜起来。他的手里拿着一把野营时常用的砍刀，正在女巫面前几英寸的地方使劲儿地挥舞着，像是在砍着什么。

“他这样对她还不是因为，她是整个游乐场里唯一一个有着人的形状的机器，”汤姆说，“他不会对她善罢甘休的。但他随时都会倒下，睡去。醒来也就消气了。”

“不是的，”道格拉斯说，“他知道她已经向我们发出了警告，知道我们就要去拯救她。他是不想让我们泄露他的秘密。可能今天晚上他会将她彻底毁掉。”

“他是怎么知道她通知了我们呢？在离开这里之前，连我们自己都不知道。”

“他肯定是往机器里塞硬币，逼她不得不吐露点什么。纸牌是她无法依赖的。这些塔罗牌显示的全是骨头与骷髅。她忍不住说出了真相，给了他一张牌。当然了，牌上有两个小骑士，并不比小孩大多少，瞧见没有？那就是我们。咱俩手握棒球棍，沿着街道杀将过来。”

“最后一次！”游乐场里布莱克先生大声喊叫，“我再放一次硬币，最后一次，妈的，告诉我！这个该死的游乐场还能不能挣到钱，还是说我只能宣布破产？和别的女人一样，你只知道坐在这里，死鱼一样，而男人却要饿死了！给我一张牌，好啊，让我看看。”他把牌举起来对着灯看。

“哦，天哪！”道格拉斯小声说，“准备好。”

“不！”布莱克先生大声喊道，“骗子，骗子！”他一拳砸在那个盒子上，拳头打穿了盒子上的玻璃，玻璃碎片四处乱溅，像是点点星光，散落在漆黑的地面上。女巫顿时浑身没有了遮盖，裸露在空气中。她显得那么的克制和镇静，等待着第二次暴击的来袭。

“住手！”道格拉斯冲了进去，“布莱克先生！”

“道格！”汤姆喊道。

听到汤姆的喊叫，布莱克先生转过身来，手里拿着的刀在空中胡乱地挥动着，像是在回击出其不意的进攻。道格拉斯吓了一跳，停住了脚步。睁大眼睛，张大嘴巴，布莱克先生转身的时候太过迅猛，一下子仰面朝天地摔倒了地上。他右手上的手电筒飞了出去，左手握着的刀子，也像一条银色的鱼脱手而去。

汤姆满腹狐疑地缓步走进去，只看见一个又高又壮的人躺倒在地面上。

“道格，他死了吗？”

“没有，只是被塔罗女士的预测吓坏了而已。天哪，他这表情好痛苦。‘恐怖’，这一定是塔罗牌刚刚显示的。”

那个男人在地上睡过去了，发出吵人的鼾声。

道格拉斯捡起那些散落在地上的塔罗牌，颤巍巍地将它们放进自己的口袋里。“快来啊，汤姆，我们把她从这里弄出来，要不然就来不及了。”

“绑架她？你疯了吗？”

“看到更加严重的罪行，比如说谋杀，而不出手相助，难道你心里不觉得后悔吗？”

“谢天谢地，你倒是能去杀死一个陈旧不堪的傀儡！”

道格拉斯根本听不进去，他把手伸进那个已经砸碎了的盒子里。像是等待了太久太久，这个蜡制的塔罗女巫发出沙沙的声音，慢慢地跌落到他的怀抱里。

市政大厅上的钟声响起，已经九点四十五分了。月亮依旧高高地悬挂在天空中，发出温暖而苍白的光。街道两边的人行道上洒满了银色的月光，黑色的影子在缓缓地移动。道格拉斯扛着这个丝绒包裹的、魔幻般的蜡制品，走在随风晃动的树影里。他竖起耳朵听，还不时地往后看。有一只老鼠溜了过去。汤姆突然从旁边的一个角落里冲了过来。

“道格，我落到后边了。害怕布莱克先生会，哦……后来他又活了过来……嘴里还不停地咒骂着……哦，道格，要是他看到你拿走了他的这个傀儡的话，那可不得了！爸爸妈妈看到这个会怎么想啊？肯定认为你偷东西了！”

“闭嘴吧！”

他们身后，月光照耀下的河水潺潺地流向远方。“汤姆，你现在可以来帮我拯救她了。但如果你一直称她为‘傀儡’，或者一直这么大声嚷嚷的还拽着我不放手的话，那你还是走远一点算了。”

“我帮你！”汤姆分担了一半的重量。“天哪，她怎么这么轻啊。”

“她去面见拿破仑的时候还是个年轻的……”道格拉斯没再说下去。

“老年人才会重得不得了。只能这么解释了。”

“但是为什么，告诉我为什么我们要为她经历这么多事情。道格，为什么？”

为什么？道格拉斯眨着眼睛停下了脚步。情况进展得太快了。他跑了那么远，体内热血沸腾，以至于早就忘记了为什么。直到现在，他们俩走在树荫掩映的人行道上，树影像是黑色的蝴蝶，在他们眼皮上翩翩起舞。他的手上发出浓浓的陈年蜡制品的气味。直到现在他才里有时间去思考为什么。渐渐地，他的声音也不像月光一样陌生。

“汤姆，几个星期以前，我才意识到自己活在这个世界上，那时候，我惊讶不已。上周在看电影的时候，我才意识到自己总有一天也要死去。以前我从来没有想过这些事情，真的。突然间，我意识到‘基督教青年会’就要被永久地关闭了，甚至我们都不喜欢的学校也要被关闭了。镇子外边的桃树都会枯萎，峡谷也会被填平，我们就快没有地方玩耍了。一想到这些我只想生一场病，躺在床上哪里也不去，可是这又让我害怕。所以，我也不知道，我想做的就是这件事：帮助塔罗夫人。可能我会把她藏起来，藏个几周或者几个月，趁这段时间我会到图书馆去寻找解除黑暗魔法的方法。到时候她就又可以想去哪里就去哪里了。她肯定会对我感激不尽，会把所有带有恶魔、利剑、杯子和骨头的塔罗牌都拿出来，告诉我如何规避这一切的危险，告诉我某个星期四的晚上该躺在床上，别去任何地方。如此一来我就可以长命百岁了。”

“你相信这些说法？”

“是的，至少相信其中的大部分内容。你看吧，前面就是峡谷了。我们从那个垃圾堆穿过去，然后……”

汤姆停了下来，是道格拉斯让他停了下来。他们没敢回头，但是两个人都听到了身后粗重的脚步声。这声音像是射向干涸的河床上的枪声，在他们身后不远的地方响起。只听得身后有人在一边跑一边骂骂咧咧。

“汤姆，你把他引了过来！”

他们正准备逃跑，一只大手直接将他们俩推到了一边。布莱克先生一只手拎起一个孩子，将他们扔到草地上。看见这个满脸怒火的男人，他们吓得大声地喊叫。这个男人气喘吁吁地张大着嘴巴，嘴唇上满是白沫。他一把抓住女巫的脖子和手臂，低着头看着地上的两个男孩子，眼睛满是怒火。

“这是我的东西！我想怎么处理都可以。你什么意思？想把她带走？给我制造了这么多麻烦——费了这么多钱，毁了我的生意。这就是我对她的看法！”

“不要！”道格拉斯喊道。

像是一架巨大的钢铁巨弩，这两只粗壮的胳膊将她举起来一下子扔到不远处的灰尘和煤渣中。她在空气中发出“呼呼”的声响，整个身体被摔成了碎片，像是雪崩一样“叮叮哐哐”，各种零件散落了一地，飞得到处都是。

“不要！”道格拉斯坐在地上大声喊，“不要！”

那个男人喘着粗气朝着山梁上走去。“我就这样放过你们了，你们要感谢上帝！”他踉踉跄跄地走了，没踩稳还摔了一跤，爬起来继续往前走，一边走嘴里还一边骂骂咧咧。

道格拉斯坐在峡谷的边缘上流着眼泪。过了还一会儿他吸了吸鼻子，转身看着汤姆。

“汤姆，太晚了。我们一个小时之前就该回家的，再不回去，爸爸该要出来找我们了。顺着华盛顿大街往回跑，你去把爸爸请到这里来。”

“你不会是要到峡谷里去吧？”

“她现在散落在垃圾堆里，那就意味着归全镇所有了。谁也不会在意到底发生了什么事情。就算是布莱克先生也不会在意了。你去告诉爸爸为什么要他到这里来。我就不把她带回家去了，但我会悄悄地将她复原的。”

“她现在对你来说已经没有什么意义，零件都摔坏了。”

“我们怎么能将她留在那里，任凭风吹雨淋呢，你没有看到吗，汤姆？”

“好吧。”

汤姆慢腾腾地走了。

道格拉斯沿着铺满了煤渣、废纸和罐头瓶子的路，往峡谷里走去。走了一半，停下脚步，他仔细地聆听。他盯着那些五彩的暗影，盯着下方的大斜坡看。“塔罗夫人？”他小声嘀咕道，“塔罗夫人？”

月光下，他相信自己亲眼看见谷底下她那只蜡白色的手动了动。其实是风吹动了一张白纸而已。但是他还是义无反顾地朝斜坡底下走去……

午夜的钟声响起。周围房子里的灯光基本上都已经熄灭了。在一间工厂的车库里，两个小男孩和一个男人的面前放着个女巫。现在，她静静地坐在一把破旧的竹条椅子上，椅子的前面是一张铺了油毡的桌子。桌子上杂七杂八地摆放着好多东西，一眼看上去还以为是某个极度崇拜教皇、女王、大主教，或者是相信死神、太阳神或者彗星的人的收藏品。在那一沓塔罗牌还曾经被一只蜡制的手触摸过。

爸爸开口说话了。

“……我大概知道了事情的原委。我还是个孩子的时候，每当马戏团离开镇子，我都会四下里收集他们丢下的宣传标语和横幅。然后想着如何变出兔子，如何拥有魔法。我就在阁楼里练啊练，却怎么也不能成功。”他朝那女巫点了点头。“哦，我记得三十年前她也给我算过一次命。好了，给她好好清洗一下，该上床睡觉了。星期六的时候，我们会给她专门做一个盒子。”说完他就朝车库门口走去。在他的身后，道格拉斯轻声地说：

“爸爸，谢谢你。谢谢你来找我回家，谢谢。”

“见鬼吧。”爸爸说着话离开了。

两个小男孩和女巫留在了一起。他们看着彼此。“天哪。刚才走在大街上的时候，我们四个人，爸爸、你、我，还有这个女巫。爸爸真是万里挑一的好人啊！”

“明天，”道格拉斯说，“我会到布莱克先生那里，给他十美元，把那机器的剩余部分都买下来，要不然他会把那机器扔掉的。”

“好啊，”汤姆看着竹椅上的那位老妇人，“天哪，她看上去真像是又活了过来一样。真想知道那里面有什么。”

“细小的鸟骨头。这些都是塔罗夫人在面见拿破仑之后剩下的——”

“没有机器原件？我们可不可以将她剖开了一探究竟？”

“有的是时间，汤姆。”

“什么时候？”

“哦，一两年之内，等我十四五岁的时候再说。现在我什么也不想知道，只希望她能待在这里。明天我就要去研究那些咒语，好让她彻底离开这里。某一天晚上，人们会看见一个穿着裙子的漂亮却陌生的意大利姑娘，她要去买一张火车票，离开这里到东方去。人们看到她坐上火车离开了。大家都说她是他们见过的最漂亮的女孩。当你听到人们这么说——相信我，这个消息一定会不胫而走，传遍全镇。谁也不知道她从哪里来，要到哪里去——到那个时候，你就知道我已经帮她解除了施在她身上的咒语，让她重新获得了自由。到那个时候，就像我说的那样，可能要一年，也可能要两年时间。她坐着火车离开之后，我们就可以将这个蜡制品剖开。反正她已经走了，你除了会看到一些齿轮和轮子，也不找不到什么别的东西。就是这样。”

道格拉斯拿起女巫的手，轻轻地摇了摇，让她看上去像是在跳舞一样。死亡一样蜡白的手指，那个曾经预测时间和命运、前途和愚钝的手指，发出“哒哒”的声音。她微微倾斜的脸上浮现出淡定、沉稳又神秘的神情。在灯光的照射下，她的眼睛一眨也不眨地看着两个小男孩。

“想不想算命，汤姆？”道格拉斯轻声问。

“好啊。”

一张塔罗牌从女巫衣褶重重的袖口滑落。

"汤姆，你看到没有？一张藏起来的塔罗牌，现在她将它展示给我们看！"道格拉斯将牌拿起来放在灯光下面。"空白的，什么字都没有。今天晚上我把它放到火柴盒里，火柴盒里充满了化学物质。明天再打开的时候，就会看到信息了。"

"会是什么信息呢？"

道格拉斯闭上眼睛，想看得更清楚。

"大概会说：'我是你谦卑的仆人，你的朋友。我是弗洛里斯坦·玛莉安妮·塔罗夫人，我精通手相，我是灵魂治疗大师，也是法力高深的预言家。我预言人的命运，掌管人的复仇。谢谢你。'"

汤姆大笑起来。他摇着哥哥的胳膊。"继续，道格，继续，还有什么？还有什么？"

"让我看一看……还会说：'嗨，飘荡的鬼魂！当死亡的铃声响起，唱歌跳舞有什么不好？'还会说：'汤姆和道格拉斯·斯波尔丁，你们一生中的一切愿望都将实现……'还说我们会长命百岁，你和我，汤姆，我们会永世不死……"

"这么多内容写在一张牌上面？"

"全在上面，写满了，汤姆。"

就着头顶的电灯，他们弯下腰，女巫的头也低垂下来，一起看着那张空白却充满希望和应许的塔罗牌。他们明亮的眼睛紧紧地盯着那张牌，时刻等待着有什么文字会突然间从苍白的空洞之中呈现在他们眼前。

"嗨。"汤姆轻声地说。

道格拉斯也高兴地回应道："嗨……"

蝉鸣有几声

隐隐约约，月光下的浓密树丛中传来打节拍的声音。

“……九，十，十一，十二……”

道格拉斯悄悄地走过草坪。“汤姆，你在数什么啊？”

“……十三，十四，别说话，十六，十七，蝉，十八，十九……”

“蝉？”

“哦，该死！”汤姆睁大眼睛。“该死，该死，该死！”

“你在说脏话，小心不要让人听见了。”

“该死，该死，真是太该死了！”汤姆大声骂道。“我又得重新开始数一遍！我在数蝉在十五秒钟之内能叫几声。”他伸了伸手腕上那块两美元的手表。“你计时，然后在时间上加上三十九就是当时的温度。”他看着手表，一只眼睛睁着，一只眼睛闭着，然斜着脑袋，又开始小声地数起来。“一，二，三……”

道格拉斯慢慢地转过头，侧着耳朵细细地听。也说不清楚是谁在这干干净净的天空的什么地方，正漫不经心地拨动着一根铜线。

金属铜线颤抖时发出的刺耳声音一次次地传来，像是巨大的电流击中猝不及防的大树。

“七！”汤姆数着数，“八。”

道格拉斯踏着沉闷的步伐走上门廊，他痛苦地朝大厅里看了看。在那里待了一会儿，又走回到门廊上，对着汤姆低喊道：“现在正好华氏八十七度。”

“……二十七，二十八……”

“嗨，汤姆，你听没听到我的话？”

“嗯——三十，三十一！滚开！三十二，三十三，三十四！”

“别数了，这个旧温度计显示的温度是华氏八十七度，温度还在往上升。你是在数纺织娘吧。”

“是蝉！三十九，四十！不是纺织娘。四十二！”

“八十七度。我觉得应该告诉你一下。”

“四十五，那是室内温度，不是室外温度——”

“什么？”

“四十九，五十，五十一，五十二，五十三！五十三加三十九是——是九十二度才对！”

“谁告诉你的？”

“除了你还有谁啊？”

汤姆跳了起来，满脸通红地盯着太阳。“我和蝉，没别人了！我和蝉！你的那个已经不算数了。九十二，九十二，九十二度，斯波尔丁，天哪。”

他们两人站起身看着头顶的天空。天空湛蓝如洗，像是一副摔破了的镜头，直愣愣地，了无边际盯着这个死气沉沉、疲惫不堪的镇子。

道格拉斯闭上眼睛，感觉到两个傻傻的太阳正在半透着光的眼皮上跳舞。

“一，二，三……”

道格拉斯感觉到自己的眼皮跳动得厉害。

“……四，五，六……”

耳畔，蝉鸣叫得更加急促了。

乔纳斯先生的马车

从日中到日落，从午夜时分到旭日再次东升，伊利诺伊州格林镇的两万六千三百四十九位居民，人人都在议论着这个人。他骑着马，驾着辆运货马车，就在来这里的路上。

中午的时候，也没有什么特别显而易见的原因，孩子们聚在一起，都在说："乔纳斯先生来了！""奈德来了！""马车就要到了！"

老年人会朝东西南北四个方向都看上一遍，但既没有看到乔纳斯先生的踪影，也没有看到那匹叫奈德的马儿的影子，更别说看到那个卷裹着大草原的狂野和欢乐一路开到大海边的敞篷车。

但要是能借用一下狗儿的耳朵试一试会怎么样？竖起耳朵，紧绷神经，可能你真的能听到在远离这个镇子，也不知道多少英里以外的地方，有人正在欢快地唱着歌，开心得像是个居住在失落之地里某座高塔上的穆斯林拉比一样。乔纳斯先生人还未到，歌声早就传了过来。这让大家有半个小时或者一个小时的时间做准备，好迎接他的到来。终于到了，孩子们都立在街道两边，等待着他的检阅。

马车驶了过来，高高的座位上面撑着柿色的华盖，乔纳斯先生嘴里唱着歌，手上牵着缰绳。缰绳柔顺得像是小河里的流水在平静地流淌。

破烂儿！破烂儿！
不，先生，不是破烂儿！
破烂儿！破烂儿！
不，夫人，不是破烂儿！
室内小摆设件，破砖或烂瓦！
针头线脑，各种玩意儿！
破铜烂铁！上衣短衫！
贝壳玩具！
破烂儿！破烂儿！
不，先生，不是破烂儿！

不管是谁，只要听到乔纳斯先生嘴里唱着这首他自编自唱的歌的话，都知道他这个收破烂儿的人绝对不一般。乍一看，他身上穿着一件破旧的灯芯绒质地的上衣，头上戴着一顶呢绒帽子，还佩戴着马尼拉战争前的那一次总统大选时的徽章。他就是与众不同：他不仅在白天的时候大步前行，有的时候在晚上洒满月光的街道上，你也能看到他驾着马车在徐徐前行，在月光的照映下，一遍一遍地在这些熟悉得不能更熟悉的岛屿和街区里踯躅徘徊。他的马车上装的都是些他走街串巷捡来的东西，有的才刚刚拾来，有的已经放了一个月甚至一年了，直到有人觉得用得上，从他那里取走为止。大家只要说一句“我想要个闹钟”或者“把这个垫子给我怎么样？”乔纳斯先生二话不说，就会将东西递给他，也不收钱，你只需要语气和缓一些就可以了。

经常是，到凌晨三四点的时候，整个格林镇就他一个人还在到处逡巡。这个时候那些头疼脑热的人，看到乔纳斯先生和他的马儿还在游荡，忍不住要跑过来问一问，说不定他这里恰好有备用的阿司匹林。巧的是，他真的有药可以提供。他不止一次在凌晨四点的时候帮人接生孩子，直到那个时候，人们才发现原来他的手是那么的干净，指甲里一点污垢都没有——那分明就是一双只有富人才会有的手。长着这双手的人肯定在别的地方过着当地人无法想象的优渥生活。有的时候，他会送那些在城里工作的人去上班，或者当辗转难眠的男人半夜里起床在门廊里抽着烟的时候，他会过来和他们坐在一起，一直陪着聊天到天亮。管他曾经是什么样的人，也不管他以前做过什么事情，尽管他看上去和大家是如此的不同，大家都知道他这个人并没有疯。据他自己所讲，多年以前他在芝加哥做着大生意，因为厌倦了，所以想找一个地方度过余生。虽然他很敬重教会，却受不了教堂里的那些人总是一副管教和传教的口吻。最后，他买了一匹马，还有一辆运货马车，决意这辈子剩下的日子就用来看遍整个镇子的每一个角落，顺便再捡一些别人扔掉不要了的东西。在他看来，自己的行为其实是一种春风化雨式的潜移默化，是一种渗透，使得这个城市里的各种文化能够为大众所了解。他看不得别人浪费东西，深知这个人扔掉的破烂儿，可能会被另一个视为宝贝。

无论是大人还是孩子，都一窝蜂似的，爬到他的马车上来找自己想要的东西。其中，小孩子们最是开心。

“要记住，”乔纳斯先生说，“只拿自己真的想要的东西。拿走一件东西之前都要问一问你自己，这个东西我是真的想要吗？不要的话是不是也没有关系？如果你觉得不要的话自己会茶饭不思，那就拿走好了。要是你们能从我这里找到自己想要的东西，我就会非常开心了。”

于是，孩子们就在一大堆杂七杂八的玩意儿中翻找起来，羊皮纸啦、布料啦、墙纸啦、大理石材质的烟灰缸啦。没准还会找到几件背心，几双溜冰鞋，几把蓬松的椅子，几个床头柜或者几盏枝形吊灯。马车上传来“哐哐当当”的声响。看见大家忙着翻找，乔纳斯先生舒舒服服地抽着烟斗。但是孩子们都知道他正瞧着他们。每当他们的手碰到一件东西的时候，抬起头，总能看到乔纳斯先生询问的眼神，于是又把手拿开，继续搜寻下一件。直到终于每个人都找了一件自己满意的东西，脸上露出灿烂的笑容。这个时候乔纳斯先生会故意闭上眼睛，每当看到他这样做，孩子们就会大声地说着“谢谢”，抓起溜冰鞋或者是陶土瓦或者是一把雨伞，一溜烟儿地跑开了。

没过多一会儿，孩子们又回来了，手里还拿着一些他们自己不想要了的东西，一个布娃娃，或者是一个已经玩厌了的玩具。他们对这些东西已经再也没有兴趣了，把它们看做被嚼过好多遍了的口香糖。是时候将这些玩具送到这个镇子的另一个地方去了。当它们第一次出现在另一个孩子的面前的时候，没准又会焕发出新的生机，没准它们又会让别人兴致勃勃地取走。这样的互换，如果是面对面可能还真让人有些难堪，但是扔在运货车里就成了看不见的财富。马车的轮子又开始转起来，车轮上长长的条辐在转动时反射着明亮的光。乔纳斯先生又开始唱着歌……

破烂儿！破烂儿！
不，先生，不是破烂儿！
破烂儿！破烂儿！
不，夫人，不是破烂儿！

他驾着车走远了，树荫下的狗儿悠闲地摇着尾巴，只有它们还听得见旷野里传来的那位拉比的歌声……

……破烂儿……

渐渐地消逝在远方。

……破烂儿……

变成了窃窃私语一样。

……破烂儿……

狗儿们闭上了惺松的睡眼。

溽热与清凉

整个晚上，人行道尘土飞扬，风像是从熊熊燃烧的熔炉里吹出来，将飞尘掀到半空中，洒得到处都是，然后又像是调味料一样轻轻地落到草地上。四下里的大树小树，在或轻或重的踩踏下颤动着，带起更多的灰尘，看上去就像是发生了雪崩。午夜时分，仿佛火山喷发了，火红滚烫的灰尘铺天盖地朝着镇子喷涌而来，吓坏了彻夜不眠的守夜人，也让安睡的狗发出阵阵的吠咬。每家每户都淹没在灰尘之中。到凌晨三点左钟右，房子看上去似乎都要燃烧起来。

破晓时分正是万事万物发生细微变化的时候，炽热的空气像是温泉里的热水一样，四下里盘旋着，却无路可去。镇子外边的那片湖水升腾起了大量的水雾，水中的鱼儿和水底的沙石似乎正在经受着热气的烘烤。街道上的柏油熔化了，变得更像是铺在路上的甘草糖浆。红砖泛着铜与金的颜色，屋顶上铺上了一层厚厚的青铜色。高压电线“嘶嘶”作响，不停地发出明亮的火花，威胁着电线下面房子里住着的那些不眠的人们。

蝉在树枝上一声大过一声，叫得越发卖力了。太阳还没有升起来，但已经能够看到溢出天边的晨光了。道格拉斯大汗淋漓地躺在自己的床上，浑身湿透，简直可以挤出水来。

“喔，”汤姆说着跑了进来，“快点，道格。今天我们要整天都待在河水里才行。”

道格拉斯大口大口地喘着粗气，汗水顺着脖子往下流。

“道格，你醒了没有？”

听到汤姆的声音，他的脑袋微微地点了点。

“你不舒服，啊？天哪，今天这房子里热死了。”汤姆把自己的手放在道格的额头上，感觉像是把手放在熊熊燃烧的炉盖子上一样。他吓了一大跳，赶忙把手拿开，然后朝楼下跑去。

“妈妈，”他说，“道格病得好严重。”

他们的妈妈正在从冰箱里拿鸡蛋出来，马上停下了手，关心和焦虑的神情浮上她的脸庞。她将鸡蛋放回冰箱，跟着汤姆上了楼。

道格一动不动地躺在床上。窗外，蝉鸣叫得更加响亮了。

中午的时候，医生踩着自己的影子赶来了。他气喘吁吁地走上门廊，脸上满是疲惫，顺手将随身带来的袋子递给了汤姆。

一点钟左右，医生摇着头走出了房子。汤姆和妈妈站在窗纱门后边，那位医生一再地用低沉的声音说他也不知道是怎么回事儿，真不知道是怎么回事儿。他戴上那顶巴拿马圆顶帽子，抬头看了看似火的骄阳和摇晃不定的树丛，迟疑了一番，活像是一个即将踏入地狱的人一样。他马上就开着汽车一溜烟儿地走了。汽车喷出的那团巨大的黑色尾气，过了五分钟都还依然没有散尽。

汤姆从厨房里拿了个碎冰锤，将一磅多的冰块敲成小块，端到楼上。妈妈坐在床边，房子唯一的声音就是道格拉斯呼吸的气息声。他吸气的时候像是在放气，而呼气的时候就像是在喷火。大家把冰块包在手帕里，在道格拉斯的身体旁边放了一溜。窗帘也拉上了，房子里看上去像是山洞一样。坐到快两点钟了，他们又去拿了些冰块上来，再摸一下道格拉斯的额头。依然滚烫得像是点了一夜的灯泡一样不能挨手。摸一下他的额头，你都忍不住要看一看自己的手指，确保手指没有被烫得粘到他的骨头上。

妈妈张开嘴，却什么也没有说。屋外的蝉更加聒噪了，声音大得似乎要把房顶上的灰尘统统都震落下来。

道格拉斯浑身红通通，迷迷糊糊睁不开眼睛。他躺在床上，听着自己的心脏像是活塞一样“扑通，扑通”地跳个不停，感觉着自己体内的血液像是泥浆一样一下子向胳膊和腿部喷涌而去，又一下子涌向心脏。

他的嘴唇沉重得想挪一下都挪不动。他的脑子一片昏沉沉，像是彻底被套住了，又像是沙漏里的种子，一颗一颗地往下坠落。滴答。滴答。

在一个明亮的钢轨制成的狭小角落里，一辆有轨电车摇摇晃晃地向前驶去，带起了风，还闪着“呲呲”的电火花。电车的铃声响了一千遍，最终这铃声和窗外的蝉鸣混在了一起。特雷顿先生在向大家挥手。电车轰鸣着朝着那个角落里直冲而去，消失得无影无踪。特雷顿先生！

滴答。又掉下一颗沙粒。滴答。

“哐当，哐当！呜呜呜！”

屋顶上有一个小男孩在来回移动。他的手里拽着一根隐形的口哨绳，突然就变成了一尊雕塑。“约翰！约翰 · 赫夫，是你吧！我恨你，约翰！约翰，我们是好哥们儿！那就不恨你了，才不会哩！”

约翰从榆树做的走廊上摔了下来，就像是有人摔进了一个夏日的无底洞，渐渐地消失了。

滴答。约翰 · 赫夫。滴答。又掉下来一颗沙粒。滴答。约翰……

道格拉斯动了动，将脑袋在雪白雪白的白枕头上放平。

两位女士开着绿色的代步车驶了过来，绕了一个圈，停在他的面前。她们伸出白鸽一样颜色的手指。突然，她们掉进了草坪上的一个深水坑里。青草慢慢地将她们吞没，到最后她们还在朝他挥舞着手套……

弗恩小姐！罗伯塔小姐！滴答……滴答……

下一个瞬间，弗利雷上校穿过一道窗户来到他的面前，他的脸在闹钟的表盘上浮现，街道上腾起水牛奔跑时溅起的阵阵灰尘。上校有些惊慌，他张着嘴，从他的嘴里喷出一束泉水，却没有看见他的舌头。他从窗棂上跌了下去，一只胳膊还在朝他挥动……

奥夫曼先生骑着一个什么东西过来了，看上去像是有轨电车，又像是那辆绿色的电动代步车。那车子的尾部喷出绚丽的云彩，像太阳一样照亮人的双眼。“奥夫曼先生，这是你发明的吗？”他大声说，“你终于把‘幸福制造机’造出来了？”

他马上看见那车子根本没有底盘。奥夫曼先生只是抓着车子的框架，是他自己在用肩扛着车子跑来跑去。

“幸福，道格，这就是幸福！”他也像那辆有轨电车一样，像约翰·赫夫一样，也像两位戴着白手套的女士一样消失了。

在他的头顶上，屋顶上传来“嗒嗒”的敲击声。“叮当，叮当”。过了一会儿。“叮当，叮当”。钉子和锤子。锤子和钉子。是鸟儿的和鸣。一个年迈的妇女用虚弱却动人心魄的声音唱着歌。

是的，我们会在河边相聚……河边……河边……
是的，我们会在河边相聚……
相聚在那条流向上帝宝座的小河边……

“奶奶！太奶奶！”

嗒嗒，轻柔的嗒嗒声，嗒嗒，轻柔的嗒嗒声。

“……河边……河边……”

其实是鸟儿迈着纤细的脚在屋顶上走动，抬起，再放下，抬起，再放下。“嚓嚓，哗啦，唧唧，唧唧”，那么、那么的轻柔。

“……河边……”

道格拉斯深吸了一口气，然后又全部呼出。他哭了起来。耳朵里没有听到妈妈在房间里走动的声音。

一只苍蝇飞了过来，像是一个燃烧着的烟蒂，落在他了无知觉的手上，又飞走了。

下午四点钟，人行道上落了一些死苍蝇，狗儿在窝里喘着粗气，树枝下面的阴影沉沉。城里的商店关门的关门，上锁的上锁。湖边上一个人也没有，所有的人都将自己的身体全部浸泡在温暖而舒心的水里，只露出脑袋在水面上。

四点五十分，那辆装满了破烂的运货马车沿着街道过来了，驾车的乔纳斯先生嘴里哼着歌。

汤姆实在不忍心看着道格拉斯因为高烧而满脸痛苦的表情，他慢腾腾地拖着脚步来到街道边停着那辆马车的地方。

“嗨，乔纳斯先生。”

“你好啊，汤姆。”

街上只有汤姆和乔纳斯先生两个人。车上装满了各种漂亮的小玩意儿，但是，他们俩谁也没有心思去看一眼。乔纳斯先生没有先开口。他点起自己的烟斗，开始吞云吐雾，一边点着头，似乎不需要开口，他已经知道有什么事情不太正常。

“汤姆？”他说道。

“我的哥哥，”汤姆说，“道格，他生病了。”

乔纳斯先生朝房子的方向看了看。

“他病了，”汤姆说，“他快要死了。”

“哦，怎么可能呢？”乔纳斯先生皱着眉头打量一下四周。如此明媚清亮的日子，不像是会发生这样悲伤的事情。

“他快要死了，”汤姆说，“连医生也不知道得了什么毛病。就说他发了高烧，除此也没有什么别的症状。乔纳斯先生，这也能要人命吗？就算是待在黑暗的房子里，发烧也能要人命吗？”

“噢。”乔纳斯先生也不知道该怎么回答才好。

汤姆哭了起来。

“我以前总是恨他……我一直这么觉得……我们在一起的时候有一半的时间都是打来打去……我以为我恨他……有的时候……但是现在……现在……噢，乔纳斯先生，要是……”

“小伙子，要是什么？”

“要是你的马车上有什么能帮帮他就好了。要是有的话，就请给我，我拿着送到楼上去让他恢复健康。”

汤姆哭得更厉害了。

乔纳斯先生掏出一条印花的大手帕递给汤姆。汤姆接过来擦了擦自己的鼻子和眼睛。

“这个夏天对道格来说真是很不容易，”汤姆说，“他经历了那么多事情。”

“给我讲讲都发生了些什么。”这个收破烂儿的男人问。

“嗯，”汤姆吸了一口气，忍住没再哭泣，“第一遭就是他把一个非常漂亮的弹珠给弄丢了。另外也不知道是谁把他的的棒球手套给偷走了，那可是花了一美元九十五美分买的手套。他和查理·伍德曼做了一笔生意，那就是用他收集的化石和贝壳去换查理的泥质人猿泰山塑像，然后把雕像放在通心粉盒子上。哪想到第二天那个泰山雕像就掉在地上摔碎了。”

“那可真是让人难过。”收破烂的男人说，好像他都能看见那些掉在地上的碎片一样。

“而且他特别想要一本魔法书当作生日礼物，但是过生日的时候他没有得到魔法书，而是得到了一条裤子和一件上衣。这彻底毁掉了他的这个夏天。”

“父母肯定是忘记了。”乔纳斯先生说。

“肯定是忘记了。”汤姆低声接着说，“他的那一副印有伦敦塔的手铐落在院子里，第二天早上再找到时候已经生锈了。最不得了的是，我居然多长了一英寸，现在基本上和他一样高了。”

“就这些？”收破烂的男人平静地问道。

“还有好几十件事情，可能比这些更严重。有的时候夏季运气就会变得这么差。自从放假以后，还发生了像是一条银鱼掉到他收集的笑话书里，他的那双新的网球鞋上居然长了霉之类的事情。”

“我也记得有这样的倒霉时候。”收破烂的说。

他抬头看了看一刻都不曾离开的天空。

“乔纳斯先生，就是这样。这就是为什么他就要死了……”

汤姆停了下来，朝旁边看了看。

“让我想一想。”乔纳斯先生说。

“你能帮一下他吗，乔纳斯先生？求你了。”

乔纳斯先生盯着马车看了好一会儿，然后摇了摇头。阳光照射下，他浑身是汗，显得有些疲惫。凝视着车子里那成堆的花瓶和灯罩以及那些大理石的女神雕像和青铜材质的半身男神雕像，他叹了口气。然后挽起缰绳，轻轻地在手上摇了摇。“汤姆，”他的眼睛看向马儿的脊背，对他说，“一会儿见。我有个想法，现在要四下里去找一找，待会儿晚饭的时候再来。但是依然不知道会不会有效果。到时候……”他弯腰拿起一个日式的水晶风铃递给汤姆。“把这个东西挂在楼上房间的窗口，能发出很美妙的声音！”

马车离开了，只留下汤姆还站在原地，手里捧着那一串水晶风铃。他把风铃拿到楼上，可是半点风都起不来，风铃一动也不动，什么声音也没有。

七点钟了，整个镇子看上像是一个巨大的火炉，热浪摇曳着浸染了西边的整个天空。炭黑色的阴影从每一栋房子里涌出，在每一棵树上面游荡。阴影之下，一个红色头发的男人在匆匆赶路。在汤姆的眼里，这个人浑身都被即将落山却余威不减的太阳点燃了，他看见一支高高举起的火把，看到一只熊熊燃烧的狐狸，看到一个魔鬼在他自己的国度里徜徉。

晚上七点半钟，斯波尔丁夫人打开后门走出来将一些西瓜皮扔到垃圾箱里的时候，看见乔纳斯先生站在那里。“孩子怎么样？”乔纳斯先生问道。

斯波尔丁夫人停下脚步，嘴唇动了动。

“我能不能看一看他？”乔纳斯先生问。

她还是没有作声。

“我了解这个孩子。”他说，“自从他出生来到这个世界上以后，我几乎每天都看见他。我带了些东西来给他。”

“他不怎么——”她本来想说“有知觉”，一转念只说了“他不怎么清醒，乔纳斯先生。医生吩咐说让我们不要惊扰他。噢，我们也不知道他是怎么了”！

“就算是不太清醒，”乔纳斯先生说，“我还是想和他谈谈。有的时候人在梦里面听到的东西更加重要，也能听得更清楚，更能听进去。”

“对不起，乔纳斯先生。我不敢冒这个险。”斯波尔丁夫人伸手紧紧地握着纱窗门的把手。“谢谢，不管怎么说，还是要谢谢你能来关心他。”

“好的，夫人。”乔纳斯先生说。

他没有离开，而是站在原地抬头看着二楼的窗户。斯波尔丁夫人走进屋子里，把纱窗门关上了。

楼上，道格拉斯躺在床上大口地呼吸着。

他呼吸的声音像是刀在刀鞘里一进一出，一进一出。

八点钟的时候，医生又来了，最后又摇着头走了。走的时候他敞开着衣服，领带也拉开了，看上去像是一天之中瘦了三十磅一样。九点钟了，汤姆和爸爸妈妈一起将昏昏沉沉的道格拉斯放在一个小床上，将他抬下楼放在院子里的苹果树下面。要是刮风了的话，这里应该最先感受得到，这比在二楼的房子里要好上很多吧。然后，总是有人进进出出来看他，直到晚上十一点钟。大家设好闹钟，准备凌晨三点钟的时候再来给他的袋子里添一些冰块。

房子里的电灯熄灭了，到处一片漆黑，人们都睡着了。

十二点三十五分，道格拉斯的眼皮开始打架。

月亮升上了天空。

在遥远的地方，有谁在唱歌。

歌声时起时伏，透着浓浓的忧伤。虽然隔得有些远，声音却很清晰，调子也很明显，只是听不出具体唱的是什么。

月亮升到湖面上，俯瞰着伊利诺伊州的格林镇，俯瞰着这里的每一栋房子，每一棵树，每一只依然在旧梦里挣扎徘徊的狗儿。

月亮升得越高，那歌声似乎就越近，越来越响亮。高烧让道格拉斯辗转反侧，唏嘘不已。

可能此时此刻月亮尚没有将自己所有的光芒都倾泻到大地上，也许还需要再等一个小时。那个歌声愈发逼近了，仿若心跳，其实只是马儿走砖铺的街道上发出的“得得”的声音而已。高温炙烤之下，树叶落了一地。踩在树叶上，马蹄声变得更加的浑浊。

还有另一个声音，像是开门一般。门打开又关上，柔和的声音咯吱作响。这是运货马车的车门发出的声音。

月光下，街道上驶来了一辆马拉的运货车。在马车高高的座位上歪歪斜斜地坐着瘦小的乔纳斯先生。他的头上还戴着白天时的那顶帽子，像是要遮挡太阳一样。握在他手里的缰绳时不时地抖动一下，像是溪水从马背上的空气中流淌而过。街道上，马车慢慢地往前行驶，乔纳斯先生嘴里唱着歌。睡梦中，道格拉斯似乎想要屏住呼吸听个清楚。

“空气，空气……谁要买空气……水一样的空气冰一样的空气……买了一次肯定会买第二次……这是四月份的空气……这是秋天的微风……这是来自安得列斯群岛的木瓜味儿的空气……空气，空气，香甜如醉的空气……美妙的……空气……来自世界各地……装在罐子里，装在瓶子里，有着美妙的味道，每一瓶只要一毛钱！”

吆喝声结束了，马车停在街道边上，院子里出现了一个人。他踩着自己的影子走了过来，手里捧着两个翠绿色的玻璃瓶子。瓶子闪着光，像是猫的两只眼睛。乔纳斯先生看了一眼放在树下的小床，不断地呼喊着男孩子的名字。一遍，两遍，三遍，他的声音是那么的温柔。乔纳斯先生来回走了好几圈，似乎下定不了决心。他看了看自己带来的那两个瓶子，最后还是作出了决定。他轻轻地走过去，坐在草地上，看着眼前这个几乎快要被夏季揉碎了的男孩子。

"道格，"他说，"你只要静静地躺着就好了，也不需要睁开眼睛，也不需要做任何的回答。你甚至都不需要假装正在听我说话。但是在你的心里，我知道你正听着。我是年迈的乔纳斯，我是你的好朋友。"他重复着自己的话，还一边点着头。

他伸手从树上摘下一个苹果，抹了抹，咬了一口，嚼了起来，然后继续他的话。

"有的人年纪轻轻就变得伤感起来，"他说，"也不为什么特别的原因，可能生下来就是如此吧。这样的人更容易受伤，更容易疲惫，动不动就哭鼻子，记事情也不容易忘记，就如我所说，跟这个世界上的其他人相比，他们早早就变得忧伤起来。这样的人我能理解，因为我自己也是他们中的一员。"

他又咬了一口苹果，继续嚼着。

"好了，我们说到哪儿了？"他问道。

"八月的一个酷热的夏夜里，一点风都没有。"他自问自答，"热死人了。长长的夏季，发生了好多事情，嗯？太多的事情。都快一点钟了，还是没有一点要刮风或者要下雨的意思。我也该起身离开了。但是在我离开之前，你一定要清楚地记得，我把这两个瓶子给你留下，放在你的床头。待我走了，我希望你过一会儿悄悄地坐起身，喝下装在这两个瓶子里的东西。不是用嘴喝，当然不是。用你的鼻子。将瓶子稍微倾斜一下，打开盖子，让瓶子里的东西直接飘进你的脑袋里。记得先读一下瓶子上的标签。要不我先给你读一遍这个标签上的内容吧。"

他拿起其中的一个瓶子。

"绿色的黄昏之梦，纯净的北方空气，"他读道，"一九〇〇年春天，取自白雪皑皑的北极圈，混以一九一〇年四月份，取自哈德森大峡谷的清风，以及日落时分曾在艾奥瓦州格林奈尔附近的草地上熠熠生辉的尘埃。由于湖面或者小河或者泉水的荡漾带来的冷风，将把这些尘埃永远封存。"

"同一张标签上还印有——"他斜着眼睛看了一下接着说，"还含有薄荷、酸橙、木瓜、西瓜以及其他味甜多汁、清凉可口的水果和树木的汁液，譬如说樟树啦。还含有一些草药，像是冬青，以及德斯普兰斯河上氤氲过的水汽本身的气味。保证绝对的新鲜和清凉。最适宜在气温超过九十华氏的夏夜时分享用。"

他拿起另一个瓶子。

"这个也一样，只是其中还添加了我从阿伦群岛收集来的风，从都柏林的一个港湾里收集到的盐，外加我从冰岛采集到的一缕法兰绒似的雾霭。"

他把这两个瓶子放在床头。

"最后一条说明。"他站在小床的旁边，弯着腰轻轻地说，"当你享用这两个瓶子里的内容的时候，别忘了这是你的朋友特意为你准备的礼物。乔纳斯瓶装公司，格林镇，伊利诺伊州——包装时间，一九二八年八月。这是不平凡的一年，孩子……不平凡的一年。”

又过了一会儿，就听见缰绳敲打马背的声音，“隆隆”的车轮声在铺满月光的街道上响起，渐渐远去。

很快，道格拉斯的眼睛抽搐了几下。缓缓地，他睁开了眼睛。

“妈妈！”汤姆小声说，“爸爸！道格，是道格！他应该没事儿了。我刚才下去看他了！”

汤姆跑进房子里，领着父母跑了出来。

走近了，他们看到道格拉斯依然是一副昏昏欲睡的模样。汤姆大笑着向父母们示意。他们弯着腰看着床上的孩子。

他们三个人弯腰听到一呼一停、一呼一停的声音。

道格拉斯的嘴巴微微地张着，从他的嘴唇和细细的鼻孔里升腾起一股清凉的气息。那是清凉的夜色的气息，那是清凉泉水的气息，那是清凉的白雪的气息，那是清凉的苔藓的气息，那是清凉的月光下银色的鹅卵石静静地躺在宁静的河床上的气息，那是一眼小小的水井边铺满了白色的石头，是水井里那清凉的井水的气息。

一股清凉的气息喷薄在他们的脸上，像是一眼喷泉射出苹果味道的激流，将他们的头轻轻地捧起。

他们一动不动，就这样过去了好长时间。。

毛毛虫哪儿去了

第二天早上竟然没有人看到毛毛虫的踪影。曾经爬得到处都是，长着细细的黑棕色绒毛，在数也数不完的树叶和青草上一扭一扭地爬来爬去的小虫子，现在全都不见了痕迹，只剩下空荡荡的叶子在风中摇摆。那个声音再也没有响起，成千上万只毛毛虫，在它们自己的世界里捶胸顿足，纷纷凋零了。汤姆曾经言辞肯定地说他能听到毛毛虫发出的声音，但是寻遍了全镇的所有鸟儿，也没有在任何一支鸟儿的嘴上发现什么痕迹。蝉也销声匿迹了。

在一片静寂之中，传来响亮的“沙沙”声。他们突然间明白了为什么毛毛虫不见了，也明白了为什么蝉也在一夜之间突然停止了鸣叫。

夏日的大雨陡然降临。

刚开始的时候是那么轻，像是在温柔地抚摸大地。慢慢地，越下越大。巨大的雨滴敲打着人行道和屋顶，像是在合奏一首钢琴曲。

楼上的房间里，道格拉斯还躺在床上，仿佛落在床上的一片雪花。他转过头睁开眼睛，看着屋外大雨过后的天空。慢慢地，慢慢地，他伸了伸手指，去够自己的那个写字板和那支黄色的“提康德罗加”牌铅笔……

凌晨的盛宴

来了客人总难免会引发骚动，热闹得像是无数支喇叭在同时奏响一样。房间里又一次住满了客人，邻居们也纷纷赶来喝下午茶。来客中有一位叫露丝的姑妈，她的声音像小号一样清晰明亮，总是在别人的说话声之上飘荡。不论是在哪个房间，只要她一出现，那房子马上就充满了她爽朗的笑声。想一想那些在温室里绽放的硕大的红玫瑰吧，那简直就是她这个人的绝好写照。但是现在，道格拉斯对这些笑声和骚动毫不在意。他从自己的房间走出，来到奶奶所在的厨房外边。厨房里面有那么多的事情需要操持，这也让奶奶有借口远离客厅里的喧嚣和争吵，退回到厨房里，这里才是她的领地她的空间。她开始为晚餐做准备。看到道格拉斯站在那里，她打开纱窗门，走过来吻了吻他的额头，然后帮他将散落在眼睛边上的浅色头发往后捋了捋。她又看了看他的眼睛，想要确认一番高烧是不是彻底地退掉了。知道这孩子的确没有再发烧，她就继续去忙手上的事情，嘴里还一边哼着歌。

他总想找机会问一问：奶奶，是否厨房才是世界的起源呢？想必这个世界不会起源于其他任何一个地方吧。毫无疑问，厨房绝对是一切创造的中心，世间的万事万物无一不是绕着厨房在运转。厨房也是一切庙宇里挡风挡雨的山墙。

闭上眼睛，让鼻子带着自己去流浪，他深深地吸了一口气。奶奶的目光穿过地狱烈火一般的蒸汽和突如其来、犹如雪花纷飞的面粉，像印第安人的那般犀利；奶奶的浑身上下像是绑上了几只热烘烘的老母鸡一样充满了力量；她就如同突然多出了几千只胳膊，摇晃、抹油、搓揉、捶打、捣碎、切块、削片、包裹、加盐、搅拌，手上动作不停，行云流水一般。

闭着眼睛，他用手摸索着走过食物储存间。客厅里传来一阵阵的笑声，茶杯磕碰发出的声音此起彼伏。他朝着那个生机勃勃的墨绿色国度前进。那里悬挂着香蕉。熟透了的香蕉静静地散发出甜蜜诱人的味道，一不小心还撞到了他的头。小虫子绕着醋瓶子飞来飞去，他的耳朵听到“嗡嗡”的声音。

睁开眼睛，眼前是已经烤好了的面包，像是夏日天空中的朵朵白云，静静地等着人们来将它切成片。甜甜圈像皇冠一样，摆得到处都是，宛如是小朋友们在玩一种可以吃下游戏道具的游戏一样。他打开水龙头洗了一把脸，再将水龙头关上。在那个他读取香料名称的柜子外面的窗户边，在李子树树影的笼罩之中，枫树的叶子像是小溪里的流水一样在热辣辣的夏风中飘落。

*乔纳斯为我做了那么多，我该怎么感谢他呢？*他心里一直在想。该怎么做呢？怎么才能报答他呢？不，根本不可能。根本没办法报

答。那该怎么办呢？怎么办？将他的这份善行传递下去，他心里想，传给另一个人。让这个善行的链条不停地运转下去。四下里看一看，看谁需要帮助，将善行传下去。这是唯一可行的办法……

辣椒、马郁兰、肉桂……

这些香料的名字曾经都是些精彩绝伦的城市的名字。而现在这些城市的名字渐渐地模糊了，不再为人们所知道。

他抓了一把丁香，又将它们扔回柜子里。这种香料曾经都产自那些黑暗大陆。在那里，人们将它们碾碎了和着甘草汁拌在牛奶里喂给小孩子喝。

看了看一个罐子上的标签，他觉得自己在日历上绕了一个大圈，好不容易才在这个夏天里找到一个独处的日子。在那一天里，世界在他的眼睛里不停地旋转，而他自己就是这个世界的中心。

罐子上的那个标签上写着“开胃菜”这个词。

想到自己最终决定继续活下去，他心里真高兴。

开胃菜！人们把这些切得细碎，经过腌制，味道微甜，盛在罐子里，还盖着个白色的盖子的东西叫作“开胃菜”。这真是个很特别的名字。是谁给它取了这么个名字呢？他一定是个了不起的人。这个人肯定是享尽了世间的喜悦和欢欣，再把它们揉进这个罐子里，捧在手中，对着它大声地呼号。“开胃菜！”似乎这个呼喊声就意味着和自己的那匹栗色小马一起在香甜的草地上翻滚，嘴里塞满了青草。也像是将脑袋埋进水槽里，感受被水浸没身体的那种快感。开胃菜！

他再一伸手，拿起一瓶佐料。

“奶奶，晚上吃什么啊？”露丝姑妈的声音从客厅里传来，将他拉回到现实中。

“现在谁也不知道她会做什么，”爷爷说。今天他下班回来得很早，为的就是要好好陪一陪露丝姑妈，“待会儿开吃的时候才会揭晓谜底。每次吃饭都充满了悬疑和神秘的色彩。”

“噢，我更喜欢清清楚楚地知道自己吃到的将是什么。”露丝姑妈笑着大声说。餐厅的吊灯微微地摇晃了一下，投射出略显痛苦的灯光。

道格拉斯又往储藏室里走了几步，藏进黑暗中去。

“佐料……这个词让人浮想联翩。罗勒香草叶、槟榔叶、辣椒、咖喱，都很棒啊。但是我还是喜欢开胃菜。无须争辩，开胃菜是最好的。”

厨房里热气腾腾，这些水蒸气跟着奶奶的走动在空气中摇曳。奶奶在厨房和餐厅之间来回走了好几趟，才终于将所有烹制好了的食物放到餐桌上。大家都聚了过来，安安静静地坐在桌子边。谁也没有去主动打开盖子，一探究竟到底锅里藏着什么神奇的食物。终于，奶奶也坐到了桌子边，爷爷带着大家做饭前祷告。很快谜底揭晓，盖子被揭开，银质的盖子像是银鱼一样在空中翻飞。

待到大家的嘴巴都塞满了这美妙的食物的时候，奶奶坐下来问道：“味道怎么样？”

所有人，各位亲戚，各位食客，每个人的牙齿都被这美味的食物粘住了，这个时候每个人的脸上都显露出进退两难的神情。到底是说句话回答她的问题呢？还是继续享受口中的美味？他们看上去真是不知道是该哭还是该笑才好。大家的神情似乎是要就这么坐着，一动也不动，就算是着火了或者发生地震了也不管，就算是外面街道上传来枪声，或者是屋后院子里发生了大屠杀，或者是臭气熏天抑或是有人给他们不死的允诺，他们似乎都不打算动一下了。再怎么坏的坏蛋此时此刻因为嘴里正含满了柔软的香草、多汁的芹菜、甘美的块根，也会变得温柔起来。他们似乎看到了一片白雪皑皑的大地，大地上放满了油焖原汁肉块、意式凉菜拼盘、秋葵浓汤，以及刚刚发明出来的豆煮玉米羹、海鲜杂烩浓汤和蔬菜炖肉。客厅里安安静静的，只听得见原始的“咕嘟咕嘟”声从厨房里传出来，还有就是刀叉碰撞碗碟发出的声音，借此告诉人们时间不是一小时一小时地溜走，而是正在争分夺秒地流逝。

露丝姑妈总是那么的健康，面色红润，沉稳有力。现在，她深深地吸了一口气，看着这神奇的一幕，握叉的手停在了半空。她说话的声音也比平时大多了。

“噢，真是太美味了。我们吃的到底是什么东西呢？”

每个人喝柠檬汁的玻璃杯子表面都覆盖着一层淡淡的白霜，现在大家都放下了杯子，有人索性将刀叉放在桌子上。

道格拉斯看了一眼露丝姑妈，他的眼神像是一只垂死的野鹿在毙命之前最后看一眼射死它的那个猎人。桌子旁边每个人的脸上都呈现出受伤而惊恐的表情。食物自己能够解释，不是吗？它有自己的哲学，它能自问自答。在这样一个满含仪式感和崇敬之情的时刻，你身体里的血液和身体本身不也是不需要任何的疑问吗？

“简直不敢相信，”露丝姑妈说，“你们没有人听到我的问题吗？”

最后，还是奶奶自己张开嘴，回答了她的疑问。

“我把这个叫作‘星期四的特享’。我们经常这么吃。”

事实并非如此。

一年之中没有哪两天的食物会重样，每天的味道都不相同。今天的食物像不像是幽暗墨绿的大海？那天的食物像不像是夏天里激荡的空气？那一次的难道不像是食物在游泳吗？还有一次的像是飞翔的食物，它的血液或者说是叶绿素正快速在运转，它是曾经朝着太阳走了很久吧？谁也不知道。谁也没有询问过，因为没有人在意这一切。

更多的时候，大家只是站在厨房门口朝里面张望，眼睛里看到的只是面粉在空气中飞舞，耳朵里听到的是“叮叮当当”的响声，恍惚间似乎身在某个工厂外边一样。奶奶半眯着眼睛，但是手指却能准确无误地在各个容器和碗碟之间穿梭。

她有没有意识到自己的天分？很难说。你要是向她询问烹饪的事情，她会低头看着自己的双手。那双手散发着了不起的本能，去戴上手套揉面，去琢磨如何更巧妙地烹饪火鸡，仿佛要让菜肴也变得有灵魂。她眨了眨灰色的眼睛，戴着一副已经用了四十多年、经历了无数次蒸汽的袭击和辣椒汁的喷溅的老花镜，以至于有的时候她给牛肉涂抹玉米粉，不能做到涂抹均匀，或者涂抹不到足量的玉米粉。但是又有什么关系呢？最终肉质依然是那么的嫩滑多汁！有的时候往肉汤里添加杏干，添加各种佐料的时候，她压根就不会依赖食谱，更不会照着食谱的要求亦步亦趋。即便如此，当汤端上餐桌的时候，谁不是口水涟涟，食指大动呢？她的这一双手，和当年太奶奶一样，充满了神秘、喜悦和生命的活力。她吃惊地看着这双手，却任由它们尽情发挥创造力，制造出奇迹。

但是多年来，头一回，出现了一个自命不凡的人，一个好提问题的人，几乎称得上是一位实验室里的科学家。在不闻不问被当作美德的氛围里，她说出了下面的话。

“是啊，是啊。你在‘星期四的特享’里面放了些什么呢？”

“怎么了？”奶奶含混地问了一句，“吃上去味道怎么样？”

露丝姑妈闻了闻叉子上的食物。

“这是牛肉还是羊肉？是放了生姜还是放了肉桂？是不是加了熏肉和越橘？是不是还加了一些碎饼干在里面？此外，还放了香葱和杏仁？”

“你说的很对，”奶奶说，“大家都再来一点吗？”

于是又是一番的喧哗声，盘子被递过来传过去，大家叽叽喳喳，就想着把刚才那种对神灵的亵渎般的质询忘到九霄云外去才好。道格拉斯说话声音最大，动静也最大。但是，从每个人的脸上，你都能感受到他们的世界正在瑟瑟发抖，他们的幸福也岌岌可危。他们是这个家里的特权阶层，在第一道晚餐领声响起之前，从单位和学校匆匆赶来，疲惫而欢喜地期待着即将到来的盛宴。这么多年以来，走进餐厅拉开椅子坐下发出的声响犹如一首美妙的音乐一样悦耳动听。打开餐巾，放好餐具，每一个人都像是刚刚经历过禁闭期一样，翘首以盼，就等着美食从天而降，然后大家一起开动，吃个心满意足。现在，他们虽然大声说着话，其实心里都很紧张；虽然刻意地开着玩笑，却时不时地还盯着露丝姑妈看，似乎她在丰满的胸口处藏了一颗定时炸弹，在这房间里冷冰冰地滴答走时，不知道什么时候就会爆炸。

露丝姑妈觉得餐桌上的沉默是对她最好的祝福。于是当又被问到要不要再吃一点的时候，她完全没有拒绝。一吃完饭，她赶忙上楼去松一松系在腰间的束腹带。

“奶奶，”露丝姑妈从楼上走下来，“哦，这厨房可真乱啊。这一点你不得不承认吧。瓶子罐子、饭碗菜盘放得乱七八糟，好多标签也掉了。你怎么知道自己到底是在使用什么东西呢？既然我来了，就让我来帮你收拾收拾吧，要不然我心里该过意不去了。等我挽一下袖子。”

“不用了，谢谢你。”奶奶说。

道格拉斯坐在书房里听到她们在厨房里的对话，心里“咯噔”一下。

“这里太憋闷了，简直就是个土耳其浴室。”露丝姑妈说，“我去开一下窗户，把这些窗帘拉上去，这样也好看清楚自己在做什么。”

“光线太强了，我睁不开眼睛。”奶奶说。

“我的手都挨上扫帚了。待会儿我把碗洗干净，然后把地面也扫干净。既然我来帮忙了，你就别说什么了。”

“你还是出去坐吧。”奶奶说。

“为什么，收拾一下你以后做饭的时候不是更方便一些吗？你做饭是好吃，这一点毫无疑问，但是要是也能把这些东西收拾干净——这些完全是一些琐事而已——那就更完美了。要不然的话，这里乱得都快下不了手了。”

“我从来没有想过……”奶奶说。

“那现在就想一想吧。比如说现代厨房的那种方式，可能真的能够把你做饭的效率提高百分之十到百分之十五。男人们都已经饥肠辘辘地等在餐桌边上了。改善一下的话，到下周的这个时候，可能他们早就饱到只能干坐，挪不动脚了。饭菜那么好看又可口，他们哪里舍得放下手里的刀叉。”

“你真的这么想吗？”奶奶很有兴趣地问道。

“奶奶，千万不要听她的！”道格拉斯坐在书房里隔着墙壁小声说。

但是让他恐惧的事情还是发生了。他听到隔壁扫地抹灰和扔这扔那的声音。她们在瓶瓶罐罐上重新贴上标签，将碗碟等东西一股脑儿地放进空置了好多年的抽屉里。各种刀具，本来像是银色的鱼儿一样躺在厨房的桌子上面，现在都被放进了盒子里。

爷爷站在道格拉斯的身后竖起耳朵听了好几分钟。

他有点不知所措地摸了摸自己的下巴。“我觉得厨房里凌乱一点也没什么大不了。是要收拾收拾，你露丝姑妈说的也没错，只是道格，明天晚上的晚餐只怕是情况不妙啊。”

“是的，爷爷。”道格拉斯回答道，“可能会情况不妙。”

“那是什么？”奶奶问。

露丝姑妈从她的身后取出一个包裹着的礼物。奶奶接过去打开来看。

“是一本《烹饪指南》！”她大声说道，然后将它扔到桌子上。“我不需要这东西！我就是这个放一捧，那个丢一撮，其他的再投一点儿就行了——”

“我们一起去超市吧，”露丝姑妈说，“到时候给你买一副眼镜。虽然你这么些年以来一直戴着它，却看什么都看不清楚，镜片磨损得这么厉害。真奇怪你戴着这样一副眼镜居然没有掉进面粉桶？一会儿一定要给你买一副新的才行。”

然后她们两人一起去超市。夏日的午后，和露丝一起出门，奶奶觉得有些迷糊。回来的时候，她们买了好多东西，还买了一副新眼镜，奶奶甚至还做了头发。她看上去像是被人追着跑了一大圈一样，喘着粗气。露丝将她搀进屋里。

“终于到家了。现在可是把什么都放回原位了。你应该能看清楚吧。”

“走吧，道格，”爷爷说，“我们出去走一走，好让一会儿更有胃口。今天晚上肯定是历史性的一夜。今天晚的晚餐一定是一顿美好的大餐。不然的话我就无话可说了。”

晚餐时间到了。

刚才还喜笑颜开的人，现在都收起了笑容。道格拉斯将吃进嘴里的一小块食物嚼了三分钟，最后假装擦嘴，将嘴里的东西都吐在餐巾纸上。而且他看见汤姆和爸爸也在做相同的动作。大家将盘子里的食物翻来翻去，摆出不同的造型，悄悄地将自己盘子里的肉扔给桌子下面的狗儿。

爷爷第一个找借口离开。“我吃饱了。”他说。

在座的人们各个面色苍白，一句话也没有说。奶奶紧张地拨弄着她自己盘子里的食物。

“今天的饭菜挺不错吧？”露丝姑妈问道，“而且比平时早半个小时开饭！”

谁也没有心思回答她的问题。大家心里只是在担心接下来每天的早餐、中餐和晚餐。从周一到周四，再从周四到周一，一想到这里心里就难过。没过几分钟，餐厅里就空空如也，一个人也没有了。每个人都上楼到自己的房间里去了。

奶奶很是吃惊。她慢慢地一步一步地走向厨房。

“这个，”爷爷说，“太过分了！”他走到楼梯底下，朝着楼上大声喊道：“你们每个人都赶快下来！”

大家谁也没有回答，一个个都将自己锁在书房里不作声。爷爷安安静静地端过一盘食物。“给小猫一点。”他说。他将手放在道格拉斯的肩膀上，弯腰对着他的耳朵悄悄地说着什么。“道格拉斯，有一件重要的事情要交给你。孩子，我给你说……”爷爷将头凑近道格拉斯的耳朵，他感觉到了温暖的气息。

第二天下午，道格拉斯看见露丝姑妈一个人在花园里修剪植物。

“露丝姑妈，”他严肃地说，“我们现在出去走一走怎么样？

待会儿在路上我指给你看蝴蝶谷在哪里。”

他们在镇子里走了一大圈。道格拉斯不敢看姑妈的眼睛，一路上叽叽喳喳地说个不停。市政厅上的大钟敲响了，告诉人们下午的时光正在流逝。

露丝姑妈沿着街道两边的榆树往家走，突然大口地呼吸着，一只手捂着嗓子。

就在通往门廊的台阶下面，她看见自己的行李整整齐齐地摆在那里。其中的一个行李箱的把手上还贴着一张粉红色的火车票。微风中，车票在空气中翻飞。

房子里所有的人，总共十个，一个个都一本正经地坐在门廊里。爷爷像是一位列车长，也像是个镇长，或者说是一位好朋友一样，庄重地朝他们走过来。

“露丝，”他一边对她说还一边握着她的手来回摇晃着，“我有句话要对你说。”

“什么啊？”露丝姑妈问道。

“露丝，”他说，“再见。”

就在这个午后，没过多久，大家都听见远处传来火车驶过的声音。门廊里的人都离开了，行李也带走了，露丝姑妈的房间又空了出来。爷爷坐在书房里读埃德加·艾伦·坡的诗。他伸手摸索着，想找自己那个装药丸的瓶子，脸上挂着微笑。

奶奶一个人去镇子里买东西，现在也回到了家。

“露丝去哪里了？”

“我们把她送到火车站，”爷爷答道，“大家都流了眼泪，都舍不得她走。她也不想走，还要我们转达对你深深的爱。还说十二年之内她一定会再回来看你。”接着，他掏出那块金怀表对大家说：“我建议所有人都到书房里去，乘着你们的奶奶准备大餐的时候，我们都来喝一杯雪利酒吧。”

奶奶站起身朝房子的后边走去。

大家又开始兴高采烈地聊着天，每个人——每一位客人、道格拉斯、爷爷，都听见厨房里传来“窸窸窣窣”的声音。当奶奶又一次在餐厅里摁响晚餐铃声的时候，大家争先恐后地朝餐厅涌去。

每个人都忍不住大咬一口。

奶奶急切地盯着每个人的脸。静静地，大家眼睛都垂了下来，盯着各自面前的盘子，手都在膝盖上放着。含在嘴里的食物慢慢地变冷，没有人愿意去咀嚼了。

“我也不知道怎么搞的！”奶奶说，“做饭突然就没有了感觉……”

说着，她竟然哭了。

站起身，她失落地捧着手，走进那个井然有序、标签清晰的厨房。

大家只好饿着肚子上床睡觉。

道格拉斯听见市政大厅楼顶上的大钟敲了九下，敲了十一下。已经是午夜时分，客房里每个人都在辗转反侧，像是月光下的海浪，在一次次地拍打着宽阔的屋顶。他知道大家都还没有睡着，他们心里都很难过。又过了好一会儿，他从床上坐起身来，对着四周的墙壁和墙上的镜子笑了。他微笑着，打开门悄悄地来到楼下。客厅里黑漆漆的，什么也看不清，只闻到一股旧木头味儿和冷清的气息。他屏住呼吸。

他摸着黑来到厨房，站在那里等了好一会儿。然后开始行动。

他将发酵粉从那个崭新的锡桶里取出来，再将它放回以前那个破旧的塑料袋里，将雪白的面粉倒进一个旧甜点罐子里，再将白糖从那个铁质的盒子里倒出来，依然将它装到那套放各种调料的盒子里，糖旁边的盒子上贴着佐料、刀具和线头等标签。他又把丁香放回以前一直放丁香的地方，把那十几个抽屉里装的东西统统又倒了出来。刀具、碗碟、刀叉、勺子，现在又像以前那样都回到了桌子上。

看见奶奶的那副新眼镜正躺在客厅的台子上，他赶忙把它收起来，藏进一个小盒子。他从那本《烹饪指南》里撕下纸，将纸点燃，在那个用了好多年的柴火灶里燃起了熊熊的大火。夜里一点钟的时候，四下里一片寂静。房子后面的烟囱里发出了“噼里啪啦”的声音。这么大的响声，除非是睡着了，否则一定能够听见。他听见奶奶穿着拖鞋走进客厅的声音。她站在厨房里，眨着眼睛看着眼前的混乱。道格拉斯就躲在那个储存食物的房间里。

凌晨一点半，做饭的香味儿升腾起来，弥漫在这个大房子里宽阔的走廊上。大家都纷纷走下楼来了，女人们的头上挂着卷头发的夹子，男人们穿着浴袍。大家都踮着脚尖往厨房里看——炉子上发出“吱吱”的声音，灶台那里闪着火光。凌晨两点钟的厨房里一片黑黢黢，奶奶的身影鬼魅一般在厨房里轻快地移动，还不停地发出

“叮铃哐啷”的声响。她的视线又像是以前一样昏暗不清，手指凭着本能，时而在“咕嘟咕嘟”作响的汤里撒一些香料，时而在喷着热气的茶壶里添加一些东西。这一切她在黑暗中都能自如地应对。炉火映红了她的脸颊。她端起食物，用心地搅拌，细心地倾倒，一举一动仿佛有了魔法，是那么让人感动。

静静地，静静地，大家齐心协力将餐桌摆好。餐布是亚麻织就的，银质的餐具在蜡烛的照耀下闪闪发光。没有人开电灯，生怕惊扰了这美妙的时光。

爷爷在印刷厂工作到很晚才回来。推门进来看到餐厅里亮着烛光，听到有人正在做饭前祷告，他吃了一大惊。

食物的味道怎么样呢？肉里放了芥末，酱汁里加了咖喱，蔬菜量很足，上面还洒上了黄油，饼干上还星星点点地涂抹上了闪着钻石般光芒的蜂蜜。每一样都是那么的可口多汁，每一样都是那么的新鲜。没有人愿意浪费，大家都在细嚼慢咽。每个人都感念自己幸好穿了夜里睡觉才穿的那种宽松的衣服，好开怀享受。

星期天早晨三点三十分。房子里洋溢着食物的美味和友好的氛围。爷爷推开自己的椅子，做出了一个惊人的举动。他从书房里取出一本莎士比亚集，放在一个宽大的碟子上，递给他的妻子。

“孩子的奶奶，”他说，“我只希望你明天晚上再给我做一次这么美味的晚餐。我相信到时候当我们大家坐在餐桌前的时候，食物依然会是这么的美味多汁，依然是这么的色香味俱全，就像秋天里野鸡胸脯上的羽毛一样好看。”

奶奶接过书捧在手里，眼睛里流下了幸福的泪水。

大家又逗留了好一会儿，吃了些甜点，直到第一只鸟儿已经醒来开始鸣唱，太阳的曙光开始威胁着东边的黑暗，大家才又爬上楼回到各自的房间。道格拉斯倾听着这一切，炉子里的火渐渐熄灭，奶奶也上了床，进入了梦乡。

收破烂儿的人，他心里想，乔纳斯先生，无论你现在在哪里，我都要谢谢你。这就是我对你的回报。我将你的善行传递了下去。我相信，我已经将你的善行传递了下去……

他也睡着了，进入了梦乡。

睡梦中，他听到铃声响了起来，大家说着话，奔到楼下去吃早餐。

再见，夏天

突然间，夏天结束了。

第一次意识到这件事情的时候，道格拉斯正走在去往镇中心的路上。汤姆抓着他的胳膊喘着气，指着街边的打折商品店让他看。橱窗里整齐地摆放着来自另一个世界的物品。它们被摆放在橱窗里，看上去是那么的无辜，那么的吓人。这让他们站在那里挪不动脚。

“铅笔，道格，估计有一万支铅笔！”

“噢，天哪！”

“薄写字板、厚写字板、笔记本、橡皮擦、水彩笔、尺子、指南针，多得数都数不清啊！”

“别看了，可能这只是幻觉而已。”

“不可能，”汤姆失望地抱怨道，“学校。学校就在前面。夏天还没有过完，这些打折店为什么就开始展示这些东西啊！真是将这个假期毁掉了一半。”

他们继续往前走，回到家，发现爷爷正在已经开始干枯了的草坪上，采摘那最后几朵蒲公英。他们就和爷爷一起采摘蒲公英，过了好一会儿，道格拉斯弯腰看着自己的影子说：

“汤姆，今年是这个样子的，那明年会怎么样呢，是会更好还是会更坏？”

“你可别问我。”汤姆抓住一朵蒲公英的花茎说，“又不是我在掌管这个世界。”他想了想。“当然，有的时候我也希望自己能够掌管这个世界。”他轻松地说。

“我有一个预感。”道格拉斯说。

“什么预感？”

“明年肯定会比今年更宏大，白天会更加明亮，夜晚也会更长更黑一些。明年会有更多的人去世，也会有更多的小孩子出生。而我就生活在这一切之中。”

“道格，别忘了，除了你，还有好多好多其他人也一样。”

“像今天这个日子，”道格拉斯喃喃自语道，“我想只会是我一个人！”

“需要帮忙的话，”汤姆说，“尽管大声喊叫就好。”

“十岁的弟弟能帮得上什么忙？”

“明年夏天你的这个十岁的弟弟就十一岁了。每天早晨我都会像是一根拴在高尔夫球上的橡皮筋一样弹出去，到了晚上又再收回来。如果你想知道我是怎么做到的，可以向我请教。”

“你好疯狂。”

“我向来如此。”汤姆做了个斗鸡眼，还故意把舌头伸出来，“将来也会如此哦。”

道格拉斯笑了。后来，他们和爷爷一起下到地窖里，将刚刚采摘的蒲公英切碎。一瓶瓶的蒲公英酒在凝滞的空气中闪着微光。这些盛满美酒的瓶子放在架子上，像是盛放着整个夏天。从一到九十几，每一个瓶子上都标上了序号。这九十几个原本是装番茄酱的瓶子，现在又大部分重新被装满了。它们静静地立在晦暗的地窖中，每一瓶里储存着夏日的一天。

"天哪，"汤姆说，"这真是保存六月、七月和八月的最好方式啊，还非常的实用。"

爷爷仰着头看着这些酒，脸上挂着笑容。

"总比把东西放在阁楼上以后再也用不上要好得多。通过这种方式，就算是到了冬天，你也可以再一次体验夏天的美好时光。虽然会很短暂，可能也就是一两分钟，但当所有的瓶子都喝空了，这个夏天才算是彻底地过去了。没有一丝一毫的遗憾，没有留下一丁一点的垃圾让人觉得可惜。更不会在四十年之后，你在这个东西上绊倒。清洁、无烟、高效，这就是蒲公英佳酿。"

两个小男孩指着这一排排的瓶子看。

"这是夏季的第一天。"

"这是买了新网球鞋的那一天。"

"对了！这一天买了绿色代步车！"

"野水牛溅起的漫天尘土和程连苏！"

"塔罗女巫！孤独者！"

"还没有真的结束，"汤姆说，"永远都不会结束。我会永远记住过去的每一天。"

“还没开始就已经结束了，”爷爷一边说一边松开压榨机，“所有的事情我都忘记了，只记得说是有一种不用修剪的草这件事。”

“你开玩笑吧！”

“不是开玩笑哦，道格、汤姆，年纪大了好多事情就开始变得模糊不清起来……分不清这件事和那件事……”

“但是，天哪，”汤姆说，“这周的星期一那天我到电力公园去溜冰，星期二那天我吃了巧克力蛋糕，星期三我的脚抽筋了，星期四我从秋千上掉了下来。这周真是发生了好多事情！我会记住今天，是因为外边的树木开始变红变黄了。再要不了多久，草地上的一切都会干枯。我们会在草堆上打滚，然后再一把火将所有的枯草都烧掉。我永远都不会忘记今天这个日子！我知道，我会永远记住今天！”

透过地窖的窗户，爷爷瞥见外面盛夏过后的树木在风中瑟瑟摇摆。“你当然会记得，汤姆，”他说，“你当然会记住今天。”

他们离开这些散发着柔和光芒的蒲公英酒，从地窖里出来，要去完成这个夏天最后一些仪式，毕竟他们都感觉到今天就是夏天的最后一天，今夜就是夏天的最后一夜。天色渐渐地暗下来，他们分明意识到人们越来越早地离开门廊返回到屋里去。空气也和以往大不相同，干燥的气息弥漫，奶奶已经不再喝冰茶了，而是喝起了热咖啡。以前时常敞开着。总有白色的窗帘在风中飘飞的窗户，现在也都关上了。餐桌上的冷切肉让位于蒸牛肉。门廊里已经没有了蚊子的踪影。很显然，在与时间的战斗中，它们已经败下阵来。

汤姆、道格拉斯和爷爷三个人迎着风直直地站在门廊里，似乎他们三个人已经在那里站立了三个月或者是三百年之久。门廊发出“嘎吱嘎吱”的声音，像是一艘夜晚停泊靠岸的大船在经受逐渐高涨的海浪的拍打下发出的声响。孩子们的身体里，一块块骨头不再像是早春的时节里的绿色薄荷藤，充满了甘甜的汁液迎风舒展，现在，他们身体里的骨头像是坚硬的粉笔或者是象牙。最初的清冷首先侵入了爷爷的身体，像是一个初学弹钢琴的人在胡乱地敲击着摆放在餐厅里那架钢琴的琴键。

像是指南针一样，爷爷转身朝着北方。

“我想，”他迟疑地说，“我们不应该再站在这里了。”

三个人拽着从门廊天花板孔眼上悬下来的那些链子，将秋千取下来，像拖着一具风化了的棺材一样将这些板子拖进了车库。一路上，板子上沾上了不少已经落在地面上的枯树叶。房子里传来奶奶在书房的壁炉里生火的声音。一阵风刮来，有一扇窗户“砰”地一下被合上了。

夏天的这最后一个夜晚，道格拉斯在爷爷奶奶家顶楼的穹顶式卧室里度过，他在记事本上写下这样一段话：

“现在，万事万物都在往后倒退。就像有的时候日间剧场里播放的电影——有的人从水里一跃而起，跳回到跳水板一样。九月即将到来。以前打开了的窗户你又要将它们统统关上，整天穿在脚上的拖鞋现在都得收拾起来，然后穿上六月份就再也没有穿的那些僵硬磨脚的鞋子。人们忙不迭地躲进房子里，像是闹钟里跳出来的鸟儿，最后还是得再退回到闹钟里去。这一分钟，门廊里还人满为患，人们海阔天空，胡侃一通；下一分钟家家都关上了房门，再也没有人在那里聊天。树上的叶子纷纷飘落，像是发了疯一样飘向大地。”

站在高处，他极目远眺。那片干涸的河床上，蝗虫曾经像干瘪的无花果一样四处弹射。那片天空中曾经飞翔着南去的鸟儿，现在只剩下些潜鸟在秋风中悲鸣。那些长在街道两边的树木，曾经是那么的繁茂葱郁，现在都像是着了火的云一样熊熊地燃烧。就在今天晚上，就在这个国度里，他能够闻到南瓜成熟的气息，能够看到有人拿刀在熟透的南瓜上挖出两只眼睛和一张嘴，还在瓜身里放上了一支燃着的蜡烛。在这个镇子的上空，有几根烟囱已经开始冒出白色的围巾一样的烟雾。在遥远的地方，影影绰绰的，他可以看见铸铁般的东西在摇曳，其实那是瀑布一样的煤炭形成的黑色河流。这这些煤炭终将在地窖里被制成大块大块的煤块。

天已经晚了，夜越来越深。

道格拉斯站在镇子里的这个穹顶式的房间里，扭着头往四下里观望。

“各位，脱掉衣服。”

他等了一会儿。起风了，吹得窗户玻璃像冰一样寒冷。

“刷牙吧。”

他又等了一会儿。

“现在，”他最后说，“关灯吧！”

他眨了眨眼睛。整个镇子昏昏欲睡，星星点点的灯光一盏盏地熄灭了。市政厅上的大钟敲响了，十点、十点半、十一点。夜已深，到处一片寂静。

“现在轮到最后这几盏灯……那里……那里……”

他躺在床上，整个镇子和他一起入眠。峡谷里一片黑漆漆，湖水静静地冲刷着湖岸。每个人——他的家人和朋友，那些在这条街上或者那条街上，在这栋房子或者那栋房子里熟睡的或年老或年轻的人，甚至是安眠在远处乡村的教堂墓地的人，都一起进入了梦乡。

他闭上眼睛。

六月的清晨，七月的正午，八月的傍晚都过去了，结束了。永远地逝去了，只在他的脑海里留下些许记忆。现在，整个秋天、白色的冬天、清冷而渐绿的春天，都算出了已逝去的夏天的结局。如果真的忘记了什么的话，地窖里存放着的蒲公英酒，已经为每一天都编上了号码。他会时不时地下到那里去，在阳光下盯着它们看，直到什么也看不见了为止。然后闭上眼睛，回味那些在他的温暖的眼皮上留下灼痕，在他温暖的眼皮上跳跃不已的那些光点。燃起，再燃起那每一丛火焰，并长久地反思，直到一切重新变得清晰为止……

这样想着，他沉沉地睡着了。

在睡梦中，一九二八年的夏天，结束了。

– 全书完 –

醇美的夏日，纯净的时光

——译后记

翻译《蒲公英醇夏》是一趟心灵的旅程，是一次无与伦比的时光穿梭。在诗一样优美的文字中，小主人公道格拉斯·斯波尔丁的童年往事犹如万花筒一般徐徐转动，向人们展示着那段精妙绝伦的天堂般的时光。

这一年道格拉斯十二岁，住在一个名叫格林镇的小地方。格林镇里有他的亲人——父母、弟弟、祖父母、太奶奶、叔伯姑妈，还有堂表兄弟；格林镇里有他的小伙伴——约翰·赫夫、查理·伍德曼、爱丽丝、简；格林镇里还有相依为命的弗恩与罗伯塔姐妹；有孤苦无依的本特利太太；有像是“时光穿梭机”一样，拥有传奇人生的弗利雷上校；有事事针锋相对的埃尔迈拉与克拉拉女士；当然还有拯救了道格拉斯的性命，帮他重新燃起生命希望的乔纳斯先生和他的马车……

一九二八年的夏天在雨后的清晨拉开帷幕。晨曦的雾霭之中，道格拉斯早早起床。他站在爷爷奶奶家穹顶式建筑的顶楼卧室里，想象着自己就是一位拥有无边法力，能够掌控宇宙生息和万物起止的魔术师。敏感多思的道格拉斯无时无刻不在思考那些深奥却需要他自己寻找答案的问题。他拷问自己的存在，想知道“是不是每个人都知道自己正活在这个世界上？”得到确认之后，他希望自己“再也不能忘记‘我还活着’这个事实。今天晚上也好，明天也好，或者是以后的每一天，都不要再忘记了这个事实”。他追问幸福的本质。透过邻居利奥·奥夫曼先生研制“幸福制造机”的一波三折，他领略到其实幸福就在“这其乐融融却又稍显神秘，温馨甜美却又妙不可言的家人相伴之中”。

在格林镇，从道格拉斯的眼看来，夏季是个充满各种仪式的季节。每一项仪式都在各自应该的时间和场合里发生。从初夏方至的六月到暑气全消的九月，爷爷奶奶家院子草坪上一直盛开的蒲公英才是整本小说的线索和精要所在。“两个孩子欢天喜地地弯下腰，开始采摘满院子的花儿。金黄色的花儿像洪水一样，开满了整个世界。”它们是那么的耀眼炫目，有着“像是熔化了的太阳一样的金黄色”。朵朵绽放的蒲公英“自豪得像狮子一样。要是盯着它们看的话，说不定都能让你的视网膜也燃烧起来”。定期采摘这些盛放的金黄色花儿酿酒，是整个夏天里最重要的仪式。“金黄色的汁液是这个美好季节的琼浆玉液”，“夏日的美好时光在这些蒲公英佳酿之中封存”。

当六月的清晨、七月的月夜、八月的傍晚，都过去了，结束了，落下了帷幕，只在脑海里留下些许记忆的时候，“一瓶瓶的蒲公英酒在凝滞的空气中闪着微光。这些盛满美酒的瓶子放在架子上，……静静地立在晦暗的地窖中，每一瓶里都储存着夏日里的某一天”。在那些大雪纷飞的寒冬一月，或者那些阴云密布、旬月不见阳光的时节，“蒲公英佳酿能够帮助你尽情地回味夏日里的美好时光。一想到这个名字，夏天的味道刹那间便重新浮现在唇齿之间”。

虽然《蒲公英醇夏》只讲述了道格拉斯在夏季短暂的三个月时光里的所见所闻和所想，却处处彰显着对生命中最激动人心的话题的追问：自然、生命、死亡、幸福、爱情、友谊，等等。这既是一本“童年视角”的小说，更是一剂慰藉心灵的良药。借由道格拉斯那双稚嫩的双眼，我们看到在浩瀚宇宙中，在一个局促的小镇里，生命是那么的蓬勃，生活是那么的祥和。本书的作者雷·布拉德伯里在小说的“简介”中坦然地承认自己其实就是小说主人公道格拉斯的原型，沃奇根市就是格林镇。他希望通过书写“提醒不要忘记了自己的过去，不要忘记了自己的生命，不要忘记了生命中曾经出现过的那些人，那些喜悦，以及那些刻骨铭心的忧伤”。

1920 年雷·布拉德伯里生于美国伊利诺伊州的沃奇根市。1938 年高中毕业之后他的正式学校教育也就宣告结束。在此之后的岁月里，他晚上到图书馆去看书自学，白天在打字机上打字写作。1938 年至 1943 年，雷·布拉德伯里在洛杉矶从事卑微的报纸售卖工作。1941 年他发表了自己的第一篇短篇科幻小说，从此一发不可收拾。他早期的名声便是建立在那些日渐兴盛的科幻小说杂志之上。1946 年、1948 年和 1952 年，他的作品三次入选《最佳美国短篇小说》。他成功地将包括“欧·亨利纪念奖”、“本杰明·富兰克林奖（1954）”，以及1967年“美国航空航天作家协会”颁发的“最佳太空主题作品奖”收入囊中。布拉德伯里在美国的各种主要杂志上均刊登过作品，还曾为很多电视、广播、电影和舞台剧撰写剧本。他的作品被翻译成多种语言在世界多地出版发行，获得了读者们如潮般的好评。其著作还包括：《火星纪事》《华氏451》《当邪恶来敲门》《歌唱带电的身体》《太阳中的金苹果》《忧郁之药》《绘图人》《午夜之后》《雷·布拉德伯里故事集》《恐龙故事》《万圣节之树和托因比对流器》等。2012年6月6日，这位被誉为“将科幻小说提升到无与伦比的高度，世界上影响最为深远的科幻作家之一”（2012年6月6日《纽约时报》书评人杰雷德·乔纳斯文章语）的作家在美国洛杉矶市辞世，享年91岁。

《蒲公英醇夏》（*Dandelion Wine*）于1957年出版，是雷·布拉德伯里的文学作品中最为人推崇的小说之一。它在作者的全部作品目录中，显得尤其独特而美丽。虽然原作在成书之时，作者才三十几岁，正值盛年，但是书中对“昔日的美好时光”（*the good old days*）的吟咏慨叹，以及对发生在“那些妙不可言的夏日”（*the good old summertime*）里所有事情的不舍和留恋，让人感动万分，久久不能释怀，能够跨越地域与时间，让读者们有一种广泛的共鸣感。

比比皆是的修辞、精挑细选的词句、构思完整的布局让原文充满了浓郁的文学性。譬如在讲述道格拉斯与家人一起去城外的树林里采摘野葡萄时，作者这样描述对一年中美好时光的感受：“一年当中，总有一些日子是各种花香扑鼻而来的好时光。这样的日子里，整个世界都钻进了你的鼻孔，再从另一个鼻孔溜走。还有一些日子是声音荟萃的好日子，宇宙中所有的和鸣与颤音从四面八方涌进你的耳朵。当然，还有些日子适合张嘴去品尝，另一些日子适合伸手四处去碰触。更有需要同时启动所有感官的好时节。今天，他点了点头，似乎嗅到山的另一边有一处繁花似锦却少有人知的苹果园。一夜之间那果园里开满了花，到处都充盈着温暖和清新。不见哪里有云的踪迹， 空气闻上去却像是新雨初歇一样。似乎随时都可能听到林子里传来陌生人的笑声，但是周围却一片静寂……”

又譬如在描写卢米斯小姐的照片时，作者这样写道：“那时的她是那么的年轻，为了拍照还特意摆好了姿势。照片中只有她一个人，是那么的惊艳。他想象着她那张安静中稍带羞涩，笑意盈盈的脸。那是一张春天的面庞，那是一张夏天的面庞。从她的脸上你能够感受到三叶草温暖的呼吸。石榴花在她的嘴唇上绽放，她的眼睛犹如正午的天空一般炽烈。抚摸她的脸就像是在十二月的清晨打开窗户，将手伸出窗外去感受悄悄降临的皑皑白雪。初雪已至，无声无息，积雪将整个世界装扮，感觉是那样的凛冽和清新。这所有的一切——呼吸时的温暖、杏花般的温柔……在那一刻被摄影师永远地定格，即便是时钟掀起的飓风也无法吹掉她的一分或一秒。那皑皑的初雪和那冷冽的清新，永远不会消逝，傲视无数个炎炎夏日。”如此这般精致的语句，在小说中俯拾皆是。

同是书写童年，这里没有高尔基笔下阿廖莎童年所经历的非人折磨与苦难。同是描写小城镇的生活，这里没有萧红笔下《呼兰河传》中偏僻之地的愚昧和荒蛮。《蒲公英醇夏》是关于一个敏感、好奇、善良的小男孩成长中的心路历程——虽然这段历程只有短短的一个季节。醇美的一九二八年夏天在道格拉斯魔法般的指挥之下开启，又在他魔法般的指挥之下逝去。同一个游戏尚没有被那个名叫道格拉斯的小男孩厌倦，时间却已经匆匆地走远。

翻译这样一本文笔如行云流水般美妙的小说，既是一种享受，更是一种挑战。在如痴如醉的遐思和战战兢兢的下笔之间，满是译者的忐忑与自信。

邹笃双

2018 年 1 月 26 日

以书相连

蒲公英醇夏

产品经理 | 慧　木　装帧设计 | 王　易
责任印制 | 刘　淼　出 品 人 | 于　桐
技术编辑 | 陈　杰

图书在版编目（CIP）数据

蒲公英醇夏 /（美）雷 · 布拉德伯里著；邹笃双译
. -- 天津：天津人民出版社，2018.5
书名原文：Dandelion Wine
ISBN 978-7-201-13020-0

Ⅰ.①蒲… Ⅱ.①雷… ②邹… Ⅲ.①长篇小说－美国－现代 Ⅳ.① I712.45

中国版本图书馆 CIP 数据核字 (2018) 第 050171 号

图字：02-2017-347

蒲公英醇夏

PUGONGYING CHUNXIA

出　　版　天津人民出版社
出 版 人　黄 沛
地　　址　天津市和平区西康路35号康岳大厦
邮政编码　300051
邮购电话　022-23332469
网　　址　http://www.tjrmcbs.com
电子信箱　tjrmcbs@126.com

产品经理　慧 木
责任编辑　张 璐
特约编辑　张丽卉
装帧设计　王 易

制版印刷　北京旭丰源印刷技术有限公司
经　　销　新华书店
发　　行　果麦文化传媒股份有限公司
开　　本　880×1230毫米 1/32
印　　张　10.5
印　　数　1-16,000
字　　数　204千字
版次印次　2018年5月第1版 2018年5月第1次印刷
定　　价　47.00元